主編 袁行霈
王仲偉
陳進玉

編 國務院參事室
中央文史研究館

中華傳統文化

經典百篇

兩宋到近代

中華書局

凡 例

一、為傳承中華民族的歷代文化經典，弘揚中華民族優秀傳統文化，展現傳統文化在當代的意義，並為構建中華民族的精神家園，實現中華民族偉大復興的"中國夢"提供精神助力，國務院參事室、中央文史研究館特此編纂《中華傳統文化經典百篇》。

二、本書選文注重思想性、學術性、現實性和可讀性的統一，提倡並引導讀者閱讀原典，以便準確全面地領悟中華文化的精髓和真諦。本書所選的內容涉及中華文化的各個方面，其重點是那些關乎修身立德、治國理政、申張大義、嫉惡刺邪，以及倫理親情的傳世佳作。本書既是歷代名著名篇的精粹選本，也是中華民族優秀傳統文化的一個較小體量的縮影。

三、本書的選錄範圍，上起先秦，下迄近代，歷時數千年，包括先秦詩歌、辭賦及歷代論說、語錄、史傳、奏議、碑誌、雜記、序跋、尺牘等多方面的題材，希望能從各個角度、各個層次，全面反映中國優秀傳統文化的面貌及其深邃的精神內核。

四、本書擬定所選篇目後，十分慎重地確定各篇底本。原文中的古今字、通假字一般不作改動，惟異體字在轉換時，根據現行標準作了適當對換。每篇選文的末尾一律注明出處，即底本名稱和所在卷數。

五、本書對每篇選文，均設置【題解】、【注釋】、【解析】三個欄目加以詮釋。【題解】部分簡介作者生平、成書概況、篇題含義及該文寫作背景,力求要言不繁,言之有據。【注釋】部分解釋字詞,注明難字讀音,串講句子大意。對歷史典故、地理沿革、職官制度等疑難問題,亦不迴避。務求準確、曉暢,避免煩瑣引錄古籍原文。【解析】部分闡釋文章主題,旨在以當代人的視野,深入淺出地發掘中華文化永世不磨的精神內涵與特質,切中肯綮,雅俗共賞。

六、本書所選篇目,大多以原篇目為題(如《桃花源記》、《阿房宮賦》之類)。出自某書而原本未設篇目者,即以某書為題並注明選錄幾則(如《老子》、《論語》之類)。在原書中未獨立命名的文字(如《子產不毀鄉校》、《論貴粟疏》之類),今則參考前人選本另擬新題。

七、本書所收各篇的編次,不分文體類別,概以作者時代或成書先後為序。凡同一時代的作者,則按其生卒年先後為序。成書年代或作者生卒年尚存異說者,則暫取一說,並在【題解】中予以說明。

八、本書卷末附有《本書引用參考書目》。

目　錄

〔北宋〕王禹偁

待漏院記

題解

　　王禹偁（chēng，954 年—1001 年）字元之，濟州鉅野（今屬山東）人。太平興國八年（983 年）進士。歷直史館、知制誥、翰林學士。咸平元年（998 年），出知黃州。四年，移知蘄州，卒。著有《小畜集》。《宋史》卷二九三有傳。

　　漏是古代以滴水計時的器具，待漏指的是宰相和大臣們等待到一定的時間上朝，待漏院就是等待宮門開門上朝之所。宋朝的待漏院設在宮城左掖門南。凡早朝，自宰相以下都得在四更鼓起身入皇城門，齊聚于宮門前之待漏院，等待宮門開啟。《待漏院記》一文作于宋太宗雍熙四年（987 年）冬，時作者由蘇州長洲縣召入，次年正月，以大理評事為右拾遺。這篇文章便作于京都開封。

原文

　　天道不言 ❶，而品物亨、歲功成者 ❷，何謂也？四時之吏 ❸，五行之佐 ❹，宣其氣矣 ❺。聖人不言，而百姓親、萬邦寧者，何謂也？三公論道❻，六卿分職❼，張其教矣❽。是知君逸于上，臣勞于下，法乎天也❾。古之善相天下者❿，自咎、夔至房、魏⓫，可數也。是不獨有其德，亦皆務于勤爾⓬。況夙興夜寐⓭，以事一人⓮。卿大夫猶然⓯，況宰相乎！

朝廷自國初因舊制，設宰臣待漏院于丹鳳門之右⓰，示勤政也。至若北闕向曙⓱，東方未明，相君啟行⓲，煌煌火城⓳。相君至止，噦噦鑾聲⓴。金門未闢㉑，玉漏猶滴㉒，徹蓋下車㉓，于焉以息㉔。

待漏之際，相君其有思乎㉕：其或兆民未安㉖，思所泰之㉗；四夷未附㉘，思所來之㉙；兵革未息㉚，何以弭之㉛；田疇多蕪㉜，何以闢之㉝；賢人在野，我將進之；佞臣立朝㉞，我將斥之。六氣不和㉟，災眚薦至㊱，願避位以禳之㊲；五刑未措㊳，欺詐日生，請修德以釐之㊴。憂心忡忡，待旦而入。九門既啟㊵，四聰甚邇㊶。相君言焉，時君納焉。皇風于是乎清夷㊷，蒼生以之而富庶。若然，總百官㊸，食萬錢，非幸也㊹，宜也。

其或私仇未復，思所逐之；舊恩未報，思所榮之；子女玉帛，何以致之；車馬器玩，何以取之；奸人附勢，我將陟之㊺；直士抗言㊻，我將黜之㊼。三時告災，上有憂色，構巧詞以悅之；群吏弄法，君聞怨言，進諂容以媚之。私心慆慆㊽，假寐而坐㊾，九門既開，重瞳屢迴㊿。相君言焉，時君惑焉(51)。政柄于是乎隳哉(52)，帝位以之而危矣！若然，則死下獄，投遠方，非不幸也，亦宜也。

是知一國之政，萬人之命，懸于宰相，可不慎歟！復有無毀無譽，旅進旅退 ㊼，竊位而苟祿 ㊼，備員而全身者，亦無所取焉。棘寺小吏王某為文 ㊼，請誌院壁，用規于執政者 ㊼。

《王黃州小畜集》卷一六

❶ 天道：天地自然。

❷ 品物：萬物。亨：通達，這裏指萬物成長。歲功：每年的農業收成。

❸ 四時之吏：掌管四季的天神。周朝以四時設官，有春官、夏官、秋官、冬官，與"法乎天"的理念相應。

❹ 五行之佐：掌管金、木、水、火、土五行的神相輔佐。古代陰陽家認為四時的變化是五行生克運動的結果。

❺ 宣其氣矣：古人認為自然界的運轉是由一種"氣"在促動。宣，疏導。

❻ 三公：周朝已有此稱，西漢今文經學家據《尚書大傳》、《禮記》等書，認為三公指司馬、司徒、司空，而古文經學家則據《周禮》，認為三公指太師、太傅、太保。這裏泛指最高長官。

❼ 六卿：《周禮》裏執政官分為六官，亦稱"六卿"。後世往往稱吏、戶、禮、兵、刑、工六部尚書為六卿。

❽ 張其教：發揚教化之功。

❾ 法乎天：取法于天道自然。

❿ 相（xiàng）：輔助。

⓫ 咎、夔（kuí）：皋陶（gāo yáo）和后夔，舜時的賢臣。咎，通"皋"。房、魏：房玄齡和魏徵，唐朝的名相。

⑫ 務于勤：謂勤政，忠于職守。

⑬ 夙興夜寐：早起晚睡。

⑭ 一人：指皇帝。

⑮ "卿大夫猶然"二句：意謂連卿大夫們都應該勤勉從政，何況職位更高、責任更重的宰相呢！

⑯ 丹鳳門：宮城的正南門。宋宮城南有三門，中為乾元，後改稱丹鳳，東為左掖，西為右掖。

⑰ 北闕：皇帝接見群臣的地方。闕，宮門前兩邊供瞭望的樓。

⑱ 相君：宰相。

⑲ 火城：古代朝會時，百官先集，宰相後到，列燭達數百柱，故叫作火城。

⑳ 噦（huì）噦：形容鈴聲。鑾聲：鈴聲。

㉑ 未闢：還沒有開。

㉒ 玉漏猶滴：上朝時間還沒有到。

㉓ 徹蓋：徹，通"撤"。蓋，車蓋。

㉔ 于焉：在此。

㉕ 其：句中語氣詞，大概。

㉖ 兆民：百姓。

㉗ 泰之：使（百姓）安泰。

㉘ 四夷：四方的少數民族。

㉙ 來：招徠。

㉚ 兵革：指戰爭。兵，兵器。革，盔甲。

㉛ 弭（mǐ）：平息。

㉜ 田疇：田地。

㉝ 闢：開闢，墾殖。

㉞ 佞（nìng）臣：小人，奸邪之臣。

㉟ 六氣：指陰、陽（晴）、風、雨、晦、明六種天氣。

㊱ 眚（shěng）：災禍。薦：一再，屢次，接連。

㊲ 願避位以禳（ráng）之：願意解除官職來祈求上天消除災殃。

㊳ 五刑：輕重不等的五種刑罰。上古時指墨（在額頭上刻字塗墨）、劓（yì，割鼻子）、剕（fèi，也作腓，砍腳）、宮（割除生殖器）、大辟（死刑）。中古時五刑分別為笞、杖、徒、流、死。對于女性犯人，五刑則是指刑舂（chōng）、拶（zǎn）刑、杖刑、賜死、宮刑。措：放下，廢止。

㊴ 釐：整理，矯正。

㊵ 九門：泛指宮門。

㊶ 四聰甚邇：是説能聽到四面八方的信息。《尚書·舜典》：“明四目，達四聰。”孔穎達疏：“明四方之目，使為己遠視四方也；達四方之聰，使為己遠聽聞四方也。”邇，近。

㊷ 皇風于是乎清夷：國家的政治風氣由此清明平靜。

㊸ 總：統轄。

㊹ “非幸也”二句：不是僥倖得來的，而是理應如此的。

㊺ 陟（zhì）：提升，使（奸人）能爬到高位。

㊻ 直士抗言：正直的人直言指摘。

㊼ 黜（chù）：貶抑。

㊽ 慆（tāo）慆：紛亂眾多。

㊾ 假寐：不脱衣冠而睡。

㊿ 重瞳：相傳舜的眼睛有兩個瞳子，這裏代指皇帝。屢迴：屢屢顧視。

51 惑：被（宰相之言）迷惑。

52 政柄于是乎隳（huī）哉：國家政權由此敗壞了。隳，毀壞。

㊺ 旅進旅退：隨眾人一同進退。

㊻ 竊位而苟祿：竊取高位，苟求厚祿。

㊼ 棘寺小吏：棘寺，大理寺（管理司法刑獄的機構）的別稱。小吏，當時王禹偁為大理評事（依法議出初判，提交寺丞覆議，正八品）。

㊽ 用：以。

　　中國古代的知識分子有着心憂天下的優良傳統，修身、齊家、治國、平天下是他們理想的人生模式。王禹偁就是這樣一位正統的儒家知識分子。《待漏院記》中間兩大段關于賢相和奸相的表述，將二者的內心世界，以及他們的所作所為對國家政事可能產生的不同影響，鮮明地呈現在讀者眼前。

　　全文以“勤”字開端，“思”字點題，“慎”字總結，論述如同剝筍，層層深入，脈絡清晰，褒貶分明，一氣貫注。“勤”、“思”、“慎”三個字是全文的線索，也是全文的三個邏輯層次，更是作者強調的宰相大臣們應該遵行的三個行為準則，即勤于政、思于民、慎于行。作者希望他們關懷民生疾苦，安定社會秩序，發展農業生產，實行賢明吏治。文章反映了作者對現實政治的關切、憂慮和他的政治理想，表現了一位正直、熱心的知識分子的家國情懷。結尾處的“棘寺小吏王某為文，請誌院壁，用規于執政者”，其心昭昭，日月可鑑。難怪清代余誠評價此文說："篇末自署其官以及姓名，亦見敬謹之意，而'用規'一語，尤覺一片婆心，千載如揭，宜昔人稱為垂世立教之文。"（《重訂古文釋義新編》卷八）

〔北宋〕范仲淹

岳陽樓記

范仲淹（989 年—1052 年）字希文，蘇州吳縣（今江蘇蘇州）人。宋大中祥符八年（1015 年）進士。身歷真宗、仁宗兩朝，官至樞密副使、參知政事。《宋史》卷三一四有傳。慶曆三年（1043 年），范任參知政事，與杜衍、韓琦、富弼同時執政，條奏十項改革政見，仁宗頒行全國，時稱"慶曆新政"。後被誣為"朋黨"，遂自請外任，出為陝西、河東宣撫使。五年，徙知鄧州（今屬河南）。此時，他的同年好友滕宗諒（991 年？—1047 年，字子京），也于上一年被貶知岳州（今湖南岳陽）。滕在岳州勵精圖治，重修了江南名勝岳陽樓，並囑託范仲淹為重修之事作記，于是范仲淹便有感而發，寫下了這篇廣為後人傳誦的《岳陽樓記》。岳陽樓今在湖南岳陽，宋時為岳州巴陵郡城西門樓，下可俯瞰洞庭湖，景物寬廣。

慶曆四年春 ❶，滕子京謫守巴陵郡 ❷。越明年 ❸，政通人和，百廢具興，乃重修岳陽樓，增其舊制 ❹，刻唐賢、今人詩賦于其上，屬予作文以記之 ❺。

予觀夫巴陵勝狀，在洞庭一湖。銜遠山，吞長江，浩浩湯湯 ❻，橫無際涯，朝暉夕陰，氣象萬千。此則岳陽樓之大觀也，前人之述備矣 ❼。然則北通巫峽 ❽，南極瀟湘 ❾，遷客騷人 ❿，多會于此 ⓫，覽物之情，得無異乎 ⓬？若夫霪雨霏霏 ⓭，連月不開 ⓮，陰風怒號，濁浪排空，日星隱耀，山嶽潛形，商旅不行，檣傾楫摧，薄暮冥冥 ⓯，虎嘯猿啼。登斯樓也，則有去國懷鄉，憂讒畏譏，滿目蕭然 ⓰，感極而悲者矣。至若春和景明 ⓱，波瀾不驚，上下天光，一碧萬頃，沙鷗翔集，錦鱗游泳，岸芷汀蘭，郁郁青青。而或長煙一空，皓月千里，浮光躍金 ⓲，靜影沉璧，漁歌互答，此樂何極！登斯樓也，則有心曠神怡，寵辱偕忘 ⓳，把酒臨風，其喜洋洋者矣。

嗟夫！予嘗求古仁人之心，或異二者之為。何哉？不以物喜 ⓴，不以己悲 ㉑。居廟堂之高 ㉒，則憂其民；處江湖之遠 ㉓，則憂其君。是進亦憂，退亦憂，然則何時而樂耶？其必曰“先天下之憂而憂，後天下之樂而樂”乎 ㉔？噫！微斯人 ㉕，吾誰與歸！

時六年九月十五日 ㉖。

《范文正公集》卷八

注釋

❶ 慶曆四年：即公元 1044 年。慶曆是宋仁宗趙禎所用年號之一。

❷ 謫：貶官。滕宗諒與范仲淹同年舉進士，宗諒被劾在涇州任上費公錢十六萬貫，仲淹時為參知政事，力救之，只降一官，由慶州（今甘肅慶陽）改知虢州（今河南靈寶），再徙岳州。見《宋史》卷三〇三《滕宗諒傳》。

❸ 越明年：到了第二年，指慶曆五年（1045 年）。

❹ 舊制：原有的規模形制。

❺ 屬：同"囑"，囑託。

❻ 湯（shāng）湯：水大流急的樣子。

❼ 前人之述備矣：是説此前關於岳陽樓的詩文題詠甚多，如唐李白的《與夏十二登岳陽樓》、杜甫的《登岳陽樓》、白居易的《題岳陽樓》之類。備，完備。

❽ 巫峽：長江三峽之一，在今重慶巫山與湖北巴東之間。

❾ 南極瀟湘：是説南到湘水的盡頭。湘水別稱瀟湘。

❿ 遷客：指遭貶謫而遷徙的人。騷人：指詩人（因屈原作有《離騷》而得名）。

⓫ 多：一本作"都"。

⓬ 得無：意思是能不、該不會。得，能。無，不。

⓭ 若夫：發語詞，無義。霪：是説雨多。

⓮ 月：一本作"日"。

⓯ 薄暮冥冥：是説傍晚時分，天色昏暗。薄，迫近。

⓰ 蕭然：冷清落寞的樣子。

⓱ 景：日光。

⓲ 躍：一本作"耀"。

⓳ 偕：一本作"皆"。

⑳ 物：外物，指身處的環境。

㉑ 己：指一己之得失。

㉒ 廟堂：指在朝廷為官。

㉓ 江湖：指下野外放。

㉔ 乎：一本作"歟"。

㉕ 微：用在假設句之首，意思是説假如沒有。斯人：那個人，指前
　　面所説的"古仁人"。

㉖ 六年：即慶曆六年（1046 年）。

解析

　　《岳陽樓記》開頭用"謫守"二字，點明滕子京的
身份與處境。范與滕不僅有同年之誼，而且范自身也正
處在外放中，所以他對滕的感受充滿同情與理解，接到
為樓作記的邀約，便想藉機對滕有所勸勉，同時向世人
表達自己的處世胸懷。接下來寫洞庭湖景物，用一陰一
晴、一悲一喜，互為對照，然後由景入情，寫出憂國憂
民的情懷："不以物喜，不以己悲。居廟堂之高，則憂其
民；處江湖之遠，則憂其君"，"先天下之憂而憂，後天
下之樂而樂"。

　　"不以物喜，不以己悲"，是說為人的態度，不應為
外物所左右，不應計較一己得失，必須堅守自己的信仰
和操守。"居廟堂之高，則憂其民；處江湖之遠，則憂其
君"，是說從政的態度。當高居廟堂之上在朝廷做官時，

應當為人民而憂慮，關心國計民生；當退居江湖遠離朝政時，應當為君主而憂慮，關心國家安危興衰。"先天下之憂而憂，後天下之樂而樂"，說的是處理自己和天下的準則。人皆有憂樂，為何而憂，為何而樂，何時當憂，何時當樂，體現出不同的政治品格和人生追求。范仲淹提出"先天下之憂而憂，後天下之樂而樂"，為後人樹立了一個高尚的人生典範。

歐陽修為范仲淹寫有《神道碑銘》，其中說范少有大節，慨然有志于天下，富貴貧賤、毀譽歡戚都未能令他動搖。他經常自誦的座右銘就是："士當先天下之憂而憂，後天下之樂而樂也。"可見范仲淹在《岳陽樓記》中所發的議論，並非一時的感慨，而是他畢生的志願。

六國論

蘇洵（1009 年—1066 年）字明允，眉州眉山（今屬四川）人。蘇洵與二子蘇軾、蘇轍合稱“三蘇”。嘉祐五年（1060 年），蘇洵以歐陽修薦，除祕書省校書郎。六年，為霸州文安縣主簿。參與修纂歐陽修主持的《太常因革禮》一百卷。治平二年（1065 年），書成。次年春，病卒。《宋史》卷四四三有傳。本文是蘇洵于皇祐三年（1051 年）至嘉祐元年（1056 年）間所撰《權書》十篇的第八篇，嘉祐元年曾由歐陽修進呈仁宗，原名《六國》，今從歷代選本作《六國論》。蘇洵之文以史論見長，既延續了宋初學術重史論的傳統，又能參以《孟子》，具有縱厲宏博的氣勢。《六國論》藉六國賂秦而終為其所滅的史實，諷喻北宋真宗景德元年（1004 年）簽訂“澶淵之盟”向遼歲輸銀絹及仁宗慶曆二年（1042 年）“定川之敗”後與西夏議和輸幣、與遼增歲幣的外交政策，提出應以自強禦外，不應以賂敵企求苟安，其憂患意識，愛國情懷，昭然可感。

六國破滅，非兵不利，戰不善，弊在賂秦。賂秦而力虧，破滅之道也。或曰：「六國互喪，率賂秦耶？」曰：「不賂者以賂者喪。蓋失強援，不能獨完，故曰弊在賂秦也。」秦以攻取之外，小則獲邑 ❶，大則得城。較秦之所得，與戰勝而得者，其實百倍。諸侯之所亡，與戰敗而亡者，其實亦百倍。則秦之所大欲，諸侯之所大患，固不在戰矣。

　　思厥先祖父暴霜露 ❷，斬荊棘，以有尺寸之地。子孫視之不甚惜，舉以予人，如棄草芥 ❸。今日割五城，明日割十城，然後得一夕安寢。起視四境，而秦兵又至矣。然則諸侯之地有限，暴秦之欲無厭 ❹，奉之彌繁，侵之愈急。故不戰而強弱勝負已判矣。至于顛覆，理固宜然。古人云：「以地事秦 ❺，猶抱薪救火，薪不盡，火不滅。」此言得之。

　　齊人未嘗賂秦 ❻，終繼五國遷滅，何哉？與嬴而不助五國也。五國既喪，齊亦不免矣。燕、趙之君，始有遠略，能守其土，義不賂秦。是故燕雖小國而後亡，斯用兵之效也。至丹以荊卿為計 ❼，始速禍焉。趙嘗五戰于秦 ❽，二敗而三勝。後秦擊趙者再，李牧連卻之。洎牧以讒誅，邯鄲為郡，惜其用武而不終也。且燕、趙處秦革滅殆盡之際 ❾，可謂智力孤危，戰敗而亡，誠不得已。向使三國各愛其地，齊人勿附于秦，刺客不行，良將猶在，則勝負之數，存亡之理，當與秦相較，或未易量。

　　嗚呼！以賂秦之地封天下之謀臣，以事秦之心禮天下之奇才，併力西嚮，則吾恐秦人食之不得下嚥也。悲夫！有如此之勢，而為秦人積威之所劫 ❿，日削月割，以趨于亡。

為國者無使為積威之所劫哉！夫六國與秦皆諸侯，其勢弱于秦，而猶有可以不賂而勝之之勢。苟以天下之大，下而從六國破亡之故事，是又在六國下矣。

《嘉祐集箋注》卷三

注釋

❶ 邑：小城。

❷ 思：憐哀。暴：同"曝"，顯露。

❸ 草芥：喻輕賤之物。《孟子·離婁上》："視天下悦而歸己，猶草芥也。"

❹ 厭：通"饜"，滿足。

❺ "以地事秦"四句：《戰國策·魏策三》記載孫臣對魏王説："以地事秦，譬猶抱薪而救火也，薪不盡，則火不止。"另外，《史記·魏世家》記載蘇代對魏王説："以地事秦，譬猶抱薪救火，薪不盡，火不滅。"

❻ "齊人未嘗賂秦"四句：意謂在秦攻五國之際，齊國一味中立，苟安自保，雖無賂秦之舉，實則負有放任秦國坐大之責，最終被秦國統一天下的攻勢吞滅。遷滅，《史記·田敬仲完世家》："秦兵擊齊。齊王聽相后勝計，不戰，以兵降秦。秦虜王建，遷之共。遂滅齊為郡。天下壹併于秦，秦王政立號為皇帝。""遷之共。遂滅齊為郡"，故稱"遷滅"。與嬴，與，親近。嬴，秦之先祖伯翳（yì），佐舜調訓鳥獸有功，賜為嬴氏。

❼ "丹以荆卿為計"二句：意謂燕太子丹將燕國命運寄託于荆軻刺殺秦王嬴政的行動，此舉招致亡國之禍。見《史記·燕召公世家》。速，招致。

❽ "趙嘗五戰于秦"七句：《史記·趙世家》及《史記·廉頗藺相

如列傳》載，秦于前 234 年破趙，斬首十萬。明年及後年，趙國大將軍李牧連破秦軍。前 229 年，秦再使王翦攻趙，趙使李牧抵禦。秦賄賂趙王寵臣郭開，使其傳謠李牧欲反，趙王斬牧。後三月，王翦滅趙。又，《史記‧趙世家》：“七年，秦人攻趙，趙大將李牧、將軍司馬尚將，擊之。李牧誅，司馬尚免，趙忽及齊將顏聚代之。趙忽軍破，顏聚亡去。以王遷降。八年十月，邯鄲為秦。”故以“邯鄲為郡”代表趙國的覆滅。洎（jì），及，等到。

❾ 革：除去舊的。

❿ 劫：脅迫。

　　此文一開頭便點明主旨：六國破滅之弊在于“賂秦”。值得注意的是蘇洵以史為鑑，是在針對北宋真宗、仁宗的外交政策，含蓄地提出批評。據《宋史‧寇準傳》記載，在“澶淵之盟”中，真宗遣曹利用到遼軍中議歲幣，預先交代“百萬以下皆可許”，而寇準則私下警告曹利用“所許毋過三十萬，過三十萬，吾斬汝”，結果以三十萬成約而還。仁宗慶曆二年（1042 年），遼國乘宋與西夏戰事正酣，提出割地要求，富弼以“北朝與中國通好，則人主專其利，而臣下無獲；若用兵，則利歸臣下，而人主任其禍”的巧說打動遼主，僅增歲幣銀十萬、絹十萬而平息割地要求。兩事頗為時人津津樂道，以為是難得的外交勝利。究其實際，百萬與三十萬、割地與增幣，不過是恥辱尺度的差別而已。文章最後說，如果“以賂秦之地封天下之謀臣，以事秦之心禮天下之

奇才，併力西嚮，則吾恐秦人食之不得下嚥也"，這段
話也許是有感于"慶曆新政"的失敗而發。仁宗慶曆三
年（1043 年），范仲淹、韓琦等領導的"慶曆新政"，
可能是受到慶曆二年"定川之敗"後與西夏議和輸幣、
又增遼歲幣的刺激而致，但新政施行不到兩年，即遭到
各種阻礙而失敗。"慶曆新政"在宋代士大夫中影響很
大。蘇軾少年時在眉山聞聽其事，就曾心嚮往之（見《宋
史·蘇軾傳》），而蘇洵在新政失敗約十年後寫作《六國
論》，所謂"謀臣奇才"，心目中晚近的形象也應是"慶
曆新政"中的改革者。因此，以諫官身份參加了新政的
歐陽修對《六國論》欣賞有加，是很自然的事。

〔北宋〕歐陽修

朋黨論

題解

　　歐陽修（1007 年—1072 年）字永叔，號醉翁，晚年號六一居士。自署吉州廬陵（今江西吉安西南）人，實為吉州永豐（今江西永豐）人。宋仁宗天聖八年（1030 年）進士，歷真宗、仁宗、英宗、神宗四朝，官至樞密副使、參知政事。《宋史》卷三一九有傳。慶曆三年（1043 年），宋仁宗拜杜衍為樞密使，富弼、范仲淹、韓琦為樞密副使，歐陽修（以太常丞知諫院）、余靖、王素、蔡襄為諫官，拉開了“慶曆新政”的序幕。歐陽修所任職的“臺諫”（御史臺、諫院的合稱），自宋真宗天禧元年（1017 年）頒佈“天禧詔書”奠定了制度設置基礎，自宋仁宗明道二年（1033 年）孔道輔、范仲淹“伏閣諫諍”奠定了政治實踐基礎之後，便成為了朝野間輿論的主導力量，被稱為宋代“立國元氣”之所在（《宋史》卷三九〇“論曰”）。慶曆四年，反對新政的夏竦等人造為黨論，指斥杜衍、范仲淹、歐陽修等為朋黨。歐陽修遂以“司職言事”的諫官身份，寫下了《朋黨論》，意欲在輿論上辨清舊黨加諸新黨的不實之詞，此文因此而成為反映“慶曆新政”政治鬥爭的重要文獻。《朋黨論》，一作《朋黨議》。

　　臣聞朋黨之說自古有之❶，惟幸人君辨其君子小人而已。大凡君子與君子以同道為朋，小人與小人以同利為朋，此自然之理也。然臣謂小人無朋，惟君子則有之。其故何哉？小人所好者祿利也，所貪者財貨也。當其同利之時，暫相黨引以為朋者，偽也；及其見利而爭先，或利盡而交疏，則反相賊害，雖其兄弟親戚不能相保。故臣謂小人無朋，其暫為朋者，偽也。君子則不然，所守者道義，所行者忠信，所惜者名節。以之修身，則同道而相益；以之事國，則同心而共濟，終始如一。此君子之朋也。故為人君者，但當退小人之偽朋，用君子之真朋，則天下治矣。

　　堯之時，小人共工、讙兜等四人為一朋❷，君子八元、八凱十六人為一朋❸。舜佐堯退四凶小人之朋，而進元、凱君子之朋，堯之天下大治。及舜自為天子，而皋、夔、稷、契等二十二人並列于朝❹，更相稱美，更相推讓，凡二十二人為一朋，而舜皆用之，天下亦大治。《書》曰❺："紂有臣億萬，惟億萬心；周有臣三千，惟一心。"紂之時，億萬人各異心，可謂不為朋矣，然紂以亡國。周武王之臣三千人為一大朋，而周用以興。後漢獻帝時，盡取天下名士囚禁之，目為黨人❻。及黃巾賊起，漢室大亂，後方悔悟，盡解黨人而釋之，然已無救矣。唐之晚年，漸起朋黨之論。及昭宗時，盡殺朝之名士，或投之黃河，曰此輩清流，可投濁

流 ❼，而唐遂亡矣。

　　夫前世之主，能使人人異心不為朋，莫如紂；能禁絕善
人為朋，莫如漢獻帝；能誅戮清流之朋，莫如唐昭宗之世。
然皆亂亡其國。更相稱美推讓而不自疑，莫如舜之二十二
人，舜亦不疑而皆用之。然而後世不誚舜為二十二人朋黨
所欺，而稱舜為聰明之聖者，以能辨君子與小人也。周武
之世，舉其國之臣三千人共為一朋，自古為朋之多且大莫
如周。然周用此以興者，善人雖多而不厭也。夫興亡治亂之
跡，為人君者可以鑑矣。

《歐陽修全集》卷一七

❶ 自古有之：戰國時期就有 “朋黨” 的說法，如《韓非子 · 孤憤》：
　　 “朋黨比周以弊主。”

❷ 四人：舊說共工、驩（huān）兜、三苗、鯀為 “四凶”，是不服從
　　舜控制的四個部族的領袖，被舜流放。讙兜，即 “驩兜”。

❸ 八元、八凱：高辛氏的賢臣伯奮、仲堪等八人，稱為 “八元”；高
　　陽氏的賢臣蒼舒、隤敳（tuí ái）等八人，稱為 “八凱”。

❹ 皋、夔、稷、契等二十二人：這是南朝宋人裴駰《史記集解》引漢
　　代馬融的說法，舜命稷、契（xiè）、皋陶（gāo yáo）、夔、禹、
　　垂六人，加上十二牧、四嶽，凡二十二人。

❺ “《書》曰” 五句：《尚書 · 周書 · 泰誓上》：“受有臣億萬，惟億萬
　　心。予有臣三千，惟一心。”

❻ 黨人：《後漢書 · 黨錮傳》記載，漢桓帝時期宦官專權，逮捕所謂
　　 “黨人” 李膺等二百餘人，其中百餘人在隨後的靈帝時期死于獄

中，史稱“黨錮之禍”。歐陽修誤記為漢獻帝時事。

❼ 濁流：《舊五代史·梁書·李振傳》記載，唐昭宗天祐二年（905年）宰相柳璨迎合朱溫意旨，賜死大臣裴樞等七人于滑州白馬驛，李振幸災樂禍，說：“此輩自謂清流，宜投于黃河，永為濁流。”《新五代史·唐六臣傳》記載，以白馬驛之禍為開端，忠于唐而不認同朱溫的朝臣大都被誣為朋黨，陸續貶死者數百人。

解析

　　“朋黨”原本是一個帶有貶義的概念，是指為私利目的而勾結同類、排斥異己的宗派集團。宋初太宗端拱、淳化年間，王禹偁作《朋黨論》，對朋黨概念作了修正，提出“君子有黨”的說法。歐陽修的《朋黨論》在王禹偁的邏輯思路上走得更遠，不但承認“君子有黨”，更提出在以“道義”同心共濟的意義上，“君子有朋”，“小人無朋（黨）”。這個結論可謂前所未有，一新耳目。就史實來看，《朋黨論》並未取得預期的扭轉輿論的效果。“慶曆新政”後，頗受革新派中杜衍、范仲淹等人器重的孫甫在康定、嘉祐年間作《唐史記》，其中“辨朋黨”條稱：“蓋君子、小人各有其徒。君子之徒以道合，小人之徒以利合。以道合者，思濟其功，此同心于國事，非朋黨也。以利合者，思濟其欲，此同心于私計，乃朋黨也。”認為君子是以道義相合，群而不黨，否定了“君子有黨”說。嘉祐三年（1058年）五月，司馬光作《朋黨論》，也只承認君子、小人各有其黨，絕口不提歐陽修"小人無朋"的觀點。神宗熙寧二年（1069年）二月，當年"慶曆新政"的領袖之一富弼上《論辨正邪奏》，不但認為"君子無黨"，甚至否認"君子有群"，指出結為朋黨的只能是小人，完全回歸到了傳統觀念。由此可見，"慶曆新政"失敗後，從富弼到孫甫、司馬光等名士都對歐陽修的"小人無朋"說諱莫如深、不置一詞，最為大膽者僅涉及"君子、小人各有其黨"。《朋黨論》的邏輯辨析固然是優點，但理論上走得太遠，反而影響其現實效果，歐陽修本人對此也有反思。慶曆五年（1045年），歐陽修外放河北轉運使，在針對新政失敗後的人事變動上奏中，就回到了"君子不黨"的傳統觀念。這是他對《朋黨論》現實效果不盡如人意所作的最沉痛反思。

〔北宋〕歐陽修

五代史・伶官傳序

題解

　　歐陽修撰寫《五代史記》是私人修史。此前，已經有薛居正等纂修的《五代史》。後來歐史也進入"二十四史"序列，與官修薛史齊名，故又稱《新五代史》。宋人王闢之的《澠水燕談錄》說："文忠卒重修《五代》，文約而事詳，褒貶去取，得《春秋》之法。"歐陽修于景祐三年（1036 年）左右開始撰寫此書，至皇祐五年（1053 年）左右完成。景祐三年，歐陽修因為范仲淹辯護而貶謫夷陵。皇祐年間，他又因為此前的"慶曆新政"失敗而外放。所以，歐陽修作《五代史記》時，正是他政治生涯處于劣勢時，故他往往用《春秋》褒貶義法來闡明自己對"國家典法"的意見，這也使得歐史成為具有微言大義性質的史學撰述。薛史中無《伶官傳》，而歐史有之，這是正式記載戲曲演員之始。《伶官傳序》一文，主要指出王朝興衰決定于人事而非天命。

嗚呼！盛衰之理，雖曰天命，豈非人事哉！原莊宗之所以得天下 ❶，與其所以失之者，可以知之矣。世言晉王之將終也 ❷，以三矢賜莊宗而告之曰：「梁 ❸，吾仇也。燕王吾所立 ❹，契丹與吾約為兄弟 ❺，而皆背晉以歸梁 ❻。此三者，吾遺恨也。與爾三矢，爾其無忘乃父之志！」莊宗受而藏之于廟 ❼。其後用兵，則遣從事以一少牢告廟 ❽，請其矢，盛以錦囊，負而前驅，乃凱旋而納之。方其繫燕父子以組 ❾，函梁君臣之首，入于太廟，還矢先王而告以成功，其意氣之盛，可謂壯哉！及仇讎已滅，天下已定，一夫夜呼 ❿，亂者四應，蒼皇東出，未及見賊，而士卒離散，君臣相顧，不知所歸，至于誓天斷髮，泣下霑襟，何其衰也！豈得之難而失之易歟？抑本其成敗之跡而皆自于人歟？《書》曰：「滿招損 ⓫，謙得益。」憂勞可以興國，逸豫可以亡身 ⓬，自然之理也。故方其盛也，舉天下之豪傑莫能與之爭。及其衰也，數十伶人困之，而身死國滅，為天下笑。夫禍患常積于忽微 ⓭，而智勇多困于所溺，豈獨伶人也哉！作《伶官傳》。

《新五代史》卷三七

❶ 原：推究原委。莊宗：後唐創立者李存勗（885 年－926 年）。

❷ 晉王：李存勗之父李克用在唐末割據山西一帶，封晉王。

五代史·伶官傳序

25

❸ 梁，吾仇也：朱溫篡唐後建後梁。據《新五代史·唐本紀四》記載，李克用與朱溫本來都是鎮壓黃巢起義的軍閥，後來李克用經過開封時，幾乎死于朱溫的偷襲，故結下深仇。

❹ 燕王：據《新五代史·雜傳第二十七》記載，燕軍將領劉仁恭攻幽州，得到李克用的幫助，李克用又請命任劉仁恭為幽州留後。又據《舊五代史·梁書·太祖紀四》記載，朱溫于開平三年（909 年）封劉仁恭之子劉守光為燕王。其事已在李克用死（908 年）後。歐陽修此處恐誤記。

❺ 約為兄弟：據《新五代史·四夷附錄一》記載，耶律阿保機曾與李克用握手約為兄弟，期共舉兵攻梁。

❻ 背晉以歸梁：據《舊五代史·梁書·太祖紀四》記載，劉仁恭後來背叛李克用，並大敗之。據《新五代史·四夷附錄一》記載，契丹背約，轉而與梁結盟，約舉兵滅晉。

❼ 廟：宗廟。

❽ 少牢：古代祭祀燕享單用羊、豬稱少牢。

❾ 組：絲帶，繩索。

❿ 一夫：指首先譁變的軍士皇甫暉。《舊五代史·唐書·莊宗紀八》記載，軍士皇甫暉因夜間賭博不勝，乘機作亂，脅迫裨將趙在禮，劫貝郡，趨臨清，剽永濟、館陶，進犯都城。

⓫ "滿招損" 二句：語出《尚書·大禹謨》。得，《尚書》作 "受"。

⓬ 逸豫：過分舒適。

⓭ 忽微：極言細微。

此文開宗明義，指出王朝盛衰之理，不在天命，而在人事。"人事" 指甚麼？此文認為即 "憂勞可以興國，逸豫可以亡身"。《孟子·告子下》就說過"生于憂患而死于安樂",歐陽修繼承孟子這一說法,將其納入《春秋》大義系統之中。

《孟子·告子下》說:"故天將降大任于是人也,必先苦其心志,勞其筋骨,餓其體膚,空乏其身,行拂亂其所為,所以動心忍性,曾益其所不能。"正是重在描述苦心志、勞筋骨、餓體膚的"生于憂患"一面。《伶官傳序》所描述的臨終"三矢"之賜,正象徵了後唐國運"生于憂患"的史事背景。王禹偁《五代史闕文》說:"(晉王李克用)以三矢付莊宗,一矢討劉仁恭……一矢擊契丹……一矢滅朱溫。"父子間臨終約誓,遺命沉重。李存勖正是在這一"憂患"重擔之下,北卻契丹,南擊朱梁,東滅桀燕,西服岐秦,建立起後唐王朝一時之盛。

《孟子》所說"死于安樂"的一面,則是《伶官傳序》要重點闡述的內容。歐陽修既"照着"孟子講,又"接着"孟子講,用莊宗"逸豫亡身"的史實來具體闡釋"死于安樂"。《伶官傳》舉出得到莊宗寵幸而終至"敗政亂國"的伶官景進、史彥瓊、郭門高(從謙)三人。景進"最居中用事……軍機國政皆與參決",郭崇韜女婿、皇弟李存乂,梁朝降晉有功的朱友謙,都死于景進的讒言。史彥瓊最初措置不力,導致軍士皇甫暉譁變,繼而放任其事,使皇甫暉長驅直入鄴都,最終怯懦棄軍逃跑。郭從謙更是因莊宗一句"復欲何為(叛)"的戲語，直接誘激軍士叛亂，導致"亂兵縱火焚門，緣城而入……從樓上射帝，帝傷重……崩"。《伶官傳》說"莊宗既好俳優，又知音，能度曲"，這放在常人身上是雅事。但常人的忽微之樂，在權力極大的帝王手裏，可以無限制地向着不可預知的方向膨脹發展。在莊宗創業之初，喜好音樂對他的事業甚至有所幫助，史稱莊宗"自撰曲子詞。其後凡用軍，前後隊伍皆以所撰詞授之，使揭聲而唱，謂之御製。至于入陣，不論勝負，馬頭才轉，則眾歌齊作。故凡所鬥戰，人忘其死，斯亦用軍之一奇也"（《舊五代史·唐書·莊宗紀八》引《五代史補》）。而莊宗後期，他放縱個人喜好，任伶官為政，以致亡國。可見盛衰之理與人事關係至深。

愛蓮說

題
解

　　周敦頤（1017年—1073年），原名敦實，字茂叔，道州營道（今湖南道縣）人，世稱濂溪先生。幼孤，隨母依附其舅父龍圖閣大學士鄭向。景祐中，以舅父恩蔭走上仕途，初任洪州分寧縣主簿。歷任南安軍司理參軍、郴縣令、桂陽令、南昌知縣、合州判官等，所至皆有政聲。嘉祐六年（1061年），以國子監博士通判虔州。熙寧元年（1068年），為廣南東路轉運判官，提點刑獄。以疾求知南康軍。熙寧五年歸居廬山蓮花峰下，門前有濂溪。嘉定年間賜諡元公。周敦頤為宋代理學的創始者，程顥、程頤曾從其學，其著作有《通書》、《太極圖說》等，為後世所推崇。《宋史》卷四二七有傳。周敦頤的《愛蓮說》作於嘉祐五年通判虔州任中，曾刻碑，故篇後原有附記：“舂陵周惇實撰，四明沈希顏書，太原王搏篆額，嘉祐八年五月十五日江東錢拓上石。”

水陸草木之花，可愛者甚蕃 ❶。晉陶淵明獨愛菊。自李唐來，世人盛愛牡丹。予獨愛蓮之出淤泥而不染 ❷，濯清漣而不妖 ❸，中通外直 ❹，不蔓不枝 ❺，香遠益清 ❻，亭亭淨植 ❼，可遠觀不可褻玩焉 ❽。

　　予謂菊，花之隱逸者也。牡丹，花之富貴者也。蓮，花之君子者也。噫！菊之愛，陶後鮮有聞 ❾。蓮之愛，同予者何人？牡丹之愛，宜乎眾矣 ❿！

《元公周先生濂溪集》卷六

❶ 蕃（fán）：繁，多。

❷ 出淤泥而不染：是說蓮花由淤泥中生長而出，卻不染污垢。

❸ 濯（zhuó）清漣而不妖：是說蓮花經過清水的洗滌，卻不妖艷。濯，洗滌。

❹ 中通外直：指蓮莖中心貫通，外面筆直。

❺ 不蔓不枝：指蓮莖不蔓延，不生旁枝。蔓，蔓延，滋長。枝，指幹莖分杈。

❻ 香遠益清：指蓮花香氣遠播，越發清香。

❼ 亭亭淨植：指蓮潔淨直立，高聳出水面。亭亭，高聳的樣子。

❽ 可遠觀不可褻（xiè）玩焉：可以在遠處觀賞，而不能在近處玩弄。褻，親近，有輕慢侮弄意。

❾ 陶後鮮有聞：是說在陶淵明之後，很少聽說有喜愛菊的人。

❿ 宜：恰當，適宜。

解析

　　《愛蓮說》以蓮寓志，寫出了作者心中理想的君子形象。蓮的特質是"出淤泥而不染，濯清漣而不妖"，不受環境的浸染而保持自身品質的高潔，象徵君子的潔身自好、不同流俗。蓮的"中通外直，不蔓不枝"，象徵君子內心通達，行事正直，具有純正無邪、獨立不倚的品格。蓮的"香遠益清，亭亭淨植"，象徵君子清幽潔淨，高逸超群，而令德遠播。蓮可以在遠處觀賞，不可在近處把玩，君子同樣是美德令人敬重，而不容侮弄輕慢。作者還以菊花和牡丹作襯托，菊花象徵隱逸，牡丹象徵富貴，蓮則象徵君子，這實際是三種不同的處世態度和人生追求。作者欣賞陶淵明那樣真正的隱士，譏刺流俗對富貴權勢的追逐，但他更推崇的是如蓮一樣出淤泥而不染，在污濁俗世中保持高尚獨立品格的君子。

　　君子是中國傳統文化推崇的理想人格。《論語》說"君子懷德"、"君子無終食之間違仁"、"君子喻于義，小人喻于利"、"君子矜而不爭，群而不黨"、"君子謀道不謀食"、"君子坦蕩蕩"等等。儒家推崇的君子具有仁厚、正直、勇敢、自重、獨立、坦蕩等美好的品德，強調安貧樂道和勇敢承擔對國家社會的責任。周敦頤正是這樣的君子。據史傳記載，周敦頤一生擔任縣令、知縣、州判等地方官員，為官清廉，不媚權勢，盡職盡責，深受百姓擁戴。在南安軍任中為秉公斷案，寧可得罪上司，不惜掛冠而去；任南昌知縣時家無百錢之儲，服御之物止一敝篋；在合州判官任時為小人所讒，部使者疑之，而處之超然，盡心職事；任廣東提點刑獄時務以洗冤澤物為己任，不避瘴癘，不憚勞瘁，終至染疾。黃庭堅稱讚周敦頤"人品甚高，胸中灑落，如光風霽月"，"短于取名而惠于求志，薄于徼福而厚于得民"。朱熹讚他"博學力行，聞道甚早，遇事剛果，有古人風。為政精密嚴恕，務盡道理"，"信古好義，以名節自砥礪，奉己甚約，俸祿盡以周宗族、奉賓友"。

　　《愛蓮說》以蓮自況，藉蓮言志，表達了周敦頤的人生理想和人格追求，也成為中國傳統文化理想人格的寫照。

〔北宋〕司馬光

諫院題名記

題解

　　司馬光（1019 年—1086 年）字君實，陝州夏縣（今屬山西）涑水鄉人，世稱涑水先生。宋仁宗景祐五年（1038 年）進士，初仕蘇州判官，後改為大理評事，補國子監直講。慶曆六年（1046 年），為館閣校勘、同知禮院。嘉祐七年（1062年），為起居舍人、同知諫院。宋英宗治平二年（1065 年），進龍圖閣直學士，辭去諫職。宋神宗即位，為翰林學士。熙寧三年（1070 年），因與王安石政見不合，辭樞密副使不拜，出知永興軍。熙寧四年（1071 年），為西京留司御史臺，居洛陽，編修《資治通鑑》。宋哲宗元祐元年（1086 年），拜尚書左僕射，兼門下侍郎。九月，卒于位，贈太師、溫國公，諡文正。《宋史》卷三三六有傳。北宋初年，諫議之責歸門下省和中書省的左、右諫議大夫，左、右司諫，左、右正言所掌，無專門諫官官署。直到仁宗明道元年（1032 年），始設諫院，以左、右諫議大夫為長官，主管規諫諷喻。歐陽修曾在《與高司諫書》中，痛斥高若訥 "身惜官位，懼飢寒而顧利祿"，"身為司諫，乃耳目之官，當其驟用時，何不一為天子辨其不

賢，反默默無一語，待其自敗，然後隨而非之"，簡直"不復
知人間有羞恥事"。可見諫院之官並非都具有履行職責的德
行。嘉祐八年（1063年），司馬光仍知諫院，寫下這篇《諫院
題名記》，也應是有感而發。

古者諫無官，自公卿大夫，至于工商，無不得諫者。漢
興以來 ❶，始置官。夫以天下之政，四海之眾，得失利病，
萃于一官使言之 ❷，其為任亦重矣。居是官者，當志其大，
捨其細；先其急，後其緩；專利國家而不為身謀。彼汲汲于
名者 ❸，猶汲汲于利也，其間相去何遠哉！

天禧初 ❹，真宗詔置諫官六員，責其職事。慶曆中，錢
君始書其名于版 ❺。光恐久而漫滅。嘉祐八年，刻著于石。
後之人將歷指其名而議之曰："某也忠，某也詐，某也直，
某也回。"嗚呼！可不懼哉！

《溫國文正司馬公文集》卷六六

❶ "漢興以來"二句：西漢武帝元狩五年（前118年），置諫大夫，
　 無定員，掌議論，屬光祿勳。東漢時改稱諫議大夫。自此，始有
　 專職諫官。

❷ 萃：聚集。

❸ 汲汲：急切地追求。

❹ "天禧初"三句：《宋史‧真宗紀》載，宋真宗天禧元年（1017 年）二月，置諫官、御史各六員，每月一員奏事，有急務，可隨時上奏。

❺ 錢君：即錢明逸（1015 年－1071 年），字子飛，宋仁宗慶曆四年（1044 年）為右正言，供職諫院。六年擢知諫院。《宋史》卷三一七《錢惟演傳》附有《錢明逸傳》。

　　《諫院題名記》闡述了諫官的重要責任、應該具有的能力與德行，以及諫院題名刻石的警示作用。首段議論，末段題記，看似遊離，卻密切關聯，強調了諫官"專利國家而不為身謀"的品行，汲汲于諫諍的使命感，以及對身後清正之名的愛惜。

　　文中指出，諫官所職，涉及"天下之政，四海之眾，得失利病"，可謂責任重大。正如歐陽修《上范司諫書》所言："諫官雖卑，與宰相等。天子曰不可，宰相曰可；天子曰然，宰相曰不然：坐乎廟堂之上與天子相可否者，宰相也。天子曰是，諫官曰非；天子曰必行，諫官曰必不可行：立殿陛之前與天子爭是非者，諫官也。宰相尊，行其道；諫官卑，行其言。言行，道亦行也。"然而，諫官並不能事無巨細緩急，一例進諫，須"志其大，捨其細；先其急，後其緩"。

　　司馬光在末段提及，諫官要經得住歷史的考驗，題名刻石就是為了"後之人將歷指其名而議之",真有"本以示榮"、"卻以示戒"（林雲銘《古文析義》卷一四）般的威力。這對于重視"生前身後名"之人來說,無疑是最嚴重的警告,直令他們不敢委曲詐偽。這對當代人淨化心理與約束行為也有所啟發。

西銘

張載（1020 年—1077 年）字子厚，北宋哲學家，鳳翔郿縣（今陝西眉縣）橫渠鎮人，世稱橫渠先生。北宋仁宗嘉祐二年（1057 年）進士，歷任祁州司法參軍、丹州雲岩令、簽書渭州軍事判官、崇文院校書、同知太常禮院等職。北宋神宗熙寧十年（1077 年）卒，年五十八。南宋寧宗嘉定十三年（1220 年），追諡明公。宋呂大臨有《橫渠先生行狀》（《張子全書》卷一五附），《宋史》卷四二七有傳。張載長期講學關中，弟子又大多是關中人，故他所領導的學派被稱為"關學"。張載為後世留下了許多寶貴的精神遺產，其中包括他的四句名言："為天地立心，為生民立命，為往聖繼絕學，為萬世開太平。" 當代哲學家馮友蘭先生將其稱作"橫渠四句"。這四句話的大意是，為社會建立起一套以道德倫理為核心的精神價值系統，為百姓指明一條共同遵行的大道，繼承孔孟等以往的聖人不傳的學問，為天下後世開闢永久太平的基業。由于它言簡意宏，一直被人們傳誦不衰。張載的著作自元明以後逐漸散佚，後世搜集編纂的本子主要有《張子全書》、《張橫渠文集》、《張子抄釋》等，還有以單行本問世的《易說》、《語錄》、《經學理窟》等。《正蒙》是張載晚年著作，原書不分篇章，後由其弟子蘇昞分為十七篇，這裏所選的《西銘》即出自第十七篇《乾稱篇》。《西銘》是宋代理學最重要的經典文獻。史稱其"言純而意備"，"深發聖人之微意"（《河南程氏粹言》卷一《論書篇》），"而闢佛、老之邪迷，挽人心之橫流，真孟子以後所未有也"（王夫之《張子正蒙注》卷九、朱熹《伊洛淵源錄》卷六），不僅程朱之後的理學家，就連反理學的哲學家，也幾乎無不對之推崇備至，取以教導門人。《西銘》對宋代以來知識階層理想人格的塑造產生了深遠影響。

乾稱父 ❶，坤稱母。予茲藐焉，乃混然中處 ❷。故天地之塞 ❸，吾其體；天地之帥，吾其性。民，吾同胞；物，吾與也 ❹。大君者 ❺，吾父母宗子 ❻；其大臣，宗子之家相也 ❼。尊高年，所以長其長；慈孤弱，所以幼吾幼。聖，其合德；賢，其秀也。凡天下疲癃殘疾 ❽，惸獨鰥寡 ❾，皆吾兄弟之顛連而無告者也 ❿。"于時保之" ⓫，子之翼也。"樂且不憂"，純乎孝者也。違曰悖德 ⓬，害仁曰賊 ⓭，濟惡者不才 ⓮，其踐形唯肖者也 ⓯。知化則善述其事 ⓰，窮神則善繼其志。不愧屋漏為無忝 ⓱，存心養性為匪懈 ⓲。惡旨酒 ⓳，崇伯子之顧養；育英才 ⓴，穎封人之錫類。不弛勞而底豫 ㉑，舜其功也；無所逃而待烹 ㉒，申生其恭也。體其受而歸全者，參乎 ㉓！勇于從而順令者，伯奇也 ㉔。富貴福

澤，將厚吾之生也；貧賤憂戚，庸玉女于成也 ㉕。存，吾順
事 ㉖；沒，吾寧也。

《張載集·正蒙·乾稱篇第一七》

❶ "乾稱父"二句：《周易·説卦》："乾，天也，故稱乎父；坤，地
也，故稱乎母。"全篇的主旨，在説明人是天地所生，稟受天地
之性，所以必須對天地行其大孝。

❷ 混然中處：指與天地相合而位于天地之中。朱熹注《西銘》説：
"人稟氣于天，賦形于地，以藐然之身混合無間，而位乎中，子道
也。"

❸ "故天地之塞"四句：是説充滿了天地之間的氣是構成人身體的東
西，即所謂氣體之充。天地的本性即是人的本性。《孟子·公孫丑
上》："我善養吾浩然之氣……其為氣也，至大至剛，以直養而無
害，則塞于天地之間。"又説："夫志，氣之帥也；氣，體之充也。
夫志至焉，氣次焉，故曰持其志，無暴其氣。"塞，充塞。

❹ 與：同伴。張載認為所有的人類都是同一父母（即天地）所生的親
兄弟，其他萬物都是人類的朋友。

❺ 大君：君主，帝王。

❻ 宗子：宗法社會裏享有繼承權的嫡長子。

❼ 家相：一家的總管。

❽ 疲癃（lóng）：衰老病殘。

❾ 惸（qióng）：同"煢"，沒有兄弟，孤獨。

❿ 顛連：狼狽困苦的樣子。無告：無所告訴。

⓫ "于時保之"四句：《詩·周頌·我將》："畏天之威，于時保之。"

朱熹《西銘》注："畏天以自保者，猶其敬親之至也；樂天而不憂者，猶其愛親之純也。"時，是。翼，恭敬。

⓬ 違：不從父母之命。悖德：指不遵守道德的行為。

⓭ 害仁曰賊：《孟子‧梁惠王下》："賊仁者謂之賊。"害仁就是賊仁。《正蒙‧中正篇》說："以愛己之心愛人則盡仁。"傷害了仁就叫作賊。

⓮ 濟：幫助，接濟。

⓯ 踐形：指將仁義實踐于形色之中。《孟子‧盡心上》："惟聖人然後可以踐形。"肖者：像父母的兒子。

⓰ "知化則善述其事"二句：這是說能窮神知化就能繼承天的意志，成就天的事業，就是天的孝子。知化、窮神，語本《周易‧繫辭》："窮神知化，德之盛也。"善述其事、善繼其志，語本《中庸》："夫孝者，善繼人之志，善述人之事者也。"

⓱ 不愧屋漏為無忝（tiǎn）：這是說在人所看不到的地方不做虧心事，是不辱父母的孝子。《詩‧大雅‧抑》："相在爾室，尚不愧于屋漏。"屋漏，室內西北隅隱僻處。又《詩‧小雅‧小宛》："夙興夜寐，無忝爾所生。"忝，羞辱。所生，即父母。

⓲ 存心養性為匪懈：《孟子‧盡心上》："存其心，養其性，所以事天也。"《詩‧大雅‧烝民》："夙夜匪懈。"匪懈，不怠。

⓳ "惡旨酒"二句：《孟子‧離婁下》："禹惡旨酒而好善言。"旨酒，美酒。崇，國名，禹的父親鯀是崇國的伯爵，所以稱禹為崇伯子。顧養，指善于保養本性。因為酒能亂性，所以說不飲酒就是能保養本性的孝子。

⓴ "育英才"二句：意思是說，教育英才的人，對天就像潁考叔的純孝，能使同類都成為天之孝子。《左傳》隱公元年："潁考叔，純孝也，愛其母，施及莊公。《詩》曰：'孝子不匱，永錫爾類。' 其是之謂乎！"錫，通"賜"。錫類，把恩德賜給朋類。

㉑ "不弛勞而底豫"二句：《孟子‧離婁上》："舜盡事親之道而瞽瞍底豫，瞽瞍底豫而天下化。"不弛勞，指竭盡全力。弛，鬆懈。底，

至，到。豫，安樂，快樂。

❷❷ "無所逃而待烹" 二句：意思是説，人無所逃于天地之間，命裏該死的時候，就只能像申生的恭順天命。《禮記·檀弓》："晉獻公將殺其世子申生，申生辭于狐突⋯⋯再拜稽首乃卒，是以為恭世子也。" 恭是申生死後的謚號，因為他順從父意，所以謚為恭。申生是自縊死的，待烹是等待殺戮的意思。當時申生的兄弟重耳勸他逃往國外，他説："君謂我欲弒君也，天下豈有無父之國哉？"

❷❸ 參（shēn）：孔子弟子曾參。《禮記·祭義》："曾子問諸夫子曰：'父母全而生之，子全而歸之，可謂孝矣；不虧其體，不辱其親，可謂全矣。'"

❷❹ 伯奇：周大夫尹吉甫的兒子，被父所逐。《顏氏家訓·後娶》："吉甫，賢父也；伯奇，孝子也。賢父御孝子，合得終于天性，而後妻間之，伯奇遂放。"

❷❺ 庸玉女于成也：庸，用。玉女，即玉汝。《詩·大雅·民勞》："王欲玉女。" 玉是寶貴的東西，玉汝于成，是説像打磨璞玉一樣磨煉你，使你取得成功。人在貧賤憂患中受了鍛煉，可以達到最高的成就，所以説貧賤憂患是一種磨煉，是用來使他達到成就的手段。

❷❻ "存，吾順事" 四句：朱熹《西銘》注："孝子之身存，則其事親也，不違其志而已；沒，則安而無所愧于親也。仁人之身存，則其事天也，不逆其理而已；沒，則安而無所愧于天也。蓋所謂'朝聞夕死'、'吾得正而斃焉'者，故張子之《銘》，以是終焉。" 張載這裏要表達的意思是，人們應該立足于現實，採取既順應天命又積極對待人生的態度。生時就順事天地，努力盡到自己的義務和職責，以實現自己人生的價值，死時便可無愧而得到安寧。這是在精神層面上的超越，是達到自己的目標之後所獲得的一種心靈上的平靜與滿足。

解析

　　《西銘》本名《訂頑》，原是張載退居橫渠講學時書于學堂西牖之上的一篇短文，其目的在警示學者。後來程頤恐《訂頑》之名易引起爭端，便改為《西銘》。《西銘》後來被編入《正蒙》一書，作為第十七篇《乾稱篇》的開頭部分，成為張載哲學思想的代表作之一。《西銘》以精煉的語言概括表達了張載的宇宙論、人性論、政治論、道德論、人生論及其相互之間的邏輯聯繫，是宋代理學論著中一篇具有綱領性意義的著作，常與周敦頤的《太極圖說》相提並論，歷來受到很高的評價。

　　《西銘》大旨是要解決如何從個人的角度看宇宙，以及如何運用這種對宇宙的觀點來看待個人和社會生活的問題。全文大體上可分為三個部分。第一部分從“乾稱父，坤稱母”到“民，吾同胞；物，吾與也”，這是全文的總綱，從宇宙論層面論證了萬物為一體、天下為一家的仁愛思想。第二部分從“大君者，吾父母宗子”到“勇于從而順令者，伯奇也”，這部分主要集中在政治、倫理思想層次的論說，重點關注的是道德的踐履，張載將事親與事天打通，把仁、孝倫理原則放置在宇宙論背景下關照，直接呼應了文章的第一部分。第三部分從“富貴福澤，將厚吾之生也”到“存，吾順事；沒，吾寧也”，主要表達了張載的人生觀。

　　張載還提出了“天地之帥，吾其性”的人性論，在他看來，人“混然中處”于天地大氣之中，人的身體是分得了天地之氣而成，人的性是自天地之間的主宰而來，人只有踐形盡性才能與天地合德。人能踐形盡性，即對天地父母盡到了孝道，便能窮神知化與天地合德。《西銘》反映了張載試圖通過孝道的提升和擴大來整頓社會道德、穩定社會秩序的願望。圍繞這一宗旨，文章的整個論證體系其實是由宇宙秩序到社會秩序，再到家庭秩序，宇宙、社會、家庭一脈相承、相合無間。就思想內涵和理論宗旨而言，《西銘》表達了仁愛的主題，也就是"民胞物與"的思想。通過"乾父坤母"到"民胞物與"再到"仁民愛物"的依次推進，最終形成了一個條理貫通的有序的仁愛格局。

張載的這種"民胞物與"、萬物一體思想，不僅繼承了傳統哲學中的"天人合一"思想，而且與儒家"禮運大同"的理想息息相通，對于信奉"國家興亡，匹夫有責"的擔當者來說，無疑是一種精神上的激勵和鼓舞。

答司馬諫議書

題
解

　　王安石（1021 年—1086 年）字介甫，號半山，撫州臨川（今屬江西）人。宋仁宗慶曆二年（1042 年）進士，授簽書淮南節度判官廳公事。嘉祐三年（1058 年），入為三司度支判官，奏獻萬言《上仁宗皇帝言事書》，闡述變法主張。宋神宗熙寧二年（1069 年），除諫議大夫、參知政事。次年，拜禮部侍郎、同中書門下平章事，推行變法。因反對派攻擊，熙寧七年（1074 年）被罷相，出知江寧府。八年，復拜同中書門下平章事、昭文館大學士。九年，外調鎮南軍節度使、同平章事、判江寧府。晚年退居金陵，元豐三年（1080 年）封荊國公，世稱“王荊公”。卒于鍾山（今江蘇南京），贈太傅。《宋史》卷三二七有傳。宋時邵伯溫的《邵氏聞見錄》載：“荊公（王安石）、溫公（司馬光）不好聲色，不愛官職，不殖貨利皆同。”嘉祐年間，王安石、司馬光二人同在從班，特相友善，時與呂公著（字晦叔）、韓維（字持國）並稱“嘉祐四友”。然而，二人卻因治國理念不同而逐漸疏遠。熙寧二年，宋神宗命王安石推行新法，設立制置三司條例司，推行青苗、均輸二法，統籌財政，不意受到士大夫的堅決反對。熙寧三年，司馬光連作三書以勸。第一書《與王介甫書》長達三千餘字，責難王安石“侵官”、“生事”、“征利”、“拒諫”、“致怨”，要求廢除新法，恢復舊制，《答司馬諫議書》便是對此書的回覆。

　　某啟 ❶：昨日蒙教，竊以為與君實遊處相好之日久 ❷，而議事每不合，所操之術多異故也 ❸。雖欲強聒 ❹，終必不蒙見察，故略上報，不復一一自辨。重念蒙君實視遇厚 ❺，于反覆不宜鹵莽 ❻，故今具道所以，冀君實或見恕也。

　　蓋儒者所爭，尤在于名實 ❼，名實已明，而天下之理得矣。今君實所以見教者，以為侵官、生事、征利、拒諫 ❽，以致天下怨謗也。某則以謂受命于人主 ❾，議法度而修之于朝廷，以授之于有司，不為侵官；舉先王之政，以興利除弊，不為生事；為天下理財，不為征利；闢邪說 ❿，難壬人，不為拒諫。至于怨誹之多，則固前知其如此也。

　　人習于苟且非一日，士大夫多以不恤國事、同俗自媚于眾為善，上乃欲變此，而某不量敵之眾寡，欲出力助上以抗之，則眾何為而不洶洶然 ⓫？盤庚之遷 ⓬，胥怨者民也 ⓭，非特朝廷士大夫而已。盤庚不為怨者故改其度 ⓮，度義而後動 ⓯，是而不見可悔故也。如君實責我以在位久，未能助上大有為，以膏澤斯民 ⓰，則某知罪矣。如曰今日當一切不事事 ⓱，守前所為而已，則非某之所敢知 ⓲。

　　無由會晤，不任區區嚮往之至 ⓳。

《臨川先生文集》卷七三

❶ 某啟：古時書信開頭格式，表示寫信人向對方啟告。

❷ 君實：司馬光字君實。

❸ 所操之術多異：主張多不一致。操，持，使用。術，方法，政見。

❹ 強聒（guō）：嘮叨不休。

❺ 重（chóng）念蒙君實視遇厚：是說再三思量，承蒙君實對我厚遇有加。視遇，看待。

❻ 于反覆不宜鹵莽：是說書信往來不宜粗疏草率。鹵莽，粗率冒失。

❼ 名實：古時兩個相對的哲學範疇，名指形式，實指內容。《論語·子路》說："子曰：'必也正名乎……名不正，則言不順；言不順，則事不成；事不成，則禮樂不興；禮樂不興，則刑罰不中；刑罰不中，則民無所措手足。'"

❽ 侵官、生事、征利、拒諫：指侵奪官吏職權，製造事端，爭奪百姓財利，拒絕接受諫議。王安石變法，設"制置三司（鹽鐵、戶部、度支）條例司"，"侵官"說的便是此項舉措。

❾ 人主：皇帝，這裏指宋神宗趙頊。

❿ "闢邪說"二句：是說駁斥錯誤言論，責難拒斥奸佞之人。闢，駁斥。壬（rèn），佞，指巧言諂媚、不行正道。

⓫ 洶洶然：爭吵、喧鬧的樣子。

⓬ 盤庚之遷：指盤庚遷都。商朝原來建都奄（今山東曲阜），因常有水患，盤庚即位後，決定遷都于殷（今河南安陽西北）。這一決定受到百姓、官吏、貴族的一致反對，盤庚先後作有三篇誥文，即《尚書·盤庚》（上中下），說服官民同意遷都，然後"百姓由寧，殷道復興"。

⓭ 胥（xū）怨：相怨，多指百姓對上的怨恨。

⓮ 度：法制。《左傳》昭公四年載："（子產曰）苟利社稷，死生以之。且吾聞為善者不改其度，故能有濟也。"

❺ 度（duó）義而後動：是說考慮是否合理後，再付諸行動。

❻ 膏澤：本指滋潤土壤的雨水，這裏用以比喻施加恩惠。

❼ 一切不事事：甚麼事都不做。

❽ 非某之所敢知：不是我願意領教的。

❾ 不任區區嚮往之至：古時寫信的客套語，向對方表達仰慕之情。
不任，不勝。區區，形容誠懇真摯。

　　《答司馬諫議書》針對司馬光的責難，從高處入手，
論證變法的名正言順，令“侵官、生事、征利、拒諫、
致怨”的指責不攻自破，並且批判了士大夫因循守舊的
不良習氣，表現了改革的決心與勇氣。

　　王安石稱，變法乃“名實已明，而天下之理得矣”
之舉：其制定法令的程序合理合法，先是“受命于人
主”，而後“議法度而修之于朝廷”，再“授之于有司”。
其目的則是“舉先王之政，以興利除弊”，“為天下理
財”。也正是因為變法為“度義而後動”的舉措，所以
致怨天下“而不見可悔”。除了正面的辯駁，王安石又
宕開一筆，批判士大夫苟且終日，一味“守前所為”，
對于這些人的指責，王安石明確表示“非某之所敢知”，
態度十分堅決。

　　王安石所表現出的果敢與擔當，與《宋史·王安石
傳》中所說的“三不足”精神相輔相成，即“天變不足

答司馬諫議書　　　　　　　　　　　　　　　　　　　　47

畏，祖宗不足法，人言不足恤"。這正是儒家士大夫精神的傳承與發揚，所謂"士不可以不弘毅，任重而道遠"，將激勵當代人樹立遠大理想、勇于擔當並堅定前行。

〔北宋〕王安石

遊褒禪山記

褒禪山，在今安徽含山北。據清乾隆朝修的《江南通志》卷一八"和州"載："褒禪山，在含山縣北十五里。舊名華山，以唐貞觀慧褒禪師得今名。上有起雲峰、龍洞、羅漢洞、龍女泉、白龜泉。寺後有石塔，石刻二大字，宋張孝祥書。又北三里，曰華陽山，一名蘭陵山，前後有二洞，宋王安石遊此有記。"明嘉靖朝的《含山邑乘》也曾載："華陽山，在縣北一十八里一都……有洞二：山前一洞，遊觀者甚眾；後一洞，王安石嘗遊焉，作記立碑，歲久碑記失傳。"此文題名為"遊褒禪山記"，記事多與褒禪山故實甚符，記遊的山中前後二洞則為華陽山景觀。宋仁宗至和元年（1054年）四月，王安石從舒州（治所在今安徽安慶）通判任上辭職，歸家途中遊覽此山，同年七月以追記的方式寫下此文，即文末所謂"至和元年七月某日，臨川王某記"。四年後，王安石上萬言書，主張改革，繼而在神宗年間，不遺餘力地推行新法。此文或可依稀看到他不畏艱險、推行改革的氣質與氣魄。

褒禪山，亦謂之華山，唐浮圖慧褒始舍于其址 ❶，而卒葬之，以故其後名之曰"褒禪" ❷。今所謂慧空禪院者，褒之廬冢也 ❸。距其院東五里，所謂華山洞者，以其乃華山之陽名之也 ❹。距洞百餘步，有碑仆道 ❺，其文漫滅，獨其為文猶可識，曰"花山"。今言"華"如"華實"之"華"者，蓋音謬也 ❻。

　　其下平曠，有泉側出，而記遊者甚眾，所謂前洞也。由山以上五六里，有穴窈然 ❼，入之甚寒，問其深，則其好遊者不能窮也，謂之後洞。余與四人擁火以入，入之愈深，其進愈難，而其見愈奇。有怠而欲出者 ❽，曰："不出，火且盡。"遂與之俱出。蓋予所至，比好遊者尚不能十一 ❾，然視其左右，來而記之者已少。蓋其又深，則其至又加少矣。方是時，予之力尚足以入，火尚足以明也。既其出 ❿，則或咎其欲出者，而予亦悔其隨之，而不得極夫遊之樂也。

　　于是予有歎焉。古人之觀于天地、山川、草木、蟲魚、鳥獸，往往有得，以其求思之深而無不在也。夫夷以近 ⓫，則遊者眾；險以遠，則至者少。而世之奇偉瑰怪非常之觀，常在于險遠，而人之所罕至焉，故非有志者不能至也。有志矣，不隨以止也，然力不足者，亦不能至也。有志與力，而又不隨以怠，至于幽暗昏惑 ⓬，而無物以相之 ⓭，亦不能至也。然力足以至焉，于人為可譏，而在己為有悔。盡吾志也而不能至者，可以無悔矣，其孰能譏之乎？此予之所得也。

　　余于仆碑，又以悲夫古書之不存，後世之謬其傳而莫能名者 ⓮，何可勝道也哉 ⓯！此所以學者不可以不深思而慎取之也。

　　四人者：廬陵蕭君圭君玉 ❶，長樂王回深父 ❷，余弟安國平父、安上純父 ❸。至和元年七月某日，臨川王某記。

《臨川先生文集》卷八三

❶ 浮圖：又作“浮屠”或“佛圖”，梵語音譯，指釋迦牟尼佛或佛教徒，這裏指後者。慧褒：唐代高僧，事跡不詳。

❷ 褒禪：即慧褒禪師。禪，梵語音譯“禪那”的簡稱，本指佛家追求的一種靜思境界，後來泛指與佛教有關的人或物。

❸ 廬冢（zhǒng）：古人服喪期間，在父母或師長墳墓旁搭建的守護的屋舍，叫廬冢，也叫廬墓。廬，屋舍。冢，墳墓。

❹ 陽：古時，山南水北謂之陽，山北水南謂之陰。

❺ 仆道：倒在路上。

❻ 音謬：讀音錯誤。

❼ 窈然：深邃幽暗的樣子。

❽ 怠：懈怠。

❾ 不能十一：不到十分之一。

❿ “既其出”二句：是説出洞後，有人責怪當時想要出來的人。既，已經。咎，責怪。

⓫ 夷：平坦。

⓬ 幽暗昏惑：幽深昏暗，叫人迷惑。

⓭ 相（xiàng）：輔助，幫助。

⓮ 謬其傳而莫能名：流傳中產生謬誤而不能道出真相。

⓯ 何可勝道：怎能說得盡。勝，盡。

⓰ 廬陵蕭君圭君玉：廬陵，今江西吉安。蕭君圭，字君玉。

⓱ 長樂王回深父：長樂，今屬福建。王回，字深父。

⓲ 余弟安國平父、安上純父：王安石之弟王安國（字平父）、王安上（字純父）。

　　《遊褒禪山記》通過對王安石等人遊賞山洞的敘述，表達了"不得極夫遊之樂"的遺憾，並藉遊覽之道論述勇于探索、堅忍不拔的精神對實現理想、成就人生的重要意義。若以遊記來論，《遊褒禪山記》在摹景抒情方面並非出色。然而，它敘議轉換，不着痕跡，義理精深，思慮縝密，無論從思想高度還是從寫作技巧上看，都堪稱佳作。

　　王安石提出"世之奇偉瑰怪非常之觀，常在于險遠"的觀點，暗喻美好的理想儘管無比瑰麗，卻往往難以實現。他認為，想要觀賞到世間險怪奇麗之景，務必要"有志與力"，且"不隨以怠"。人生亦當如此，只有通過堅強的意志、卓越的能力以及毫不怠惰、堅持到底的精神，才能最終實現理想。儘管在這一過程中，若"無物以相之，亦不能至也"，但起到關鍵作用的還是內在的心志。正所謂"盡吾志也而不能至者，可以無悔矣"。這其中所透露出的開拓意識、探索精神以及"雖千萬人吾往矣"的堅忍與果敢，在王安石後來推行的變法中發揮了重要作用，也激勵後世無數胸懷遠大理想的人們竭盡所能地追索真理，勇敢前行。

赤壁賦

蘇軾（1037年—1101年）字子瞻，又字和仲，號東坡居士，眉州眉山（今屬四川）人。嘉祐二年（1057年）進士。宋神宗元豐三年（1080年）因"烏臺詩案"被貶黃州（今湖北黃岡）。哲宗時，出知杭州、潁州、揚州、定州等地，官至禮部尚書。後又貶謫至惠州（今廣東惠陽）、儋州（今海南儋州）。徽宗即位，遇赦北歸，病逝于常州，諡文忠，著有《東坡七集》、《東坡易傳》、《東坡樂府》等。《宋史》卷三三八有傳。

黃州時期是蘇軾創作上的重要分水嶺，在此期間，他創作了著名的《念奴嬌·赤壁懷古》和前後《赤壁賦》等。元豐二年（1079年），蘇軾因被羅織以譏刺新法的罪名，一度下獄。司馬光等二十九位大臣名士也受到牽連，這就是當時震動朝野的"烏臺詩案"。三年二月，蘇軾被貶為黃州團練副使。五年七月十六日，作者夜遊黃州赤壁，寫下了這篇《赤壁賦》。三個月之後，十月十五日，作者復遊赤壁，又寫了一篇《赤壁賦》。後人分別稱為《前赤壁賦》和《後赤壁賦》，"前"字自然是後人所加。黃州赤壁，並非是三國赤壁之戰的古戰場，而是今湖北黃岡的赤鼻磯。蘇軾多次到此地遊覽，憑弔三國人物，表現了蘇軾思想深處的矛盾及其達觀圓融的生活態度。

壬戌之秋 ❶，七月既望 ❷，蘇子與客泛舟，遊于赤壁之下。清風徐來，水波不興。舉酒屬客 ❸，誦明月之詩 ❹，歌窈窕之章。少焉 ❺，月出于東山之上，徘徊于斗、牛之間 ❻。白露橫江，水光接天。縱一葦之所如 ❼，凌萬頃之茫然。浩浩乎如馮虛御風 ❽，而不知其所止；飄飄乎如遺世獨立，羽化而登仙 ❾。

于是飲酒樂甚，扣舷而歌之。歌曰："桂棹兮蘭槳 ❿，擊空明兮泝流光。渺渺兮予懷 ⓫，望美人兮天一方。"客有吹洞簫者 ⓬，倚歌而和之 ⓭。其聲嗚嗚然，如怨如慕 ⓮，如泣如訴，餘音裊裊，不絕如縷。舞幽壑之潛蛟 ⓯，泣孤舟之嫠婦。

蘇子愀然 ⓰，正襟危坐，而問客曰："何為其然也？"客曰："'月明星稀 ⓱，烏鵲南飛。'此非曹孟德之詩乎？西望夏口 ⓲，東望武昌 ⓳，山川相繆 ⓴，鬱乎蒼蒼，此非孟德之困于周郎者乎？方其破荊州 ㉑，下江陵，順流而東也，舳艫千里 ㉒，旌旗蔽空，釃酒臨江 ㉓，橫槊賦詩 ㉔，固一世之雄也，而今安在哉？況吾與子漁樵于江渚之上，侶魚蝦而友麋鹿 ㉕，駕一葉之扁舟 ㉖，舉匏尊以相屬 ㉗。寄蜉蝣于天地 ㉘，渺滄海之一粟。哀吾生之須臾 ㉙，羨長江之無窮。挾飛仙以遨遊，抱明月而長終。知不可乎驟得 ❸，託遺響于悲風。"

蘇子曰："客亦知夫水與月乎？逝者如斯 ❸，而未嘗往也；盈虛者如彼，而卒莫消長也。蓋將自其變者而觀之，則天地曾不能以一瞬；自其不變者而觀之，則物與我皆無盡也，而又何羨乎！且夫天地之間，物各有主。苟非吾之所有 ❸，雖一毫而莫取。惟江上之清風，與山間之明月，耳得之而為聲，目遇之而成色，取之無禁，用之不竭。是造物者之無盡藏也 ❸，而吾與子之所共食 ❸。"

客喜而笑，洗盞更酌，肴核既盡 ❸，杯盤狼籍。相與枕藉乎舟中 ❸，不知東方之既白 ❸。

《蘇軾文集》卷一

❶ 壬戌：宋神宗元豐五年（1082 年）。

❷ 既望：望日的後一天，即十六日。

❸ 屬（zhǔ）：通 "囑"，致意，此處意謂 "敬酒"。

❹ "誦明月之詩" 二句：指《詩·陳風·月出》，其第一章："月出皎兮，佼人僚兮。舒窈糾兮，勞心悄兮。" 窈糾，即窈窕。

❺ 少（shǎo）焉：一會兒。

❻ 斗、牛：指斗宿和牛宿。

❼ 一葦：指小船。《詩·衛風·河廣》："誰謂河廣，一葦杭之。"

❽ 馮（píng）虛御風：凌空駕風飛行。馮，通 "憑"，藉助。

❾ 羽化：指成仙飛升。《抱朴子・對俗》："古之得仙者，或身生羽翼，變化飛行。"

❿ "桂棹（zhào）兮蘭槳"二句：桂棹、蘭槳，用桂、蘭等香木做成的船槳。泝（sù），逆流而上。

⓫ "渺渺兮予懷"二句：我的心思隨船漂得很遠啊，想望美人，在天一方。渺渺，悠遠。美人，用以隱指賢君明主或美政理想。

⓬ 客有吹洞簫者：這裏指綿竹道士楊世昌。蘇軾《次孔毅父韻》："楊生自言識音律，洞簫入手清且哀。"

⓭ 和（hè）：應和。

⓮ "如怨如慕"二句：像是哀怨、思慕，又像是啜泣、傾訴。

⓯ "舞幽壑之潛蛟"二句：使深淵的蛟龍感動得起舞，使孤舟上的寡婦落淚哭泣，形容洞簫的感染力極強。嫠（lí）婦，孤居的婦女，指寡婦。

⓰ 愀（qiǎo）然：憂愁，悽愴。

⓱ "月明星稀"二句：出自曹操《短歌行》。

⓲ 夏口：今湖北武漢。

⓳ 武昌：今湖北鄂州。

⓴ 繆（liáo）：盤繞。

㉑ "方其破荆州"二句：漢建安十三年（208 年），曹操南征，降劉琮，佔領荆州，追擊劉備，進佔江陵。

㉒ 舳艫（zhú lú）千里：船隻首尾相接，千里不絕，極言船之多。舳，船尾掌舵處。艫，船頭划槳處。

㉓ 釃（shī）酒：斟酒。

㉔ 橫槊（shuò）賦詩：指曹操。槊，類似長矛的武器。

㉕ 侶魚蝦而友麋（mí）鹿：以魚蝦為伴，以麋鹿為友。

㉖ 扁（piān）舟：小船。

㉗ 匏（páo）尊：葫蘆一類的酒器。

㉘ “寄蜉蝣（fú yóu）于天地”二句：極言人在宇宙間的短暫和渺小。蜉蝣，一種昆蟲，春夏之交生于水邊，僅存活數小時，比喻人生之短暫。

㉙ 須臾（yú）：一會兒，時間極短。

㉚ “知不可乎驟得”二句：知道不可能立刻實現，就把這種心情用洞簫吹奏出來，讓它迴響在秋風裏。驟，立刻。

㉛ “逝者如斯”四句：水奔流而去，但它並沒有消失；月亮看起來有圓有缺，但它本身並沒有變大或變小。斯，此，指水。彼，指月亮。卒，最終。

㉜ 苟：假如。

㉝ 無盡藏（zàng）：本為佛教用語，指佛法廣闊無邊，後轉指寺院之財為無盡財，此指用之不盡的寶藏。

㉞ 食：享受。一作“適”。

㉟ “肴核既盡”二句：指飯後雜亂的樣子。狼籍，同“狼藉”，縱橫散亂。

㊱ 相與枕藉（jiè）：相互枕着靠着睡去。藉，墊着。

㊲ 既白：已經顯出白色，指天亮。

　　此賦開篇寫景如畫，描繪了一個水天一色、江月輝映的逍遙世界。蘇子“樂甚”而歌，客吹洞簫而和。不過，樂中含悲，“渺渺兮予懷，望美人兮天一方”，這正是處江湖之遠而憂其君的情感不自覺地自然流露，“歌”既是文中的轉折處，也是主客心靈相通處。歌中的“美人"，乃是作者以隱喻比興之法，隱指賢君明主或美政理想。作者遠離朝廷，依然有憂國憂君之念。洞簫之悲，所傳達出的又何嘗不是作者的心靈之悲？"舞幽壑之潛蛟，泣孤舟之嫠婦"，既是渲染客的高超音樂技藝，也從另一個側面把作者隱約的心靈之悲渲染到了極點。

接着，作者以"何為其然也"一句勾連上下，引出了客的回答。而客的回答，則又把人生的逼仄與悲哀寫到了極處，進一步申述了對人生之悲的感慨，"大江東去，浪淘盡、千古英雄人物"，英雄的功業，終歸寂滅，此為人生之一悲。即使可以逍遙一時，但是生命的短暫，形體的微小，在永恆浩瀚的大自然面前，顯得多麼微不足道，"寄蜉蝣于天地，渺滄海之一粟"，此為人生之又一悲。求仙長生，也不過是人生一夢，何況在理性上也知道這是無法也無可能實現的。客的回答，凸顯了人生的悖論與悲涼，不僅對蘇子，實際上也給每個人提出了一個必須面對的問題：人生的意義安在？

面對客的人生之悲，作者以"客亦知夫（fú）水與月乎"輕輕提起，從"自其變者而觀之"、"自其不變者而觀之"兩個方面進行了回答。蘇軾的回答，顯然與他接受了莊子的齊物論和僧肇的物不遷論等思想有關。莊子認為，萬物齊一，"自其異者視之，肝膽楚越也；自其同者視之，萬物皆一也"（《莊子·德充符》）。僧肇則認為，動靜不二，"不遷，故雖往而常靜；不住，故雖靜而常往"（《物不遷論》）。東坡以水月之喻對客作出的變與不變的回答，固然是他接受了道、佛思想的結果。但是，蘇軾所作出的此種回答，實際上也是他本人歷經宦海風波和世事滄桑，對人生有了切實體悟之後而作出的智慧表達。人生的悖論與悲涼，不但被他舉重若輕地消解了，而且人生的窘迫與局促，在他的視野中，更出現了無限寬廣的坦途——人生的意義在於歸向自然，這才是人生最好的安頓與最大的意義。在這一答案下面，客對于人生的悲慨之中所暗含的"人生意義安在"這一巨大疑問，就這樣被蘇軾的回答解決了。在蘇軾看來，在大自然中，在造物者的"無盡藏"中，處處可以得到人生的安頓，此即所謂的清風明月不用一錢買，人生何必拘泥"執于一端"？如果能夠戒"有"戒"取"，則江上之清風，山間之明月，就都是造物者的"無盡藏"。人生如寄，是客觀不變的事實，但是如果寄于造物者的"無盡藏"，享用造物者的"無盡藏"，則人生就得到了最大的有，找到了最好的安頓，實現了最大的意義。如果說，客之感慨導向的是人生之悲，指向的是人生價值的"無"，而蘇子的回答，則使得客的"無"發生了反轉，導向了人生的"有"，為人生指出了向上一路的境界。明乎此，也就明白了"客喜而笑"的原因。

蘇軾的這種思想自然有其積極意義，如果聯繫到作者的逐客生涯，聯繫到作者經歷過的生死之劫，就不難理解蘇軾為何能以一種安之若素的圓融心態，坦然面對一切的劫難，始終保持一種"也無風雨也無晴"的人生姿態。該賦正好展示了蘇軾融儒道佛為一體的哲學觀念與人生取向，在流連風物、憑弔歷史這一常見的題材中，蘇軾融入了道佛莊禪的思想，提升了議論說理的哲學高度，使宋代辭賦的文學境界為之一變。特別是作者對客的回答，從哲學的意義上回答了人生如何安頓的問題，該賦的境界由此為之廓大，其體現出的思想"深度"與"厚度"亦正在于此。即使在今天看來，作者親近自然，不以得失為懷的人生態度，依然具有現實意義。

潮州韓文公廟碑

蘇軾性情真率，總是從實際出發思考並力圖解決具體問題，這使得他即使在舊黨主政的元祐年間也屢受排擠，難安于任。哲宗元祐六年（1091 年），蘇軾自杭州任上被召回朝廷，任職未久，又于同年八月再外調潁州，元祐七年初再調任揚州。就在由潁州調任揚州這段時間裏，蘇軾應潮州知州王滌之請，構思並完成了《潮州韓文公廟碑》。文中說韓愈"不能使其身一日安于朝廷之上……去國萬里，而謫于潮"，這些話也包含了蘇軾對自身經歷及其背後的學術、政治背景的思考和定位。南宋人黃震評論說："《韓文公廟碑》，非東坡不能為此，非（韓）文公不足以當此，千古奇觀也。"（《黃氏日抄》卷六二）可謂中肯之論。

匹夫而為百世師 ❶，一言而為天下法。是皆有以參天地之化 ❷，關盛衰之運。其生也有自來 ❸，其逝也有所為。故申、呂自嶽降 ❹，傅說為列星 ❺，古今所傳，不可誣也 ❻。孟子曰："吾善養吾浩然之氣 ❼。"是氣也，寓于尋常之中，而塞乎天地之間。卒然遇之 ❽，則王公失其貴，晉、楚失其富 ❾，良、平失其智 ❿，賁、育失其勇 ⓫，儀、秦失其辯 ⓬，是孰使之然哉？其必有不依形而立 ⓭，不恃力而行，不待生而存，不隨死而亡者矣。故在天為星辰，在地為河嶽，幽則為鬼神，而明則復為人。此理之常，無足怪者。

自東漢以來，道喪文弊 ⓮，異端並起 ⓯，歷唐貞觀、開元之盛 ⓰，輔以房、杜、姚、宋而不能救 ⓱。獨韓文公起布衣，談笑而麾之 ⓲，天下靡然從公 ⓳，復歸于正，蓋三百年于此矣。文起八代之衰 ⓴，而道濟天下之溺；忠犯人主之怒，而勇奪三軍之帥。豈非參天地，關盛衰，浩然而獨存者乎 ㉑！蓋嘗論天人之辨，以謂人無所不至，惟天不容偽。智可以欺王公 ㉒，不可以欺豚魚。力可以得天下，不可以得匹夫匹婦之心。故公之精誠 ㉓，能開衡山之雲，而不能回憲宗之惑；能馴鱷魚之暴 ㉔，而不能弭皇甫鎛、李逢吉之謗；能信于南海之民，廟食百世，而不能使其身一日安于朝廷之上。蓋公之所能者，天也。所不能者，人也。

始，潮人未知學，公命進士趙德為之師 ㉕。自是潮之士，皆篤于文行，延及齊民 ㉖，至于今，號稱易治。信乎孔子之言："君子學道則愛人 ㉗，小人學道則易使也。" 潮人之事公也，飲食必祭，水旱疾疫，凡有求必禱焉。而廟在刺史公堂之後，民以出入為艱。前守欲請諸朝作新廟，不果。元祐五年，朝散郎王君滌來守是邦，凡所以養士治民者，一以公為師。民既悅服，則出令曰："願新公廟者聽。" 民歡趨之。卜地于州城之南七里，期年而廟成。

　　或曰："公去國萬里，而謫于潮，不能一歲而歸 ❷，沒而有知，其不眷戀于潮，審矣 ❷。"軾曰："不然！公之神在天下者，如水之在地中，無所往而不在也。而潮人獨信之深，思之至，焄蒿悽愴 ❸，若或見之。譬如鑿井得泉，而曰水專在是，豈理也哉？"元豐七年，詔封公昌黎伯 ❸，故榜曰昌黎伯韓文公之廟。潮人請書其事于石，因作詩以遺之，使歌以祀公。其詞曰：

　　公昔騎龍白雲鄉，手抉雲漢分天章 ❸，天孫為織雲錦裳 ❸。飄然乘風來帝旁，下與濁世掃秕糠 ❸，西遊咸池略扶桑 ❸。草木衣被昭回光 ❸，追逐李杜參翱翔，汗流籍湜走且僵 ❸。滅沒倒景不可望，作書詆佛譏君王，要觀南海窺衡湘 ❸。歷舜九疑弔英皇 ❸，祝融先驅海若藏 ❹，約束蛟鱷如驅羊。鈞天無人帝悲傷，謳吟下招遣巫陽 ❹，爋牲雞卜羞我觴 ❹。于粲荔丹與蕉黃 ❹，公不少留我涕滂，翩然被髮下大荒 ❹。

《蘇軾文集》卷一七

❸ "其生也有自來"二句：聖人的降生一定有特別的由來，聖人離世時一定已有所作為。

❹ 申、呂自嶽降：申，申伯。呂，甫侯，亦稱呂侯。二人是周朝的輔佐重臣。《詩·大雅·崧高》："維嶽降神，生甫及申。"

❺ 傅説（yuè）：商王武丁的大臣。《莊子·大宗師》："傅説得之（道），以相武丁，奄有天下，乘東維，騎箕尾，而比于列星。"

❻ 不可誣也：並非捏造。

❼ "吾善養吾浩然之氣"四句：《孟子·公孫丑上》："（孟子）曰：'我知言，我善養吾浩然之氣。''敢問何謂浩然之氣？'曰：'難言也。其為氣也，至大至剛，以直養而無害，則塞于天地之間。'"蘇軾這裏是大略言之，並非嚴格引用原文。

❽ 卒然：突然。

❾ 晉、楚：兩國一度是春秋時期最富強的諸侯國。《孟子·公孫丑下》："晉楚之富，不可及也。"

❿ 良、平：張良、陳平，漢高祖的開國功臣，以足智多謀見稱。

⓫ 賁（bēn）、育：孟賁、夏育，古代著名勇士。

⓬ 儀、秦：張儀、蘇秦，戰國時著名遊説之士。

⓭ "必有不依形而立"四句：是説不依賴具象而存在，不憑藉外力而自然流佈，沒有生死存亡變化的抽象之物，即孟子所説的"浩然之氣"。

⓮ 道：道統，即儒家正統理論。文：文統，即儒家正統理論的文字表達。

⓯ 異端：儒家正統之外的其他學説。

⓰ 貞觀、開元之盛：貞觀、開元是唐代的盛世時期。貞觀是唐太宗年號（627年－649年），開元是唐玄宗年號（713年－741年）。

⓱ 輔以房、杜、姚、宋而不能救：房玄齡、杜如晦，是唐太宗時的賢相。姚崇、宋璟，是唐玄宗前期時的賢相。救，挽回。

⑱ 麾：通“揮”，指揮，號召。

⑲ 靡然：傾倒的樣子。

⑳ “文起八代之衰”四句：指從文章的形式上看，韓愈之文一反東漢以來文章拘于偶對的習氣，重振司馬遷、揚雄的雄健文風。從文章的內容上看，韓愈之文重新倡導儒家道統，將天下人從對釋、老的沉迷中拯救出來。從事功上看，韓愈忠于自己的哲學及政治理念，在朝中極力勸諫唐憲宗迎佛骨的舉動，對藩鎮則不懼武力，敢于出使宣撫王廷湊部，力阻其違背朝命的分裂行為。（參見《新唐書·韓愈傳》）八代，指東漢、魏、晉、宋、齊、梁、陳、隋八個朝代。濟，拯救。

㉑ 浩然而獨存者：意謂韓愈是“浩然之氣”在唐代惟一（“獨存”）的繼承者。

㉒ “智可以欺王公”四句：指儒家經典中對人為作偽終究無法以精誠感天等問題的記述，如《論語·陽貨》説：“苟患失之，無所不至矣。”又如《周易·中孚》説：“豚、魚吉，信及豚、魚也。”這裏用“豚魚”和“匹夫匹婦”引出下文所説“馴鱷魚之暴”、“信于南海之民”的事跡。

㉓ “公之精誠”三句：指韓愈《謁衡嶽廟遂宿嶽寺題門樓》詩所説因誠心禱告而去晦昧見青天之事，“我來正逢秋雨節，陰氣晦昧無清風。潛心默禱若有應，豈非正直能感通！須臾靜掃眾峰出，仰見突兀撐青空”。憲宗之惑，指憲宗迎佛骨事。

㉔ “能馴鱷魚之暴”二句：馴鱷魚事指韓愈貶潮州期間寫《鱷魚文》令鱷魚西徙六十里的傳説（見《新唐書·韓愈傳》）。皇甫鎛（bó）、李逢吉之謗，前者指韓愈貶潮州後上表自辯，又被皇甫鎛中傷；後者指韓愈擔任京兆尹時，與御史中丞李紳因參拜禮儀問題衝突，宰相李逢吉有意挑撥，利用這一矛盾達到個人政治目的（二事皆見《新唐書·韓愈傳》）。

㉕ 命進士趙德為之師：韓愈曾請命趙德攝海陽縣尉，管理州學（見韓愈《潮州請置鄉校牒》）。

㉖ 齊民：即平民。

❷⓿ "君子學道則愛人"二句：語出《論語‧陽貨》。

❷⓼ 不能一歲而歸：韓愈自憲宗元和十四年（819 年）正月貶為潮州刺史，當年十月改任袁州刺史，在潮州不足一年。

❷⓽ 審：一定。

❸⓿ 焄（xūn）蒿悽愴：指祭祀時因聞到祭品氣味而產生懷念逝者的悽愴之情。《禮記‧祭義》記載了孔子論鬼神之名說："焄蒿悽愴，此百物之精也，神之著也。"焄，香氣。蒿，氣息蒸騰而上。

❸⓵ 詔封公昌黎伯：《宋史‧神宗紀》："（元豐七年五月）壬戌，以孟軻配食文宣王，封荀況、揚雄、韓愈為伯，並從祀。"

❸⓶ 天章：指挑取天河中星雲的文彩。

❸⓷ 天孫：織女星。

❸⓸ 秕（bǐ）糠：即上文所說的"異端"。

❸⓹ 西遊咸池略扶桑：屈原《離騷》："飲余馬于咸池兮，總余轡乎扶桑。"咸池，傳說太陽沐浴之處。略，行到。扶桑，神木。

❸⓺ 草木衣被昭回光：指韓愈的道德文章澤被一代。草木衣被，是"衣被草木"的倒文。昭回，光輝普照。《詩‧大雅‧雲漢》："倬彼雲漢，昭回于天。"

❸⓻ 汗流籍湜（shí）走且僵：指韓門弟子張籍、皇甫湜難以企及韓愈的成就。《新唐書‧韓愈傳》說："至其徒李翱、李漢、皇甫湜從而效之，遽不及遠甚。"

❸⓼ 要觀南海窺衡湘：指韓愈因諫憲宗迎佛骨而被貶潮州，從長安南下，須取道衡山湘江（在今湖南），才能到達潮州（地瀕南海）。

❸⓽ 弔英皇：指韓愈作《祭湘君夫人文》、《黃陵廟碑》，其中涉及傳說中因舜葬于九嶷山，舜的兩妃娥皇、女英亦死于湘水之事。

❹⓿ 祝融先驅海若藏：祝融是南海之神，海若是海神，韓愈的《南海神廟碑》都曾提及。蘇軾這裏指韓愈的魂魄也化為神靈，逗留在南方，與他當日文中提到的南方諸神儼然一處。

❹⓵ 遣巫陽：指上天派遣神巫召韓愈為天神，這裏暗用了《楚辭‧招

魂》：“帝告巫陽曰：‘有人在下，我欲輔之。’”

㊷ 犡（bó）牲雞卜羞我觴：用犛牛、美酒歆享，用雞骨占卜。

㊸ 于（wū）粲荔丹與蕉黃：這裏暗用韓愈的《柳州羅池廟碑》：“荔子丹兮蕉黃，雜肴蔬兮進侯堂。”于粲，色澤鮮明。

㊹ 翩然被髮下大荒：這裏暗用韓愈的《雜詩》：“翩然下大荒，被髮騎麒麟。”同時在祭祀禮儀上象徵着送走神靈。送神是祭祀的最後一個環節，在這裏意味着文章的結束。

解析

　　蘇軾為韓愈撰寫碑文，因與傳主有同聲相應的思想契合，撰寫時便傾注了個人情感與學術旨趣，故此文不僅成為蘇軾文章的名篇，其對韓愈在道統文統傳承歷史中地位的評判，即“文起八代之衰，而道濟天下之溺”與“匹夫而為百世師，一言而為天下法”，也一錘定音，傳誦至今。

　　在蘇軾看來，韓愈的歷史地位建立在他對道的體認傳承的基礎上。這種體認傳承，就個人層面來看，表現為韓愈在道德人格修養上具有一種浩然之氣鼓舞充沛的偉岸境界；就歷史層面來看，表現為韓愈對道統文統的歷史傳承起到自覺的前後承襲續接的作用。第一，蘇軾指出韓愈一生中“忠犯人主之怒”、“勇奪三軍之帥”、“馴鱷魚之暴”、“信于南海之民”的種種作為，背後存在着一種“參天地，關盛衰，浩然而獨存”之物，這種不依賴具象而存在、不憑藉外力而自然流佈、沒有生死存亡變化的抽象之物，即孟子所說的"浩然之氣"。蘇軾認為韓愈具有孟子所說的"浩然之氣"，背後的邏輯理路是將韓愈視為孟子之道在唐代的繼承者。蘇軾的《六一居士集敘》（《蘇軾文集》卷一〇）說得更加直白："學者以（韓）愈配孟子，蓋庶幾焉。"第二，蘇軾進一步指出，韓愈作為孟子學說在唐代的繼承者，具有"文起八代之衰，而道濟天下之溺"的重大意義。也就是說，孟子之後自東漢、魏、晉、宋、齊、梁、陳、隋中斷了八代的"道（統）"及其文字表現"文（統）"，是由韓愈一人獨自續接起來的。蘇軾這一描述背後的學術思想資源，是宋初以降士大夫推崇的道統文統學說。在宋初以來的道統文統學說框架中，孔、孟之後存在着一條"漢—唐—宋"一脈相承的傳襲線索，其中漢代的道統文統傳承者往往被宋代士大夫指認為揚雄（以及董仲舒），韓愈（以及唐初的王通）則被指認為道統文統學說在唐代的傳承者。

　　韓愈之後，在道統文統學說"漢—唐—宋"的傳承歷史線索中，宋代士大夫自任為道統文統的當代傳承者。蘇軾認為，歐陽修作為其中的代表，是"今之韓愈也"（《六一居士集敘》）。而蘇軾作為歐陽修的弟子，自然也在道統文統傳承的歷史語境中獲得了自信心和自豪感。這正可以揭櫫蘇軾此文評價韓愈"不能使其身一日安于朝廷之上。蓋公之所能者，天也。所不能者，人也"時隱含的反觀自身、夫子自道的心態，這也是蘇軾此文在道統文統"集體話語"中發出的一點"個人聲音"。在蘇軾的"天人之辨"中，天代表了必然的、規律性與趨勢性的"道"，道在人類社會中的體現也就是道統與文統；人代表了或然的、隨機性與權宜性的"人為"因素，在人類社會中體現為投機取合、察宜權變等巧偽乃至欺詐行為。在蘇軾看來，個體以充滿"浩然之氣"的人格處世臨事，也就意味着認同並投身于秉"道"而行這一超越性、長時段的歷史事件中，亦自然會在"歷史性"的傳承中獲得一種不朽的位置與價值。在這樣的思想境界下，一時的得失微不足道。蘇軾闡釋了韓愈的意義，同時也從現實世界的紛紜中開釋了自己。蘇軾所說的道符合他的時代的認識水平，未必能獲得我們的認同，但他對文化歷史傳承的敬意，對物質利益之上的群體性、超越性價值的提倡，仍有其合理性。我們今天體會蘇軾對韓愈的闡釋，或許也能讓自己從中獲得不惑于物質利益一時得失的心靈力量。

〔南宋〕朱熹

中庸章句序

題解

　　朱熹（1130 年—1200 年）字元晦，一字仲晦，號晦庵。徽州婺源（今屬江西）人。南宋高宗紹興十八年（1148 年）進士，歷知南康軍、漳州。寧宗初，以煥章閣待制提舉南京鴻慶宮。慶元二年（1196 年），被劾落職。卒後追諡"文"，世稱朱文公。《宋史》卷四二九有傳。朱熹一生主要居于福建講學，故其學又稱"閩學"。他的著作很多，主要有《周易本義》、《四書章句集注》、《四書或問》、《太極圖說解》、《通書注》、《西銘解》以及《朱子語類》和《朱子文集》等。其《四書章句集注》被元、明、清三代定為科舉取士的必讀之書。宋咸淳、德祐年間從祀孔廟，清康熙時又升位于十哲之次，被稱為理學的集大成者。這篇《中庸章句序》是朱熹為《中庸章句》所寫的序言，成于宋孝宗淳熙十六年（1189 年），朱熹時年六十歲，可以代表他晚年成熟的思想。此文論述了道統的傳承、中斷和接續，具有代表新儒學文化抱負的意義，序文的重心是對"道心"、"人心"說的闡明。

中庸何為而作也？子思子憂道學之失其傳而作也 ❶。蓋自上古聖神繼天立極 ❷，而道統之傳有自來矣 ❸。其見于經，則"允執厥中"者 ❹，堯之所以授舜也；"人心惟危 ❺，道心惟微，惟精惟一，允執厥中"者，舜之所以授禹也。堯之一言，至矣盡矣，而舜復益之以三言者，則所以明夫堯之一言，必如是而後可庶幾也 ❻。

蓋嘗論之，心之虛靈知覺 ❼，一而已矣 ❽，而以為有人心、道心之異者 ❾，則以其或生于形氣之私，或原于性命之正，而所以為知覺者不同，是以或危殆而不安，或微妙而難見耳。然人莫不有是形 ❿，故雖上智不能無人心，亦莫不有是性，故雖下愚不能無道心。二者雜于方寸之間 ⓫，而不知所以治之，則危者愈危，微者愈微。而天理之公卒無以勝夫人欲之私矣。精則察夫二者之間而不雜也 ⓬，一則守其本心之正而不離也。從事于斯，無少間斷，必使道心常為一身之主，而人心每聽命焉，則危者安、微者著，而動靜云為自無過不及之差矣。

夫堯、舜、禹，天下之大聖也。以天下相傳，天下之大事也。以天下之大聖，行天下之大事，而其授受之際，丁寧告戒，不過如此。則天下之理，豈有以加于此哉？自是以來，聖聖相承：若成湯、文、武之為君，皋陶、伊、傅、周、召之為臣 ⓭，既皆以此而接夫道統之傳 ⓮。若吾夫子，則雖不得其位，而所以繼往聖、開來學，其功反有賢于堯、舜者。然當是時，見而知之者，惟顏氏、曾氏之傳得其宗。及曾氏之再傳，而復得夫子之孫子思，則去聖遠而異端起矣❶❺。子思懼夫愈久而愈失其真也，于是推本堯、舜以來相傳之意，質以平日所聞父師之言❶❻，更互演繹，作為此書，以詔後之學者。蓋其憂之也深，故其言之也切；其慮之也遠，故其說之也詳。其曰"天命率性"，則道心之謂也；其曰"擇善固執"，則精一之謂也；其曰"君子時中"，則執中之謂也。世之相後千有餘年，而其言之不異如合符節。歷選前聖之書，所以提挈綱維，開示蘊奧，未有若是之明且盡者也。自是而又再傳以得孟氏，為能推明是書，以承先聖之統，及其沒而遂失其傳焉。則吾道之所寄❶❼，不越乎言語文字之間，而異端之說日新月盛，以至于老佛之徒出，則彌近理而大亂真矣。然而尚幸此書之不泯，故程夫子兄弟者出❶❽，得有所考，以續夫千載不傳之緒；得有所據，以斥夫二家似是之非。蓋子思之功，于是為大，而微程夫子，則亦莫能因其語而得其心也。惜乎！其所以為說者不傳，而凡石氏之所輯錄❶❾，僅出于其門人之所記，是以大義雖明，而微言未析。至其門人所自為說，則雖頗詳盡而多所發明，然倍其師說而淫于老佛者❷⓿，亦有之矣。

　　熹自蚤歲即嘗受讀而竊疑之❷❶，沉潛反復，蓋亦有年，一旦恍然，似有以得其要領者，然後乃敢會眾說而折其中，既為定著《章句》一篇，以竢後之君子❷❷。而一二同志復取石氏書，刪其繁亂，名以《輯略》❷❸，且記所嘗論辯取舍之意，別為《或問》，以附其後。然後此書之旨，支分節解❷❹，脈絡貫通，詳略相因，巨細畢舉，而凡諸說之同異得失，亦得以曲暢旁通而各極其趣。雖于道統之傳不敢妄議，然初學之士或有取焉，則亦庶乎行遠升高之一助云爾❷❺。淳熙己酉春三月戊申，新安朱熹序。

《四書章句集注·中庸》卷首

● 子思子：指孔子之孫孔伋（前 483 年－前 402 年），字子思。第
二個"子"是對有學問有道德者的尊稱。

● 繼天立極：繼天道以立人極。《詩·大雅·烝民》說："天生烝民，
有物有則。"但天自己不能講這些道理（準則），所以聖人體悟天
道，為之修道立教，以教化百姓。繼，繼守。極，中正的準則，
指人道的根本標準。

● 道統：指道的傳承譜系。朱熹認為，堯舜禹三代是以"允執厥中"
的傳承而形成道統的。以後聖聖相傳，歷經商湯、文王、武王、
皋陶、伊尹、傅說、周公、召公，傳至孔子；孔子以後，則有顏
子、曾子，再傳至子思，子思即是《中庸》的作者。孟子是子思
的再傳弟子，亦能"承先聖之統"。孟子之後，道統就中斷了，道
學亦沒有再傳承下去。這就是朱熹所認定的道統早期相傳譜系。

● 允執厥中：一作"允執其中"，謂誠實地堅持中正之道。朱熹注：
"允，信也。中者，無不及之名。"

● "人心惟危"四句：語出偽《古文尚書·大禹謨》。清人閻若璩在
《古文尚書疏證》中曾指出這是隱括《荀子·解蔽》中的一段話，
再續以《論語·堯曰》中的"允執厥中"一語而成，偽託為舜對禹
說的。這四句話，據朱熹意，是說雜于私欲之心是危而不安的，
而純乎天理之心則是深微難明的。只有精察正道，而又專一持守
的人，才能執其中道。人心，指人的各種生理欲望和需求。危，
指危而不安。道心，指合于道德準則的思想、情感、欲望。微，
指深微難明。

● 庶幾（jī）：也許，差不多，表示希望或推測之詞。

❼ 虛靈知覺：《朱子語類》卷一六説：“人心本是湛然虛明。”又説：“人心之靈，莫不有知”，“靈便是那知覺”。朱熹認為心是中性的，具備着虛靈知覺。在朱熹的理論系統中，並無“心即理”之“本心”義。心只是虛靈，必須通過格物的工夫，才能知理。

❽ 一：《朱子語類》卷四《性理一》説：“人物之性一源。”

❾ “而以為有人心、道心之異者”六句：朱熹認為，心具有虛靈的知覺能力，人之所以會形成不同的意識和知覺，意識之所以會有道心和人心的差別，主要是由于不同的知覺發生的根源不同。人心根源于形氣之私，道心根源于性命之正，即人心根源于人所稟受的氣所形成的形體，道心發自于人所稟受的理所形成的本性。人心惟危是説根于身體發出的人心不穩定而有危險，道心惟微是説根于本性發出的道心微妙而難見。

❿ “然人莫不有是形”四句：朱熹認為，人人都有形體、有本性，所以人人都有道心、有人心。按朱熹在其他地方所指出的，道心就是道德意識，人心是指人的自然欲求。

⓫ 方寸：指心（人心不過一寸見方）。

⓬ “精則察夫二者之間而不雜也”八句：在朱熹看來，如果人心中的道心和人心相混雜，得不到治理，那麼人欲之私就會壓倒天理之公，人心就變得危而又危，道心就更加隱沒難見。所以正確的功夫是精細地辨察心中的道心和人心，也就是要使道心常常成為主宰，使人心服從道心的統領，這樣人心就不再危險，道心就會發顯著明，人的行為就無過無不及而達到“中”。

⓭ 皋陶（gāo yáo）：一作“咎繇”，傳説為舜的大臣。伊：指伊尹，商湯的大臣。傅：指傅説，為殷武丁（高宗）的大臣。周：指周公旦。召：指召公奭。二人都是周成王的大臣。

⓮ 此：指“允執厥中”的傳統。

⓯ 異端：指別于儒家的其他諸家學説。

⓰ 質：質證，對證。

⓱ “吾道之所寄”二句：是説孟子以後就沒有傳道的人了，而道只寄

託于《中庸》等書中。

⓲ "程夫子兄弟者出"三句：程顥、程頤兄弟對《中庸》作了考據，被認定是儒家傳授"心法"的著作，使自孟子死後斷絕了一千多年的"道統"得以延續下來。

⓳ 石氏之所輯錄：石氏，指宋人石憝（dūn），字子重。石憝輯錄的《中庸集解》一書，裏面收錄了周敦頤、二程等宋儒解釋《中庸》的話。

⓴ 倍：同"背"，違背。淫：沉浸。

㉑ 蚤：同"早"。

㉒ 竢（sì）：同"俟"，等待。

㉓ 名以《輯略》：石憝所編的書原名《中庸集解》，經朱熹刪定後，更名為《中庸輯略》。

㉔ 支分節解：分章細説，按節解釋。

㉕ 行遠升高：走得更遠，登得更高。比喻對學問進一步探究其深奧理論。

解析　　　朱熹說"四書"為其畢生精力所萃，而《中庸章句》用心尤精密。這篇文章作為《中庸章句》的序文，大致可分為四個部分：第一部分，直述《中庸》成書原由，並重點提揭出"虞廷十六字心傳"，即"人心惟危，道心惟微，惟精惟一，允執厥中"。第二部分，對"道心、人心"作了完整的詮釋。第三部分，詳細論述了儒家道統的傳承、中斷和接續情況。第四部分，介紹自己作《中庸章句》的理由。

朱熹關于“道心、人心”的詮釋有一個發展過程，但對于這一問題的最後見解卻見于這篇序文。朱熹認為，“心”具有虛靈的知覺能力，且“心只是一個心，非是以一個心治一個心”（《朱子語類》卷一二），之所以會有道心和人心的差別，是由于不同的知覺其發生的根源不同。人心根源于形氣之私，道心根源于性命之正，即人心根源于人所稟受的氣所形成的形體，道心發自于人所稟受的理所形成的本性。人心惟危是說根于身體發出的人心不穩定而有危險，道心惟微是說根于本性發出的道心微妙而難見。

　　朱熹特別強調要精察天理與人欲，即道心與人心的界限，如果人心中的道心和人心相混雜，得不到治理，那麼人心就變得危而不安，道心就更加隱沒難見。必須使道心常常成為一身之主，使人心服從道心的統領，這樣，人心就不再危險，道心就會發顯著明，人的行為就無過無不及而達到“中”。

　　另一方面，由于人人都有形體，有本性，所以人人都有道心，有人心。聖人之所以為聖人，實質在于，在聖人的生命中，自然欲求（人心）已經完全順從了道德意識（道心），即所謂“道心常為一身之主”。在朱熹的思想裏，“人心”是指人的自然欲求，就人的生存必須依賴其自然欲求而言，它們不能說是不善；換言之，在一定程度內，朱熹是承認“人心”的合理性的。人心惟有在違背天理時，它們才成為“人欲”或“私欲”。過去常有不少人認定朱熹主張"禁欲主義",這其實是失之偏頗的。實質上,朱熹的倫理學觀點和多數的宋明儒者一樣,屬于"嚴格主義",而非"禁欲主義"。

作為兩宋理學的集大成者,朱熹吸收並整合了前期諸多理學話語資源,並創造性地將理學的關注課題集中到天理論、心性論、理氣論以及功夫論等層面,這些在《中庸章句序》中幾乎都有涉及。藉助于對"四書"等經典的系統解釋,朱熹成功地展開了其新儒學的理論建構,一方面促進了理學思想的傳播,另一方面也使得理學成為接下來幾個世紀中國人的指導思想,對當時及後世都產生了很大的影響。

〔南宋〕文天祥

指南錄後序

題解　文天祥（1236 年—1283 年）字宋瑞，一字履善，號文山，廬陵（今江西吉安）人。南宋理宗寶祐四年（1256 年）進士第一，歷任湖南提刑，知贛州。恭帝德祐元年（1275 年）元軍渡江，文天祥奉詔起兵勤王。次年拜右丞相兼樞密使，奉命出使元營，被拘，後脫逃。同年端宗繼位，改元景炎，召文天祥赴福州，拜右丞相，堅持抗元，轉戰江西、福建、廣東等地。帝昺祥興元年（1278 年）十二月，兵敗被俘。次年押往元大都（今北京），囚禁三年，始終不屈。元至元十九年十二月九日（1283 年 1 月 9 日）從容就義。《宋史》卷四一八有傳。《指南錄》收錄的是文天祥德祐二年出使元營、被拘脫逃及流亡途中所作詩歌，是文天祥途中撰集的，書名取自其《揚子江》詩“臣心一片磁針石，不指南方不肯休”句。本文即文天祥為《指南錄》所作的後序，時端宗已即位，改元景炎元年（1276 年）。

德祐二年二月十九日，予除右丞相兼樞密使 ❶，都督諸路軍馬 ❷。時北兵已迫修門外 ❸，戰、守、遷皆不及施 ❹。縉紳、大夫、士萃于左丞相府 ❺，莫知計所出。會使轍交馳 ❻，北邀當國者相見 ❼，眾謂予一行為可以紓禍 ❽。國事至此，予不得愛身，意北亦尚可以口舌動也 ❾。初奉使往來，無留北者，予更欲一覘北 ❿，歸而求救國之策。于是辭相印不拜，翌日，以資政殿學士行 ⓫。

初至北營，抗辭慷慨 ⓬，上下頗驚動，北亦未敢遽輕吾國 ⓭。不幸呂師孟構惡于前 ⓮，賈餘慶獻諂于後 ⓯，予羈縻不得還 ⓰，國事遂不可收拾。予自度不得脫 ⓱，則直前詬虜帥失信 ⓲，數呂師孟叔姪為逆 ⓳。但欲求死，不復顧利害。北雖貌敬，實則憤怒。二貴酋名曰館伴 ⓴，夜則以兵圍所寓舍，而予不得歸矣。

未幾 ㉑，賈餘慶等以祈請使詣北 ㉒。北驅予並往，而不在使者之目 ㉓。予分當引決 ㉔，然而隱忍以行，昔人云“將以有為也 ㉕”。至京口 ㉖，得間奔真州 ㉗，即具以北虛實告東西二閫 ㉘，約以連兵大舉。中興機會，庶幾在此 ㉙。留二日，維揚帥下逐客之令 ㉚。不得已，變姓名，詭蹤跡，草行露宿，日與北騎相出沒于長、淮間。窮餓無聊 ㉛，追購又急 ㉜，天高地迥 ㉝，號呼靡及 ㉞。已而得舟，避渚洲，出北海 ㉟，然後渡揚子江，入蘇州洋 ㊱，展轉四明、天台 ㊲，以至于永嘉 ㊳。

嗚呼！予之及于死者不知其幾矣！詆大酋當死 ㊴，罵逆賊當死，與貴酋處二十日，爭曲直，屢當死。去京口，挾匕

首以備不測 ❹，幾自頸死 ❹。經北艦十餘里 ❹，為巡船所物色 ❹，幾從魚腹死。真州逐之城門外 ❹，幾徬徨死。如揚州 ❹，過瓜洲、揚子橋 ❹，竟使遇哨 ❹，無不死。揚州城下，進退不由 ❹，殆例送死 ❹。坐桂公塘土圍中 ❺，騎數千過其門，幾落賊手死。賈家莊幾為巡徼所陵迫死 ❺。夜趨高郵 ❺，迷失道，幾陷死。質明避哨竹林中 ❺，邏者數十騎 ❺，幾無所逃死。至高郵，制府檄下 ❺，幾以捕繫死。行城子河 ❺，出入亂屍中，舟與哨相後先，幾邂逅死 ❺。至海陵 ❺，如高沙 ❺，常恐無辜死。道海安、如皋 ❻，凡三百里，北與寇往來其間 ❻，無日而非可死。至通州 ❻，幾以不納死 ❻。以小舟涉鯨波 ❻，出無可奈何，而死固付之度外矣！嗚呼！死生晝夜事也，死而死矣，而境界危惡，層見錯出，非人世所堪。痛定思痛，痛何如哉！

予在患難中，間以詩記所遭 ❻，今存其本，不忍廢，道中手自抄錄。使北營，留北關外為一卷 ❻。發北關外，歷吳門、毗陵 ❻，渡瓜洲，復還京口為一卷。脫京口，趨真州、揚州、高郵、泰州、通州為一卷。自海道至永嘉、來三山為一卷 ❻。將藏之于家，使來者讀之，悲予志焉。

嗚呼！予之生也幸，而幸生也何所為？求乎為臣，主辱，臣死有餘僇 ❻。所求乎為子，以父母之遺體行殆 ❼，而死有餘責。將請罪于君，君不許。請罪于母，母不許。請罪于先人之墓，生無以救國難，死猶為厲鬼以擊賊，義也。賴天之靈、宗廟之福 ❼，修我戈矛，從王于師，以為前驅，雪九廟之恥 ❼，復高祖之業 ❼，所謂“誓不與賊俱生”，所謂“鞠躬盡力，死而後已”，亦義也。嗟夫！若予者，將無往

而不得死所矣 ❼。向也使予委骨于草莽 ❼，予雖浩然無所愧怍 ❼，然微以自文于君親 ❼，君親其謂予何 ❼？誠不自意返吾衣冠 ❼，重見日月 ❽，使旦夕得正丘首 ❻，復何憾哉！復何憾哉！

是年夏五，改元景炎 ❽，盧陵文天祥自序其詩，名曰《指南錄》。

《文山先生全集》卷一三

❶ 除：拜官，授職。樞密使：樞密院長官，掌管國家軍事。

❷ 都督：總領，統領。

❸ 北兵：指元兵。迫：逼近。修門：國都城門。

❹ 戰、守、遷皆不及施：迎戰、固守或遷都，都已來不及施行。

❺ 萃：聚集。左丞相：時任左丞相為吳堅。

❻ 會使轍交馳：指宋、元使臣來往車輛頻繁。會，恰巧，適逢。

❼ 當國者：主持國政之人。元軍邀請宋朝執政者至營談判。

❽ 眾謂予一行為可以紓（shū）禍：是說眾人都認為我去一趟可以解除禍患。紓禍，解除禍患。

❾ 意：料想。以口舌動：用語言說服打動。

❿ 覘（chān）：窺視，觀察。指前往一探元軍情況。

⓫ 資政殿學士：文天祥辭去相印，以資政殿學士名義前往元營。

⓬ 抗辭：嚴辭抗辯。

⓭ 遽（jù）：遂，就。

❹ 呂師孟：宋兵部尚書，德祐元年（1275 年）出使元軍，投降。構惡：作惡。

❺ 賈餘慶：宋同簽書樞密院事，知臨安府，繼文天祥為右丞相。

❻ 羈縻（jī mí）：拘禁，扣留。

❼ 自度（duó）：自己估計。

❽ 直前詬（gòu）虜帥失信：徑直上前詰罵元軍統帥伯顏失信。詬，責罵，辱罵。

❾ 數：斥責，列舉罪狀。呂師孟叔姪：呂師孟之叔呂文煥為宋襄陽守將，時已降元。

❷⓿ 貴酋：指元軍將領。館伴：陪同接待外國使臣的人員。

❷❶ 未幾：不久。

❷❷ 祈請使：奉表請降的使節。宋朝派賈餘慶等人為祈請使，前往元大都請降。

❷❸ 目：列。

❷❹ 分（fèn）當：本當，理應。引決：自殺。

❷❺ 將以有為也：語出唐韓愈的《張中丞傳後敍》，指隱忍不死，以圖有所作為。

❷❻ 京口：今江蘇鎮江。

❷❼ 得間：得到機會。真州：治所在今江蘇儀徵。

❷❽ 東西二閫（kǔn）：指淮東制置使李庭芝和淮西制置使夏貴。閫，郭門的門檻，藉指統兵在外的將領。

❷❾ 庶幾：或許，可能。

❸⓿ 維揚帥：維揚為揚州別稱，維揚帥指淮東制置使李庭芝。李庭芝誤以為文天祥來說降，乃令真州守將苗再成殺他。苗不忍，將其放走。帥，原本誤作"師"。

❸❶ 無聊：無所依靠。

㉜ 購：重金收買，懸賞以求。

㉝ 迥：遠。

㉞ 號呼：哀號呼喊。靡：不。

㉟ 北海：指淮海。

㊱ 蘇州洋：今上海市東南海域。

㊲ 四明：宋時明州（慶元府）的別稱，治今浙江寧波。天台：今屬浙江。

㊳ 永嘉：今屬浙江。

㊴ 大酋：指元軍統帥伯顏。

㊵ 挾：原本誤作"扶"。夾持，懷藏。

㊶ 自頸：以刀割頸自殺。

㊷ 北艦：指元軍船隊。

㊸ 物色：搜尋。

㊹ 真州逐之城門外：指上文的維揚帥下逐客之令，被驅城外事。

㊺ 如：往。

㊻ 瓜洲、揚子橋：在揚州邗江南。

㊼ 竟使：假使。哨：指巡邏的士兵。

㊽ 不由：不由自主。

㊾ 殆例：按例。是説按例幾乎是送死。

㊿ 桂公塘：在揚州城外。

(51) 賈家莊：在揚州城外。巡徼（jiào）：巡邏兵。

(52) 趨：疾行。高郵：今屬江蘇。

(53) 質明：天剛亮的時候。

(54) 邏者：巡邏的元兵。

(55) 制府：制置使。檄：聲討的文書。淮東制置使李庭芝下令捕拿文天祥。

(56) 城子河：在高郵境內。

(57) 幾邂逅（xiè hòu）死：是説險些與元軍不期相遇而死。邂逅，偶然碰上。

(58) 海陵：今江蘇泰州。

(59) 高沙：指高郵（此據陳友興、陳軍《文天祥〈指南錄後序〉之"高沙"辨析》）。

(60) 道：經過。海安、如皋：今皆屬江蘇。

(61) 北與寇："北"指元軍，"寇"指土匪。

(62) 通州：治所在今江蘇南通。

(63) 不納：不被接納入城。

(64) 鯨波：比喻驚濤駭浪。

(65) 間：間或。

(66) 北關外：指臨安城北的元軍駐紮地。

(67) 吳門：今江蘇蘇州。毗陵：今江蘇常州。毗，原本誤作"昆"。

(68) 三山：今福建福州。

(69) 僇（lù）：侮辱，羞辱。是説臣子未能使國君免于受辱，即使身死也有餘羞。

(70) 遺體行殆：是説以父母留給自己的身體去冒險。子女為父母所生，子女的身體即父母的遺體。

(71) 宗廟：古代帝王祭祀的廟宇，代指朝廷和國家。

(72) 雪九廟之恥：是説要掃清皇帝祖宗所遭受的恥辱。帝王宗廟祭祀祖先，共有九廟。

(73) 高祖：指宋太祖趙匡胤。

(74) 無往而不得死所：是説不管在哪裏死，都能死得其所。

⑮ 向也：當初。委骨于草莽：指屍骨棄于草叢荒野。

⑯ 愧怍（zuò）：慚愧。

⑰ 微以自文：指無法向國君和父母文飾自己的過失。微，無。

⑱ 其謂予何：會説我甚麼呢？意謂有所責備。

⑲ 誠不自意：自己實在沒有料想到。返吾衣冠：指重新穿上宋朝的官服。

⑳ 日月：代指國君。

㉑ 正丘首：狐狸死時頭向窟穴，表示依戀故土。這裏指死在故國。

㉒ 景炎：德祐二年（1276 年）五月，宋端宗趙昰（shì）在福州繼位，年號景炎。

德祐二年（1276 年），元丞相伯顏舉兵進逼南宋首都臨安（今浙江杭州），朝廷上下一片混亂，"三宮九廟、百萬生靈，立有魚肉之憂"（《指南錄自序》）。當此危亡之際，文天祥挺身而出，毅然承擔起出使元營的重任。文天祥在元營中據理力爭，抗辭慷慨，遭伯顏拘禁，拒不投降，並痛斥降元的呂文煥、呂師孟等人。隨後被押往元大都，至京口得隙脱逃，奔真州。淮東制置使李庭芝疑文天祥為元軍奸細，下令捕殺，幸真州守將苗再成不忍，將他放走。文天祥一路逃亡，草行露宿，既要躲避元軍的懸賞追捕，又要提防宋軍誤信流言的加害，窮餓無依，屢陷絕境。途中與元軍多次遭遇，九死一生，幸而得脱，輾轉至永嘉。本文前半部分敍述了這段出使、逃亡的經歷，隨後以排山倒海般的十幾個排比句，列舉了自己陷入死境的諸多事例。情勢危急險惡，屢屢命懸一線，危惡境況非人所堪，國家破亡的現實和個人困苦難堪的境遇，令人哀歎。

　　在非人所堪的慘酷境遇中，文天祥始終不屈不撓，頑強圖存。他並不懼死，"死生晝夜事也，死而死矣"。在元軍兵臨城下時他奮不顧身出使元營，"國事至此，予不得愛身"；被元軍拘禁勸降時直罵敵帥，面斥降臣，"但欲求死"；被押同宋朝祈請使北上時，也曾考慮自殺；後來兵敗後押赴大都路途中曾絕食八日而不死。文天祥早已把生死置之度外。他克服重重困難，頑強圖存，是為了"將以有為"，為了"修我戈矛，從王于師，以為前驅"，為了"雪九廟之恥，復高祖之業"。正如他在《指南錄自序》中所說的："未死以前，無非報國之日。"支撐他活下來的，是報國的信念，是"誓不與賊俱生"、"鞠躬盡力，死而後已"的氣節，是抵抗外侮、光復國家的決心。他被俘後在《過零丁洋》詩中寫下的千古名句"人生自古誰無死，留取丹心照汗青"，與本文中的生死觀一脈相承，都充滿了英雄氣概和偉大愛國主義精神。

〔南宋〕文天祥

正氣歌序

題解

　　南宋帝昺祥興元年（1278 年）冬，文天祥在五坡嶺（今廣東海豐北）兵敗被俘，次年被押送至元大都（今北京）。元朝統治者多次勸降無果，遂將文天祥囚禁在兵馬司土室中長達三年。《正氣歌》是文天祥被關押在土室兩年後所作的一首五言古詩，本文即《正氣歌》詩前小序。此詩作後的第二年（元世祖至元十九年，1283 年）十二月，文天祥慷慨就義。

原文

　　予囚北庭 ❶，坐一土室。室廣八尺，深可四尋 ❷。單扉低小 ❸，白間短窄 ❹，污下而幽暗 ❺。當此夏日，諸氣萃然 ❻。雨潦四集 ❼，浮動床几，時則為水氣。塗泥半朝 ❽，蒸漚歷瀾 ❾，時則為土氣。乍晴暴熱，風道四塞，時則為日氣。檐陰薪爨 ❿，助長炎虐 ⓫，時則為火氣。倉腐寄頓 ⓬，陳陳逼人 ⓭，時則為米氣。駢肩雜遝 ⓮，腥臊污垢，時則為人氣。或圂溷 ⓯，或死屍 ⓰，或腐鼠，惡氣雜出，時則為穢

氣 ⓱。疊是數氣，當之者鮮不為厲 ⓲。而予以孱弱 ⓳，俯仰其間，于茲二年矣 ⓴。嗟乎 ㉑！是殆有養致然 ㉒。然爾亦安知所養何哉 ㉓？孟子曰："吾善養吾浩然之氣 ㉔。" 彼氣有七 ㉕，吾氣有一，以一敵七，吾何患焉！況浩然者，乃天地之正氣也。作《正氣歌》一首。

《文山先生全集》卷一四

❶ 北庭：指元大都（今北京）。

❷ 可：大約。尋：古代長度單位，一尋一般為八尺。

❸ 單扉：單扇門。

❹ 白間：窗。

❺ 污下：低窪。

❻ 萃然：聚集的樣子。

❼ 雨潦（lǎo）：大雨積水。

❽ 塗泥半朝：指土室牆上的泥土處于半潮濕狀態。朝，通 "潮"。

❾ 蒸漚：熏蒸漚爛。歷瀾：水氣蒸騰貌。

❿ 檐陰薪爨（cuàn）：在房檐下燒火做飯。

⓫ 炎虐：酷熱。

⓬ 倉腐寄頓：倉庫中積存腐敗的糧食。

⓭ 陳陳逼人：指陳年的糧食散發逼人的氣味。

⓮ 駢肩：肩挨着肩。雜遝（tà）：紛煩雜多貌。遝，通 "沓"。

⓯ 圊（qīng）溷（hùn）：廁所。

⑯ 或死：二字原缺，據明崇禎刻本補，《四庫全書》本作“或毀”。

⑰ 穢氣：腐爛不潔的氣味。

⑱ 之者：二字原缺，據崇禎本、《四庫全書》本補。厲：災疫，指染疫病。

⑲ 孱（chán）弱：瘦弱，身體虛弱。

⑳ 于茲：到現在。

㉑ 嗟乎：二字原缺，據崇禎本補，《四庫全書》本作“審如”。

㉒ 是殆有養致然：這大概是因為我有所修養而致如此。殆，大概。

㉓ 然爾亦安知所養何哉：然而又怎麼知道我所修養的是甚麼呢？爾，通“而”。

㉔ 浩然之氣：正大剛直之氣。此句出自《孟子·公孫丑上》。

㉕ 彼氣：指上述水氣、土氣等。

　　面對元統治者的威逼利誘，文天祥不為所動。元統治者遂將文天祥囚禁在環境極其惡劣的兵馬司土室中，試圖以此消磨他的意志，令其屈服。文天祥在土室中被關押了三年，受盡肉體和精神的折磨，卻始終保持着不屈的鬥志和愛國的熱情。寫作《正氣歌》時，文天祥已經在土室中被關押了兩年之久。酷夏大雨之後，土室中污穢不堪，水氣、土氣、日氣、火氣、米氣、人氣、穢氣，七氣混雜，常人鮮不染疫而亡。文天祥以孱弱之身，在這種艱難困苦的環境中堅持了兩年，沒有被壓垮，他認為這是自己的“浩然之氣”戰勝了邪氣。

"浩然之氣"出自《孟子·公孫丑上》："其為氣也，至大至剛，以直養而無害，則塞于天地之間。"孟子認為浩然之氣是天地間正大剛直之氣，它與道、義相配，是一種至高的精神境界。在中華民族精神中，"浩然之氣"體現為臨危不懼、殺身成仁的豪氣，為國為民、鞠躬盡瘁的擔當，抵禦外侮、堅貞不屈的氣節，追求真理、堅持正義的信念，同時也是一種正直、坦蕩、堅定，富貴不能淫、貧賤不能移、威武不能屈的人格力量。文天祥的《正氣歌》是對這種民族精神和高尚人格的頌歌，同時也是他對自己的期許和激勵。

　　《正氣歌》開篇便點出主題："天地有正氣，雜然賦流形"，"于人曰浩然，沛乎塞蒼冥"。隨後作者列舉了歷史上十二位具有浩然正氣的代表人物："在齊太史簡，在晉董狐筆。在秦張良椎，在漢蘇武節。為嚴將軍頭，為嵇侍中血。為張睢陽齒（一本作齒），為顏常山舌。或為遼東帽，清操厲冰雪。或為出師表，鬼神泣壯烈。或為渡江楫，慷慨吞胡羯。或為擊賊笏，逆豎頭破裂。"他們都是"時窮節乃見，一一垂丹青"的典範。文天祥以這些歷史人物激勵自己，以浩然之氣面對敵人，"是氣所旁薄，凜烈萬古存。當其貫日月，生死安足論"。為了民族的事業生死且不足懼，更不會怕任何艱難困苦。《正氣歌》及《正氣歌序》是文天祥自覺的民族精神的體現，也成為中華民族精神史上寶貴的篇章。

學政說

　　元好問（1190 年—1257 年）字裕之，號遺山，太原秀容（今山西忻州）人。金宣宗興定五年（1221 年）進士及第，授權國史院編修，歷任內鄉縣令、南陽縣令，所在有治名。天興元年（1232 年）調任尚書省令史，升任左司都事，又轉任尚書省左司員外郎。金亡後為元兵羈押，傷故國之亡，潛心編撰《中州集》，意在以詩存史。後為元世祖忽必烈大臣耶律楚材接納，然元好問無心為官，遂隱居故里，以著述自娛。《金史》卷一二六有傳。其詩文結集為《遺山先生文集》四十卷。元好問詩文兼擅，尤以詩名重天下，為金元之際文壇盟主。本篇節選自《遺山先生文集》卷三二《東平府新學記》，作于元憲宗五年乙卯（1255 年），是元好問晚年的作品，題目為本書所擬。

原文

嗚呼！治國治天下者有二：教與刑而已。刑所以禁民，教所以作新民。二者相為用，廢一不可。然而有國則有刑，教則有廢有興，不能與刑並，理有不可曉者。故刑之屬不勝數，而賢愚皆知其不可犯。教則學政而已矣 ❶，去古既遠，人不經見，知所以為教者亦鮮矣，況能從政之所導以率于教乎 ❷？何謂政？古者井天下之田 ❸，黨庠遂序 ❹，國學之法立乎其中。射、鄉飲酒 ❺、春秋合樂 ❻、養老、勞農、尊賢、使能、考藝、選賢之政皆在。聚士于其中，以卿大夫嘗見于設施而去焉為之師，教以德以行 ❼，而盡之以藝 ❽。淫言詖行 ❾，詭怪之術，不足以輔世者，無所容也。士生于斯時，揖讓、酬酢 ❿、升降，出入于禮文之間。學成則為卿，為大夫，以佐王經邦國。雖未成而不害其能，至焉者猶為士，猶作室者之養吾棟也。所以承之庸之者如此 ⓫。庶頑讒說 ⓬，若不在時，侯以明之 ⓭，撻以記之 ⓮。記之而又不從，是蔽陷畔逃 ⓯，終不可與有言，然後棄之為匪民 ⓰，不得齒于天下 ⓱。所以威之者又如此。學政之壞久矣！人情苦于羈檢而樂于縱恣 ⓲，中道而廢，縱惡若崩。時則為揣摩，為捭闔 ⓳，為鈎距 ⓴，為牙角，為城府，為穽獲 ㉑，為谿壑，為龍斷 ㉒，為捷徑，為貪墨 ㉓，為蓋藏，為較固 ㉔，為乾沒 ㉕，為面諛 ㉖，為力詆，為貶駁，為譏彈，為姍笑，為凌轢 ㉗，為瘢瘕 ㉘，為眶眦，為構作，為操縱，為麾斥，為劫制，為把持，為絞訐 ㉙，為妾婦妒，為形聲吠，為厓岸 ㉚，為階級，為高亢，為湛靜 ㉛，為張互 ㉜，為結納，為勢交，為死黨，為囊橐 ㉝，為淵藪，為陽擠 ㉞，為陰害，

學政說　　　　　　　　　　　　　　　　　　　　　93

為竊發，為公行 ❸，為毒螫，為蠱惑，為狐媚，為狙詐 ❸，為鬼幽 ❸，為怪魁 ❸，為心失位。心失位不已，合譫疾而為聖癲 ❸，敢為大言，居之不疑，始則天地一我，既而古今一我。小疵在人，縮頸為危 ❹。怨讟薰天 ❹，泰山四維。吾術可售，惡惡不可。寧我負人，無人負我。從則斯朋，違則斯攻。我必汝異，汝必我同。自我作古，孰為周、孔 ❷？人以伏膺，我以發冢 ❸。凡此皆殺身之學，而未若自附于異端雜家者為尤甚也。居山林、木食澗飲，以德言之，則雖為人天師可也，以之治世則亂。九方皋之相馬 ❹，得天機于滅沒存亡之間 ❹，可以為有道之士，而不可以為天子之有司。今夫緩步闊視，以儒自名，至于徐行後長者，亦易為耳，乃羞之而不為。竊無根源之言，為不近人情之事，索隱行怪 ❹，欺世盜名，曰："此曾、顏、子思子之學也 ❹。"不識曾、顏、子思子之學，固如是乎？夫動靜交相養，是為弛張之道；一張一弛，遊息存焉。而乃強自矯揉，以靜自囚，未嘗學而曰"絕學"，不知所以言而曰"忘言"。靜生忍，忍生敢，敢生狂。縛虎之急，一怒故在。宜其流入于申、韓而不自知也 ❹。古有之："桀紂之惡 ❹，止于一時；浮虛之禍，烈于洪水。"夫以小人之《中庸》，欲為魏晉之《易》與崇觀之《周禮》 ❺，又何止殺其軀而已乎？道統開矣 ❺，文治興矣，若人者必當戒覆車之轍，以適改新之路。特私憂過計，有不能自已者耳，故備述之。既以自省，且為無忌憚者之勸。

《遺山先生文集》卷三二

注釋

❶ 學政：指國家培育選拔人才的政務。

❷ 率：遵循。

❸ 井天下之田：井田，相傳是夏商周時實行的一種土地制度。以方九百畝為一里，划為九區，形如“井”字。中間為公田，外八區為私田，八家均私百畝，同養公田。公事畢，然後治私事。

❹ “黨庠（xiáng）遂序”二句：黨庠，指鄉學。序，古代稱學校為序。國學，古代指國家設立的學校。

❺ 射：即鄉射禮，周代三年業成大比貢士之後，鄉大夫、鄉老與鄉人習射的禮儀。鄉飲酒：周代鄉學三年業成大比，考其德行道藝優異者，薦于諸侯。將行之時，由鄉大夫設酒宴以賓禮相待，謂之“鄉飲酒禮”。歷朝沿用。亦指地方官按時在儒學舉行的一種敬老儀式。

❻ 春秋合樂：指春秋仲月上丁日舉行的祭祀孔廟的釋菜之禮。合樂，諸樂合奏。

❼ 德：指六德，知、仁、信、義、忠、和。行：指六行，孝、友、睦、婣（yīn）、任、恤。

❽ 藝：指六藝，禮、樂、射、御、書、數。

❾ 淫言詖（bì）行：不正當的言行。詖，原本誤作“誠”。

❿ 酬酢（zuò）：主客相互敬酒，主敬客稱酬，客還敬稱酢。

⓫ 承：薦。庸：任用。

⓬ 庶頑：眾愚妄之人。

⓭ 侯：行射侯之禮。

⓮ 撻：用鞭子或棍子打。“侯以明之，撻以記之”出自《尚書·益稷》，意思是行射侯之禮以知其善惡，以相區別。而所行有不是者，用鞭撻懲罰其身，以記其過錯。

⓯ 蔽：昏瞶不知是非。陷：犯有過錯。

⓰ 匪民：非人。

⓱ 齒：同類。

⓲ 羈檢：約束，檢點。

⓳ 捭闔：猶開合。為戰國時縱橫家的遊説之術。

⓴ 鈎距：輾轉推問，究得情實。

㉑ 穽（jǐng）獲：喻圈套。

㉒ 龍斷：龍，通 “壟”。本指獨立的高地。這裏引申為獨佔其利。

㉓ 貪墨：貪污。

㉔ 較固：猶壟斷。

㉕ 乾沒：冒險僥倖。

㉖ 面謾：當面欺蒙。

㉗ 凌轢（lì）：欺凌壓制。

㉘ 瘢癜（bān diàn）：疤痕，這裏指挑毛病。

㉙ 絞訐（jié）：急切地指責別人的過失。

㉚ 厓（yá）岸：矜持孤高。

㉛ 湛靜：沉靜而不露聲色。

㉜ 張互：互相吹捧張揚。

㉝ 囊橐：窩藏包庇。

㉞ 陽擠：公開排擠。

㉟ 公行：公然從事違法行為。

㊱ 狙詐：伺機詐取。狙，原本誤作 “徂”。

㊲ 鬼幽：人將死前形體所表現的一種病態。

㊳ 怪魁：怪異特殊之人。

㊴ 謾疾：心智被蒙蔽，失去辨別是非能力的疾病。聖癲：癲狂到自

以為聖明的病態心理。

㊵ 縮頸：縮其頸項。

㊶ 怨讟（dú）：怨恨誹謗。

㊷ 周、孔：周公與孔子，均為儒家的聖人。

㊸ 發冢：發掘墳墓。這裏指揭人陰私。

㊹ 九方皋：春秋時人，善相馬。相傳伯樂推薦他為秦穆公外出求
　　馬，他不辨毛色雌雄，而觀察馬的內神，于是得天下良馬。

㊺ 天機：天賦靈動。

㊻ 索隱行怪：探求隱祕幽暗之事，行怪迂之道。

㊼ 曾、顏、子思子：指孔子弟子曾參、孔子弟子顏回、孔子之孫孔
　　伋（字子思）。

㊽ 申：指申不害，戰國時鄭國人。法家代表人物，主張法治，尤重
　　“術”，強調加強君主專制。韓：韓非，戰國時韓國人。法家代表
　　人物，主張法、術、勢合一的君主統治術。

㊾ 桀紂：夏代暴君桀與商代暴君紂的合稱。

㊿ 崇觀：宋徽宗年號崇寧（1102 年－1106 年）、大觀（1107 年－
　　1110 年）的並稱。

51 道統：聖道繼承的統系。韓愈《原道》指由堯、舜、禹、湯、周
　　文王、周武王、周公、孔子、孟子相承的統系。

解
析　　元代的東平路（府）地跨山東、河北、河南、安徽、
江蘇五省，地理位置十分重要，曾為南宋、金、元三家
勢力的交匯處。歸順蒙古的地方勢力嚴實推行養士興學
的政策，為東平聚集了大批儒學人才。嚴實去世後，其

子嚴忠濟鞏固發展了東平府學。在其主持下，元憲宗二年（1252 年）東平新府學開始興建，歷時三年建成。新府學落成後，眾人請元好問記其事以彰嚴氏之功，于是作《東平府新學記》。

元好問前文追述了新府學的由來與興造，而此節論述了學政的重要意義。其文開篇即談到，治天下惟"教"與"刑"兩端。刑為定制而教有興廢，故教之義鮮為人知。教實在國家育人的政務中。古者士大夫以賢哲為師，出入于禮文之間，學成則能經邦治國。其不成者也足以為士，頑劣者則有懲罰規勸，最下者方棄之，不為同類。然今學政大壞，人情趨于安逸，從惡如崩。元好問遍舉人心之險惡情狀，可謂窮盡世態。究其原因，是人心失位。于是，世之儒者入于申、韓異端之說而不自知。而今道統開，文治新，故當引以為戒。元氏在文中表達了對俗儒的厭惡及對新學的期待。

吏道

題解

　　鄧牧（1246 年—1306 年）字牧心，錢塘（今浙江杭州）人。因其不認同理學、佛教、道教，自號三教外人，又號九鎖山人、大滌隱人，世稱文行先生。三十三歲時宋亡，拒元徵召，薄于名利，遍遊方外。元成宗元貞二年（1296 年）至山陰陶山書院。大德三年（1299 年）歸居餘杭洞霄宮之超然館，累月不出，沈介石為營白鹿山房居之。與謝翱、葉林等友善。其著述有《洞霄圖志》、《遊山志》及文集《伯牙琴》。《宋詩紀事》卷八一有傳。本文選自《伯牙琴》。

原文

　　與人主共理天下者 ❶，吏而已 ❷。內九卿 ❸、百執事 ❹，外刺史、縣令 ❺，其次為佐 ❻，為史，為胥徒。若是者，貴賤不同，均吏也。

　　古者軍民間相安無事，固不得無吏，而為員不多。唐、虞建官 ❼，厥可稽已 ❽，其去民近故也。擇才且賢者 ❾，

才且賢者又不屑為 ❿。是以上世之士，高隱大山深谷，上之人求之，切切然恐不至也 ⓫。故為吏者常出不得已，而天下陰受其賜 ⓬。後世以所以害民者，牧民而懼其亂 ⓭，周防不得不至 ⓮，禁制不得不詳 ⓯，然後小大之吏布于天下。取民愈廣，害民愈深，才且賢者愈不肯至，天下愈不可為矣。今一吏，大者至食邑數萬 ⓰；小者雖無祿養，則亦並緣為食 ⓱，以代其耕，數十農夫力有不能奉者。使不肖遊手 ⓲，往往入于其間。率虎狼牧羊豕，而望其蕃息 ⓳，豈可得也？天下非甚愚，豈有厭治思亂，憂安樂危者哉？宜若可以常治安矣，乃至有亂與危，何也？夫奪其食，不得不怒；竭其力，不得不怨。人之亂也，由奪其食；人之危也，由竭其力。而號為理民者，竭之而使危，奪之而使亂。二帝三王平天下之道 ⓴，若是然乎？天之生斯民也，為業不同，皆所以食力也。今之為民不能自食 ㉑，以日夜竊人貨殖 ㉒，摟而取之 ㉓，不亦盜賊之心乎？盜賊害民，隨起隨仆 ㉔，不至甚焉者，有避忌故也。吏無避忌，白晝肆行 ㉕，使天下敢怨而不敢言，敢怒而不敢誅。豈上天不仁，崇淫長奸 ㉖，使與虎豹蛇虺均為民害邪 ㉗？

　　然則如之何？曰：得才且賢者用之。若猶未也，廢有司 ㉘，去縣令，聽天下自為治亂安危，不猶愈乎 ㉙？

《伯牙琴》卷一

❶ 理：治理，管理。

❷ 吏：大小官員的通稱。

❸ 九卿：古時中央政府的九個高級官職。宋以太常、光祿、衞尉、太僕、大理、鴻臚（lú）、宗正、司農、太府為九卿。

❹ 百執事：泛指各級官員。

❺ 刺史：州郡的最高長官。

❻ "其次為佐"三句：佐，幫助地方長官辦事的官吏。史，官署中掌管文書的官吏。胥（xū）徒，泛指官府衙役。胥，胥吏，書辦之類的僚屬。徒，差役。

❼ 唐、虞：唐堯與虞舜的並稱。亦指堯與舜的時代，古人認為是太平盛世。

❽ 厥：其。稽：考查。

❾ 擇才且賢者：《知不足齋叢書》本作"擇才者"，《四庫全書》本作"擇才且賢者"。據上下文，《四庫全書》本更合理，今據改。

❿ 屑：介意，放在心上。

⓫ 切切然：誠懇的樣子。

⓬ 陰：暗中，暗地裏。

⓭ 牧：治理。

⓮ 周防：嚴密地防範。

⓯ 禁制：禁令，法制。

⓰ 食邑：古代君主賜予臣下作為世祿的封地。這裏指收取幾萬戶人家的租賦。

⓱ 並緣：相互依附勾結。

⓲ 不肖遊手：指不務正業的人。

⓳ 蕃息：繁衍生息。

⓴ 二帝：指唐堯、虞舜。三王：指夏、商、周三代的開國君主夏禹、商湯、周文王和周武王。

㉑ 自食：自食其力。

㉒ 貨殖：原指聚集財物以圖利，這裏指財貨。

㉓ 摟（lōu）：搜刮。

㉔ 仆：跌倒。這裏的意思是消失。

㉕ 肆行：謂恣意妄為。

㉖ 崇淫長奸：滋長奸邪。

㉗ 虺（huǐ）：毒蛇。

㉘ 有司：古代設官分職，各有專司，故稱。

㉙ 愈：較好，勝過。

解析

　　吏治是古往今來國家治理的關鍵問題，鄧牧此文對古代吏治的弊端做了較為深刻的揭露與反思。為吏者當德才兼備，然有才且賢者往往不願為吏，而不賢不肖之輩乘虛而入，廁身其中，百姓深受其害。結果，百姓受擾不得自食其力，官吏不得供養而為非作歹，形成惡性循環。鄧牧認為，解決的最好辦法是選擇德才兼備者為吏，退求其次，則是廢除吏治，讓百姓自治。宋代以來，統治者重視文官政治，官吏機構空前膨脹，百姓的負擔日益沉重。宋元鼎革後，江南民生凋敝，鄧牧此論對古代吏治提出了深刻質疑，並寄希望于百姓的自治。這種烏托邦式思想，反映了古人的良好願望。

〔明〕宋濂

送東陽馬生序

宋濂（1310年—1381年）字景濂，號潛溪，浦江（今屬浙江）人。自幼多病，家境貧寒，但他聰敏好學。元末，辭朝廷徵命，修道著書。明初時受朱元璋禮聘，官至學士承旨知制誥，奉命主修《元史》。死後諡文憲。《明史》卷一二八有傳。《送東陽馬生序》一文作于明洪武十一年（1378年），馬生即馬君則，東陽（今屬浙江）人，時為太學生。宋濂洪武十年告老還鄉，次年應詔赴京，同鄉後學馬君則在即將回鄉探親之際，前來拜謁，宋濂作此序以勉勵之。這裏所說的序屬于贈序，就是“君子贈人以言”的意思。

余幼時即嗜學，家貧，無從致書以觀 ❶，每假借于藏書之家，手自筆錄，計日以還。天大寒，硯水堅，手指不可屈伸，弗之怠 ❷。錄畢，走送之，不敢稍逾約。以是人多以書假余，余因得遍觀群書。既加冠 ❸，益慕聖賢之道，又患無

碩師、名人與遊 ❹，嘗趨百里外，從鄉之先達執經叩問。先
達德隆望尊 ❺，門人弟子填其室，未嘗稍降辭色 ❻。余立侍
左右，援疑質理，俯身傾耳以請。或遇其叱咄 ❼，色愈恭，
禮愈至，不敢出一言以復。俟其欣悅 ❽，則又請焉。故余雖
愚，卒獲有所聞。

當余之從師也，負篋曳屣 ❾，行深山巨谷中，窮冬烈
風，大雪深數尺，足膚皸裂而不知 ❿。至舍，四支僵勁不能
動，媵人持湯沃灌 ⓫，以衾擁覆 ⓬，久而乃和。寓逆旅 ⓭，
主人日再食，無鮮肥滋味之享。同舍生皆被綺繡 ⓮，戴朱纓
寶飾之帽，腰白玉之環，左佩刀，右備容臭 ⓯，燁然若神
人 ⓰。余則縕袍弊衣處其間 ⓱，略無慕艷意 ⓲。以中有足
樂者，不知口體之奉不若人也。蓋余之勤且艱若此。今雖耄
老，未有所成，猶幸預君子之列，而承天子之寵光 ⓳，綴公
卿之後，日侍坐備顧問，四海亦謬稱其氏名 ⓴，況才之過于
余者乎？

今諸生學于太學，縣官日有廩稍之供 ㉑，父母歲有裘葛
之遺 ㉒，無凍餒之患矣。坐大廈之下而誦《詩》、《書》，無
奔走之勞矣。有司業、博士為之師 ㉓，未有問而不告，求而
不得者也。凡所宜有之書，皆集于此，不必若余之手錄，假
諸人而後見也。其業有不精，德有不成者，非天質之卑 ㉔，
則心不若余之專耳，豈他人之過哉？

東陽馬生君則，在太學已二年，流輩甚稱其賢 ㉕。余朝
京師，生以鄉人子謁余，撰長書以為贄 ㉖，辭甚暢達。與之
論辨，言和而色夷 ㉗。自謂少時用心于學甚勞，是可謂善學
者矣！其將歸見其親也，余故道為學之難以告之。謂余勉鄉

人以學者，余之志也。詆我誇際遇之盛而驕鄉人者 ❷⑧，豈知予者哉！

《宋學士文集》卷七三

❶ 致：取得，得到。

❷ 怠：懶惰，鬆懈。

❸ 加冠：古代男子二十歲行冠禮，表示成年。

❹ 碩師：此處指學識淵博的老師。

❺ 德隆望尊：德高望重。

❻ 未嘗稍降辭色：指言語、態度都十分嚴厲。

❼ 叱咄（chì duō）：大聲斥責。

❽ 俟（sì）：等待。

❾ 負篋（qiè）曳屣（xǐ）：背着書箱，拖着鞋子。

❿ 皸（jūn）裂：皮膚因凍傷而開裂。

⓫ 媵（yìng）人持湯沃灌：服侍的人用熱水幫助洗手。

⓬ 衾：被子。

⓭ 逆旅：旅店。

⓮ 綺繡：有彩色花紋的衣服。

⓯ 容臭（xiù）：香袋。

⓰ 燁然：光彩鮮明的樣子。

⓱ 縕（yùn）袍：填絮亂麻的袍子，貧者所服。弊衣：破舊的衣服。

⑱ 慕艷：羨慕。

⑲ 寵光：謂恩寵光耀。

⑳ 謬稱：不恰當的稱讚，自謙之辭。

㉑ 廩稍：指公家按時供給的糧食。

㉒ 裘葛之遺（wèi）：泛指四時衣服的供給。裘，冬衣。葛，夏衣。遺，此指供給。

㉓ 司業：國子監置司業，為監內的副長官，協助祭酒，掌儒學訓導之政。博士：古代學官名。

㉔ 天質：天資，天賦。

㉕ 流輩：同輩。

㉖ 贄（zhì）：初次拜見尊長者時所送的禮物。

㉗ 言和而色夷：語言和順，神色平和。

㉘ 詆我誇際遇之盛：詆毀我自誇受到皇帝的賞識。詆，詆毀。際遇之盛，時運好，此處指受皇帝賞識。

　　本文是勸勉後學的贈序，也是勸學文中的經典。既不同于《荀子·勸學》的巧妙譬喻，也不同于韓愈《師說》的針砭時弊。本文的特點是自然親切，感同身受。宋濂從自己求學的艱辛講起，言及自己向學之志堅，為學之意誠，雖條件艱苦，終能有所成就。而今日逢太平之時，為學條件極佳，諸生如果立志專心，學問必能大成。宋濂反覆強調為學要專心致志，所謂"其業有不精，德有不成者，非天質之卑，則心不若余之專耳，豈他人之過哉？"自古以來，賢聖莫不強調專注。《易經》有"恆"卦，云"不恆其德，或承之羞"，《論語》中說"人而無恆，不可以作巫醫"，《莊子》中也說"用志不分，乃凝于神"，都是這個道理。

答顧東橋書

王守仁（1472年—1529年）字伯安，祖籍餘姚（今屬浙江），居山陰（今浙江紹興），結廬于山陰附近的陽明洞，自號陽明子，學者稱之為陽明先生。弘治十二年（1499年）進士，授刑部主事，後改兵部主事。弘治十八年，和湛甘泉結交，"共以倡明聖學為事"。正德元年（1506年），一度被權宦劉瑾排擠，謫貴州龍場驛驛丞。"龍場悟道"是王陽明人生最關鍵的時期，他先立為聖之志，繼而經過艱苦的探索，終在龍場悟道，最後弘道，將心學弘傳天下。王陽明集文韜武略于一身，他巡撫南贛，定宸濠之變，平定思田、大藤峽之亂，在政治和軍事方面都表現出了非凡才能。累官至南京兵部尚書、南京都察院左都御史，封新建伯，卒諡文成。《明史》卷一九五有傳。

王陽明是明代理學中最有影響的思想家，也是明代"心學"運動的代表人物，其著作保存較全的是《王文成公全書》。王陽明的哲學思想集中表現在《傳習錄》和《大學問》中。《傳習錄》見《王文成公全書》的卷一至卷三，是一部語錄和論學書信集，共分上、中、下三卷，主要闡述了王陽明的“心外無物”、“心外無理”、“知行合一”、“致良知”等思想，其中“致良知”是陽明心學的主旨。“致良知”就是將良知推廣擴充到萬事萬物。“致”本身即是兼知兼行的過程，因而也就是自覺之知與推致知行合一的過程。“良知”是“知是知非”的“知”；“致”是在事上磨煉，見諸客觀實際。“致良知”即是在實際行動中實現良知，知行合一。《答顧東橋書》選自《傳習錄中》，該文雖是書信，卻集中體現了陽明心學“知行合一”的主要觀點，是反映王陽明哲學思想的代表作。顧東橋（1476 年—1545 年），名璘，字華玉，號東橋，上元（今江蘇南京）人。官至南京刑部尚書。《明史》卷二八六有傳。

來書云：“所喻知、行並進 ❶，不宜分別前後，即《中庸》‘尊德性而道問學’之功 ❷，交養互發，內外本末一以貫之之道。然工夫次第，不能無先後之差，如知食乃食，知湯乃飲，知衣乃服，知路乃行，未有不見是物，先有是事。此亦毫釐倏忽之間，非謂有等今日知之，而明日乃行也。”

既云“交養互發，內外本末一以貫之”，則知、行並進之說無復可疑矣。又云“工夫次第，不能不無先後之差”，無乃自相矛盾已乎？知食乃食等說，此尤明白易見，但吾子為近聞障蔽 ❸，自不察耳。夫人必有欲食之心，然後知食，欲食之心即是意 ❹，即是行之始矣；食味之美惡，必待入口而後知，豈有不待入口而已先知食味之美惡者邪？必有欲行之心，然後知路，欲行之心即是意，即是行之始矣。路岐之險夷，必待身親履歷而後知，豈有不待身親履歷而已先知路岐之險夷者邪？知湯乃飲，知衣乃服，以此例之，皆無可疑。若如吾子之喻，是乃所謂不見是物而先有是事者矣。吾子又謂"此亦毫釐倏忽之間，非謂截然有等今日知之，而明日乃行也"，是亦察之尚有未精。然就如吾子之說，則知、行之為合一並進，亦自斷無可疑矣。

來書云："真知即所以為行 ❺，不行不足謂之知。此為學者吃緊立教，俾務躬行則可。若真謂行即是知，恐其專求本心，遂遺物理，必有闇而不達之處 ❻。抑豈聖門知行並進之成法哉？"

知之真切篤實處即是行 ❼，行之明覺精察處即是知。知行工夫，本不可離。只為後世學者分作兩截用功，失卻知行本體，故有合一並進之說。真知即所以為行，不行不足謂之知。即如來書所云"知食乃食"等說可見，前已略言之矣。此雖吃緊救弊而發，然知行之體，本來如是。非以己意抑揚其間，姑為是說，以苟一時之效者也。專求本心，遂遺物理。此蓋失其本心者也。夫物理不外于吾心 ❽，外吾心而求物理，無物理矣。遺物理而求吾心，吾心又何物邪？心之體 ❾，性也，性即理也。故有孝親之心，即有孝之理。無孝親之心，即無孝之理矣。有忠君之心，即有忠之理。無忠君之心，即無忠之理矣。理豈外于吾心邪？晦庵謂"人之所以為學者 ❿，心與理而已。心雖主乎一身，而實管乎天下之理。理雖散在萬事，而實不外乎一人之心"，是其一分一合之間，而未免已啟學者心理為二之弊。此後世所以有專求本心，遂遺物理之患。正由不知心即理耳。夫外心以求物理，是以有闇而不達之處。此告子義外之說 ⓫，孟子所以謂之不知義也。心一而已，以其全體惻怛而言 ⓬，謂之仁；以其得宜而言，謂之義；以其條理而言，謂之理。不可外心以求仁，不可外心以求義，獨可外心以求理乎？外心以求理，此知行之所以二也。求理于吾心，此聖門知行合一之教，吾子又何疑乎？

來書云：「人之心體，本無不明。而氣拘物蔽，鮮有不昏。非學問思辨以明天下之理 ⓭，則善惡之機，真妄之辨，不能自覺，任情恣意，其害有不可勝言者矣。」

此段大略，似是而非。蓋承沿舊說之弊，不可以不辨也。夫學問思辨行，皆所以為學，未有學而不行者也。如言學孝，則必服勞奉養，躬行孝道，而後謂之學。豈徒懸空口耳講說，而遂可以謂之學孝乎？學射，則必張弓挾矢，引滿中的。學書，則必伸紙執筆，操觚染翰。盡天下之學，無有不行而可以言學者。則學之始，固已即是行矣。篤者，敦實篤厚之意，已行矣。而敦篤其行，不息其功之謂爾。蓋學之不能以無疑，則有問，問即學也，即行也。又不能無疑，則有思，思即學也，即行也。又不能無疑，則有辨，辨即學也，即行也。辨既明矣，思既慎矣，問既審矣，學既能矣，又從而不息其功焉，斯之謂篤行。非謂學問思辨之後而始措之于行也。

是故以求能其事而言，謂之學。以求解其惑而言，謂之問。以求通其說而言，謂之思。以求精其察而言，謂之辨。以求履其實而言，謂之行。蓋析其功而言，則有五。合其事而言，則一而已。此區區心理合一之體，知行並進之功，所以異于後世之說者，正在于是。

今吾子特舉學問思辨以窮天下之理，而不及篤行。是專以學問思辨為知，而謂窮理為無行也已。天下豈有不行而學者邪？豈有不行而遂可謂之窮理者邪？明道云："只窮理便盡性至命。"故必仁極仁 ❹，而後謂之能窮仁之理。義極義，而後謂之能窮義之理。仁極仁，則盡仁之性矣。義極義，則盡義之性矣。學至于窮理至矣，而尚未措之于行，天下寧有是邪？是故知不行之不可以為學 ❺，則知不行之不可以為窮理矣。知不行之不可以為窮理，則知知行之合一並進，而不可以分為兩節事矣。

夫萬事萬物之理，不外于吾心。而必曰窮天下之理，是殆以吾心之良知為未足 ❻，而必外求于天下之廣，以裨補增益之。是猶析心與理而為二也。夫學問思辨篤行之功，雖其困勉至于人一己百，而擴充之極，至于盡性知天，亦不過致吾心之良知而已。良知之外，豈復有加于毫末乎？今必曰窮天下之理，而不知反求諸其心，則凡所謂善惡之機，真妄之辨者，舍吾心之良知，亦將何所致其體察乎？吾子所謂"氣拘物蔽"者，拘此蔽此而已。今欲去此之蔽，不知致力于此，而欲以外求。是猶目之不明者，不務服藥調理以治其目，而徒悵悵然求明于其外，明豈可以自外而得哉？任情恣意之害，亦以不能精察天理于此心之良知而已。此誠毫釐千里之謬者，不容于不辨。吾子毋謂其論之太刻也。

《王文成公全書》卷二《傳習錄中》

❶ 知、行並進："知"指知識、知覺、思想、認識等。"行"指行為、行動、踐履、實踐等。"知行"是中國哲學的一對重要範疇。宋元明清時期，出現了各種系統的知行理論，知行問題成為當時哲學論爭中的一個重要側面。如朱熹認為："知行常相須，如目無足不行，足無目不見。論先後，知為先；論輕重，行為重。"（《朱子語類》卷九）朱熹雖然說"論先後，知為先"，但他注意到了知行互相依賴和互相促進的關係，認為二者相須互發。王陽明在認識路線上和朱熹並無二致，但是他反對"將知行分作二件去做"，提出了知行合一的理論，認為"只說一個知，已自有行在；只說一個行，已自有知在"，知行不過是觀念上的不同層次而已。王陽明"知行合一"說的宗旨是"要人曉得一念發動處便即是行了。發動處有不善，就將這不善的念克倒了，須要徹根徹底不使那一念不善潛伏在胸中"。

❷ 尊德性而道問學：見《中庸》第二十七章："故君子尊德性而道問學，致廣大而盡精微。"尊，即尊崇。德性，指天賦的道德本性。道，遵循。所謂"尊德性而道問學"，是《中庸》提倡的兩種道德修養方法，認為君子不僅要着重發揚天賦的善的德性，而且要努力學習道德知識，只有把二者結合起來，固有的道德天性才能發揚光大，才能達到"中庸"的至德境界。

❸ 近聞：指以朱熹為代表的知先行後學說。

❹ 意：《傳習錄上》："身之主宰便是心，心之所發便是意，意之本體便是知，意之所在便是物。""意"是陽明哲學中一個很重要的範疇，籠統地說，主要指意識或意念。在這句話裏，意主要指意欲，表示一種行為的意向。

❺ 真知：指真切之知，這個觀念表示，真知者必然會把他所了解的道德知識付諸行動，不會發生知而不行的問題。反過來說，知而不行，表示還沒有達到"真知"。因此，在宋儒看來，真知的觀念雖然並不直接包含行為，卻包含了"必能行"這一性質。宋儒的這個思想是王陽明知行合一說的先導，他認為"未有知而不能行者，知而不行只是未知"，這正是把宋儒"真知必能行"的思想作為起

點。"知行本體"則是王陽明用來代替真知的概念。

❻ 闇（àn）：糊塗，不明白。《荀子·臣道》："故明主好同，而闇主好獨。"

❼ "知之真切篤實處即是行"二句：這是王陽明晚年對知行問題新的闡述。又見《答友人問》："知之真切篤實處便是行，行之明覺精察處便是知。若知時，其心不能真切篤實，則其知便不能明覺精察。不是知之時只要明覺精察，更不要真切篤實也。行之時，其心不能明覺精察，則其行便不能真切篤實。不是行之時只要真切篤實，更不要明覺精察也。知天地之化育，心體原是如此。乾知大始，心體亦原是如此。"（《王文成公全書》卷六）

❽ "夫物理不外于吾心"三句：此即王陽明的心外無理思想。王陽明反對朱熹的格物窮理說，他認為朱熹所說的萬事萬物皆有定理的理只是"至善"的"義"，而至善作為道德原理不可能存在于外部事物，道德法則是純粹內在的，事物的道德秩序只是來自行動者賦予它的道德法則，如果把道德原理看成源于外部事物，這就犯了孟子所批判的"義外說"，即把"義"代表的道德原則看作外在性的錯誤。所以，人之窮理求至善，只須在自己心上去發掘，去尋找。

❾ "心之體"三句：王陽明這裏所說的"性"是指心之本體，與朱子哲學中的"性"不同。

❿ "晦庵謂"六句：見朱熹《大學或問》第五《知本知至章》。朱熹號晦庵。

⓫ "此告子義外之說"二句：《孟子·告子上》："告子曰：'食、色，性也。仁，內也，非外也。義，外也，非內也。'"又《孟子·公孫丑上》："我故曰'告子未嘗知義，以其外之也'。"

⓬ 惻怛（dá）：憐憫。

⓭ 學問思辨：儒家所倡導的學習方法和要求。《中庸》："博學之，審問之，慎思之，明辨之，篤行之。"朱熹認為學問思辨屬知的方面，篤行屬行的方面。朱熹《中庸章句注》："學問思辨，所以擇善而為知，學而知也。篤行，所以固執而為仁，利而行也。"

⓮ 仁極仁：指將仁推擴到極處，亦就是"致"其仁的意思。推致吾心之仁，而後吾心之"仁之理"始能"窮"。仁如此，義亦然。吾心之仁理窮，而後吾心之仁性盡。"窮"吾心良知之天理，即是"致"吾心良知之天理，王陽明所說的窮理，並不是窮究外在事物之理。窮理的過程即是致良知的過程，必須以"行"貫徹始終，所以他說："學至于窮理至矣，而尚未措之于行，天下寧有是邪？"

⓯ "是故知不行之不可以為學"五句：此即王陽明的知行合一思想。參見《答友人問》："知行原是兩個字說一個工夫。這一個工夫，須著此兩個字方說得完全無弊病。若頭腦處見得分明，見得原是一個頭腦，則雖把知、行分作兩個說，畢竟將來做那一個工夫，則始或未便融會，終所謂百慮而一致矣。若頭腦見得不分明，原看做兩個了，則雖把知、行合作一個說，亦恐終未有湊泊處，況又分作兩截去做，則是從頭至尾，更沒討下落處也。"（《王文成公全書》卷六）

⓰ 良知：《孟子·盡心上》："人之所不學而能者，其良能也；所不慮而知者，其良知也。"在陽明哲學體系裏，良知是人內在的道德判斷與道德評價體系，作為意識結構中的一個獨立部分，良知具有對意念活動指導、監督、評價、判斷的作用。良知作為先驗原則，不僅表現為"知是知非"或"知善知惡"，還表現為"好善惡惡"，既是道德理性，又是道德情感。良知不僅指示我們何者為是何者為非，而且使我們"好"所是，而"惡"所非，它是道德意識與道德情感的統一。

解析

　　《答顧東橋書》為王陽明晚年答友人顧東橋論學書，此時距其病逝不過短短幾年，因此該文代表了他晚年的思想。書中所闡發的思想雖以論知、行之本體為詳，然間亦觸及心即理、誠意、致良知和天地萬物一體之仁等思想。書末的論"拔本塞源"更是被指為"辯論痛快，使人慚伏無辭也"。

　　本篇所節選的幾段問答集中圍繞着"知行合一"問題展開。王陽明反對朱熹的"析心與理而為二"，認為"外心以求理，此知行之所以二也"。"心即理"或心外無理，是王陽明知行合一思想的基礎。王陽明所說的理不是知識之理，而是道德之理；他所說的心，也不是認知的心，而是孟子所說的本心。正是在這個層面上，王陽明提出了"知行本體"的說法。所謂"本體"是說知行本來如是的狀態，具體而言，"知行本體"是指知行本來是合一的，這個合一並不是說二者完全是一回事，而是強調二者是不能割裂的，知行的規定是互相包含的，照王陽明的說法是，"知是行之始，行是知之成"，"知是行的主意，行是知的工夫"，"知之真切篤實處即是行，行之明覺精察處即是知"。

　　與"知行本體"對應着的是"知行工夫"。王陽明在論知行合一的時候總是強調知行不能分為兩件，這個"分為兩件"不止是理論上或範疇上否認知與行的互相滲透，而且指在實踐上把"本是一個工夫"的知行割裂了，所以他強調知行不能"分開兩截做"。王陽明並不認為把致知說成行、把力行說成知就算完成了知行合一所要解決的任務，而是根本上要使致知和力行在人的每一活動之中都密切結合。如《中庸》所論及的學、問、思、辨、行，在朱熹看來，"學問思辨，所以擇善而為知，學而知也。篤行，所以固執而為仁，利而行也"（《中庸章句注》)。這是把學、問、思、辨歸屬知之一面，把篤行歸屬行之一面，知行兩分。王陽明反對這種區分，他認為學、問、思、辨、行五者，"析其功而言，則有五。合其事而言，則一而已"。凡人有疑而問、而思、而辨，此即是學，即是行。不可以把學、問、思、辨單純地歸為知，而將知與行分而為二，也不可單純地以"學、問、思、辨"為窮理，謂窮理為無行。天下沒有不行之學，也沒有不行之窮理。

"知行合一"是王陽明哲學中最具特色的命題，這不僅僅是一個認識論命題，更為重要的，這是一個實踐的命題。王陽明提出的"知行合一"就是要將知和行併作一件事，將道德認識和道德實踐相統一，以便消除以前程朱學派一味強調知先行後所帶來的知行脫節的情況。"知"是良知，"行"是指對良知的實踐以及對道德的體會和實踐。知、行在王陽明看來沒有順序上的差別，它們是同一個過程的兩個方面，"知行合一"從本質上講就是道德實踐論。在王陽明看來，真正的道德理論是以道德實踐的完成來判定的。如果沒有道德實踐，那麼道德理論就淪為了空談。王陽明所想做的不是窮盡天下之理，而是以道德實踐為其理論的最終目的。"知行合一"是一個由知善到行善的過程，要求人們將自己的倫理道德知識付諸實踐，從而完善自己的道德人格。這種理論，對于喚醒人們的道德良知，提高整個社會的道德水平有着重要的指導意義，為溝通道德知識和道德行為架起了一道橋梁。

〔明〕宗臣

報劉一丈

　　宗臣（1525 年—1560 年）字子相，號方城山人，揚州興化（今屬江蘇）人。明嘉靖二十九年（1550 年）進士，授刑部主事，調考功，謝病歸。起為吏部稽勳員外郎，因得罪權相嚴嵩，出京為福建布政使司左參議，任內率眾擊退倭寇，升任提學副使，卒于官。詩文主張復古，是"後七子"之一。《明史》卷二八七有傳。《報劉一丈》大約作于嘉靖三十四年（1555 年）到三十六年之間，宗臣時任刑部郎官，目睹嚴嵩父子專權、士大夫趨附干謁、賄賂公行的官場醜態，在與做過自己塾師的父執劉玠的書信中表達了自己潔身自好的態度，這與宗臣素來的品行一致，也與受書者劉玠的為人相合。玠字過珍，號墀（chí）石。所謂"一丈"，一是排行，丈是對年長的人的敬稱。宗臣文中說他"抱才而困"，又有《席上贈劉一丈墀石》詩："憐君空抱蒼生策，一臥江門四十秋。"可見劉氏也是狷介獨守之人。

數千里外，得長者時賜一書，以慰長想，即亦甚幸矣，何至更辱饋遺 ❶，則不才益將何以報焉？書中情意甚殷 ❷，即長者之不忘老父 ❸，知老父之念長者深也。

　　至以"上下相孚，才德稱位"語不才 ❹，則不才有深感焉。夫才德不稱，固自知之矣。至于不孚之病，則尤不才為甚。

　　且今世之所謂孚者，何哉？日夕策馬候權者之門，門者故不入，則甘言媚詞作婦人狀，袖金以私之 ❺。即門者持刺入 ❻，而主者又不即出見；立廄中僕馬之間 ❼，惡氣襲衣袖，即飢寒毒熱不可忍，不去也。抵暮，則前所受贈金者，出報客曰："相公倦，謝客矣！客請明日來！"即明日，又不敢不來。夜披衣坐，聞雞鳴，即起盥櫛 ❽，走馬抵門，門者怒曰："為誰？"則曰："昨日之客來。"則又怒曰："何客之勤也？豈有相公此時出見客乎？"客心恥之，強忍而與言曰："亡奈何矣，姑容我入！"門者又得所贈金，則起而入之，又立向所立廄中。幸主者出，南面召見，則驚走匍匐階下。主者曰："進！"則再拜，故遲不起，起則上所上壽金。主者故不受，則固請。主者故固不受，則又固請，然後命吏內之 ❾。則又再拜，又故遲不起，起則五六揖始出。出揖門者曰："官人幸顧我 ❿，他日來，幸亡阻我也！"門者答揖。大喜奔出，馬上遇所交識，即揚鞭語曰："適自相公家來，相公厚我，厚我！"且虛言狀 ⓫。即所交識，亦心畏相公厚之矣。相公又稍稍語人曰："某也賢！某也賢！"聞者亦心計交贊之。此世所謂"上下相孚"也，長者謂僕能之乎？

前所謂權門者，自歲時伏臘 ⓬，一刺之外，即經年不往也。間道經其門，則亦掩耳閉目，躍馬疾走過之，若有所追逐者，斯則僕之褊哉 ⓭，以此常不見悅于長吏，僕則愈益不顧也。每大言曰："人生有命，吾惟守分爾矣 ⓮。"長者聞此，得無厭其為迂乎？

鄉園多故，不能不動客子之愁。至于長者之抱才而困，則又令我愴然有感。天之與先生者甚厚 ⓯，亡論長者不欲輕棄之，即天意亦不欲長者之輕棄之也，幸寧心哉！

《宗子相集》卷一四

❶ 饋遺（kuì wèi）：贈送。

❷ 殷：深切。

❸ 老父：指宗臣的父親宗周，字維翰，官至四川馬湖府太守。

❹ "至以'上下相孚，才德稱位'語不才"二句：用在上、在下之人都給予信任，才幹與德行都和職位相稱來形容我，那我（對這話）有很深的感觸啊。孚，信任。不才，沒本事的人，宗臣自謙之稱。

❺ 私：私下行賄。

❻ 刺：名帖，名片。

❼ 僕馬：駕車之馬。

❽ 盥櫛（guàn zhì）：梳洗。盥，泛指洗。櫛，梳頭。

❾ 內（nà）：同"納"，接受。

❿ 官人：對守門者的尊稱。幸：希望。顧：照顧。

⓫ 虛：吹噓誇大。

⓬ 歲時：一年四季。伏臘：夏祭曰伏，冬祭曰臘，古代兩個重要祭祀節日。

⓭ 褊（biǎn）：度量狹小。

⓮ 分：本分。

⓯ "天之與先生者甚厚"四句：意謂上天賜給您的（才能）很多，且不說您不會輕易放棄它，就是天意也不想讓您輕易放棄它呀，希望您安心（等待機會）啊！先生，指劉一丈，即同一句中的"長者"。這裏換用詞，大概是為了避免兩"者"字重疊。亡（wú）論，不要説。幸，希望。寧心，安心。

解析

　　宗臣報書劉一丈時三十歲出頭，仕宦未深，但聞見識力並不淺。因為其父宗周做過四川馬湖府太守，對于官場的情態，他自小就見識不少。再加上自己也年少成名，曾任刑部考功之職，身為局中人，他對官場的腐敗習氣可謂深諳其情。信是寫給自己父執輩啟蒙老師的，所以，宗臣在信中暢所欲言，不憚于表現自己性情最真實的一面。文中對官場腐敗的抨擊，帶有深諳內情後抑制不住的不平之氣。

　　在這封信的最後，宗臣說"人生有命，吾惟守分爾矣"，宗臣把這稱為"大言"，可見他並沒有一般意義上聽任命運安排的頹廢情緒，而是帶有公平正義終將伸張的希望和信心。這種自信在宗臣福建抗擊倭寇時也有展現，《明史·宗臣傳》記載："倭薄城，臣守西門，納鄉人避難者萬人。或言賊且迫，曰：'我在，不憂賊也。'與主者共擊退之。"可見，宗臣的自信背後具備"言必信，行必果"的意志與能力，並非空話。另外，宗臣在信中流露的自信，也並非一時的恃才逞能，而具有更持久的考慮。換言之，他也作過年老時仍不得志的預想，並在這種預想下猶能保有自信，這是更加難能可貴的心態。他在信中也用這種"持久的堅守"去感染劉一丈，"亡論長者不欲輕棄之，即天意亦不欲長者之輕棄之也，幸寧心哉"。

明朝奸相嚴嵩弄權腐敗二十年，其糜爛情形之嚴重，已經到了驚人的地步。當時人就曾慨歎："每過長安街，見嵩門下無非邊鎮使人。未見其父，先饋其子。未見其子，先饋家人。家人嚴年富已逾數十萬，嵩家可知"，"無恥之徒，絡繹奔走，靡然成風，有如狂易。而祖宗二百年培養之人才盡敗壞矣"。（《明史·張翀傳》）面對這樣的情況，敢于違抗、彈劾嚴嵩的正直之士仍不斷湧現，他們的聲音不啻是黑暗中的一道亮光。可惜宗臣三十五歲就英年早逝，那時嚴嵩尚在權力的頂點，他沒能看到弄權者的最終結局。不過宗臣在這篇文章中對官場腐敗的鄙夷和批判，以及對正義的自信與堅守，定將永葆其生命活力。

〔明〕張溥

五人墓碑記

題解

張溥（1602 年─1641 年）字天如，號西銘，太倉（今屬江蘇）人。幼嗜學，讀書必手抄，抄完了，朗讀過一遍後，即焚之，再抄，如是者六七遍，故其讀書室名 "七錄齋"。早有文名，與同里張采齊名，號 "婁東二張"。明崇禎初年創立復社，以復興古學、務為有用為號召，結交天下士人，議論朝政時務。崇禎四年（1631 年）中進士，改庶吉士，以葬親乞假歸。組織復社活動，聲氣通朝右，復社遂成為繼東林黨之後最有影響的文人社團，張溥也因此遭到執政者嫉恨。崇禎十四年卒，時年四十歲。《明史》卷二八八有傳。明天啟六年（1626年）三月，蘇州百姓為反對魏忠賢黨抓捕原吏部主事周順昌，數萬人群起抗議。七月，顏佩韋等五位普通市民以倡亂罪遭處決。崇禎即位後清除閹黨，蘇州人民為五人修墓立碑，張溥作《五人墓碑記》，以表彰五人之大義。五人墓在今蘇州虎丘。

五人者，蓋當蓼洲周公之被逮 ❶，急于義而死焉者也 ❷。至于今，郡之賢士大夫請于當道 ❸，即除逆閹廢祠之址以葬之 ❹，且立石于其墓之門，以旌其所為 ❺。嗚呼，亦盛矣哉！

夫五人之死，去今之墓而葬焉，其為時止十有一月爾。夫十有一月之中，凡富貴之子，慷慨得志之徒，其疾病而死，死而湮沒不足道者 ❻，亦已眾矣，況草野之無聞者與 ❼？獨五人之皦皦 ❽，何也？

予猶記周公之被逮，在丁卯三月之望 ❾。吾社之行為士先者 ❿，為之聲義 ⓫，斂貲財以送其行 ⓬，哭聲震動天地。緹騎按劍而前 ⓭，問："誰為哀者？" 眾不能堪 ⓮，抶而仆之 ⓯。是時以大中丞撫吳者為魏之私人 ⓰，周公之逮所繇使也 ⓱。吳之民方痛心焉 ⓲，于是乘其厲聲以呵 ⓳，則噪而相逐 ⓴，中丞匿于溷藩以免 ㉑。既而以吳民之亂請于朝 ㉒，按誅五人 ㉓，曰顏佩韋、楊念如、馬杰、沈楊、周文元 ㉔，即今之儽然在墓者也 ㉕。

然五人之當刑也 ㉖，意氣陽陽 ㉗，呼中丞之名而詈之 ㉘，談笑以死。斷頭置城上，顏色不少變 ㉙。有賢士大夫發五十金 ㉚，買五人之脰而函之 ㉛，卒與屍合 ㉜。故今之墓中，全乎為五人也 ㉝。

嗟乎！大閹之亂 ㉞，縉紳而能不易其志者 ㉟，四海之大，有幾人歟？而五人生于編伍之間 ㊱，素不聞詩書之訓 ㊲，激昂大義，蹈死不顧 ㊳，亦曷故哉 ㊴？且矯詔紛出 ㊵，鉤黨之捕遍于天下 ㊶，卒以吾郡之發憤一擊，不敢復有株治㊷。大閹亦逡巡畏義㊸，非常之謀㊹，難于猝發㊺，待聖人之出而投環道路㊻，不可謂非五人之力也。

繇是觀之，則今之高爵顯位，一旦抵罪㊼，或脫身以逃，不能容于遠近，而又有剪髮杜門㊽，佯狂不知所之者㊾，其辱人賤行㊿，視五人之死(51)，輕重固何如哉(52)？是以蓼洲周公忠義暴于朝廷(53)，贈謚美顯(54)，榮于身後；而五人亦得以加其土封(55)，列其姓名于大堤之上，凡四方之士，無不有過而拜且泣者，斯固百世之遇也(56)。不然，令五人者保其首領(57)，以老于戶牖之下(58)，則盡其天年，人皆得以隸使之，安能屈豪傑之流(59)，扼腕墓道(60)，發其志士之悲哉？故余與同社諸君子，哀斯墓之徒有其石也(61)，而為之記，亦以明死生之大(62)，匹夫之有重于社稷也。

賢士大夫者，冏卿因之吳公、太史文起文公、孟長姚公也(63)。

《七錄齋詩文合集・古文存稿》卷三

注釋

❶ 蓼（liǎo）洲周公：即周順昌，字景文，號蓼洲，吳縣（今江蘇蘇州）人。明萬曆四十一年（1613 年）進士，曾任吏部主事、文選員外郎。天啟六年（1626 年）三月，周順昌被魏忠賢黨抓捕，同年六月慘死于京師獄中。

❷ 急：一作"激"，二字可通。

❸ 當道：當權執政者。

❹ 除：整治。逆閹（yān）：指魏忠賢。閹，宦官太監的蔑稱。廢祠：

魏忠賢當權勢盛，各地官員爭建生祠，敗後生祠皆廢。

❺ 旌：表彰。

❻ 堙（yīn）沒：埋沒，泯滅。

❼ 草野之無聞者：指民間鄉村無名的百姓。與：通"歟"，語氣詞，表疑問。

❽ 皦（jiǎo）皦：明亮，光耀。

❾ 丁卯：指天啟七年（1627 年）。望：月圓之日，舊曆每月十五日。史載周順昌被捕、吳民聲義發生在天啟六年（丙寅）三月，顏佩韋等五人被殺在該年七月。此處"丁卯"當為"丙寅"。上文云"夫五人之死，去今之墓而葬焉，其為時止十有一月爾"，按天啟七年（丁卯）八月崇禎即帝位，同年十一月魏忠賢自縊死，蘇州士人墓葬五人當在此後，距五人被殺實不止十一個月，蓋亦作者誤記。

❿ 吾社：張溥于天啟年間創建文人社團應社，崇禎二年（1629 年）組織復社。這裏所指當為應社。行為士先者：品行可為讀書人榜樣的人。

⓫ 聲義：聲張正義。

⓬ 貲（zī）：通"資"。

⓭ 緹騎（tí jì）：本指漢代執金吾屬下的衛士，後泛指逮治犯人的官役，明代指錦衣衛校尉。

⓮ 堪：忍受，承受。

⓯ 抶（chì）：鞭打。仆（pū）：打倒，使倒斃。

⓰ 以大中丞撫吳者：指應天府（今江蘇南京）巡撫毛一鷺，時以大中丞巡撫吳地。私人：以私利相依附之人。毛為魏忠賢一黨。

⓱ 周公之逮所繇使：周順昌被逮捕乃毛一鷺所指使。繇，通"由"。

⓲ 痛心：悲憤，痛恨。

⓳ 厲聲以呵：嚴厲地高聲呵斥。

⓴ 噪：大聲喧嚷。

㉑ 匿：藏。溷（hùn）藩：廁所。毛一鷺藏在廁所裏得以脱身。

㉒ 既而：不久。以吳民之亂請于朝：指毛一鷺向朝廷報告蘇州百姓暴亂。

㉓ 按誅：查辦處死。

㉔ "顏佩韋" 等五人：皆蘇州市民，其中周文元為周順昌轎夫。沈楊，一本作 "沈揚"。

㉕ 儽（léi）然：重疊堆積的樣子。

㉖ 當刑：受刑，指就死之時。

㉗ 陽陽：通 "揚揚"。

㉘ 中丞：指毛一鷺。詈（lì）：罵。

㉙ 顏色不少變：是説五人的頭顱被置于城樓上，面容沒有一點變化。顏色，面容。

㉚ 發：拿出，捐出。

㉛ 脰（dòu）：頸項，這裏指頭部。函：用匣子裝盛。

㉜ 卒與屍合：終于使五人的頭顱與屍身合在一起。卒，終于。

㉝ 全乎：指屍首完整。

㉞ 大閹：指魏忠賢。

㉟ 縉紳：本意為插笏（hù，古代大臣上朝時所執的手板）于帶，後泛指官宦。縉，插。紳，束在衣服外的帶子。

㊱ 編伍：古代戶籍編制，五家為伍。這裏指普通百姓。

㊲ 詩書：本指《詩經》和《尚書》，這裏泛指儒學。

㊳ 蹈死：赴死。

㊴ 曷（hé）故：甚麼緣故。

㊵ 矯詔紛出：指魏忠賢屢屢假託皇帝的名義發出詔令。矯詔，假託詔令。

❹ 鈎黨之捕遍于天下：指魏忠賢為鏟除異己，四處牽連正直官員、士人為同黨，而予以抓捕。鈎黨，拉扯牽連為同黨。

❹ 株治：株連治罪。

❹ 逡巡畏義：是説魏忠賢畏懼正義的力量，不敢過于肆意妄行。逡巡，遲疑徘徊、欲行又止的樣子。

❹ 非常之謀：不同尋常的陰謀。

❹ 難于猝發：不敢貿然行動。

❹ 聖人之出而投環道路：指崇禎皇帝即位後，嚴厲鎮壓閹黨，魏忠賢在被貶途中自縊而死。投環，自縊。

❹ 抵罪：因犯罪而受到處罰。

❹ 剪髮：指削髮出家。杜門：閉門不出。

❹ 佯狂：假裝瘋癲。不知所之：不知往哪裏去。

❺ 辱人賤行：可恥的人格，卑賤的品行。

❺ 視：比較。

❺ 輕重固何如哉：是説閹黨官宦卑賤可恥的品行，與五人之死相比較，其輕重究竟如何呢？固，本來，究竟。

❺ 暴：顯露。

❺ 贈謚美顯：獲贈謚號，美好而榮耀。崇禎即位後為周順昌平反，贈謚“忠介”。

❺ 加其土封：為墳墓加封土，指重修墳墓。

❺ 百世之遇：百世難得的際遇。

❺ 保其首領：指活下來。首領，頭和脖子。

❺ 老于戶牖（yǒu）之下：指在家裏終老。戶牖，門窗。

❺ 屈：使折服。

❻ 扼腕：以手握腕，表示惋惜憤慨。

61 徒有其石：只有碑石而無碑記。

62 "亦以明死生之大"二句：是説作此碑記以説明死生事大，普通百姓也可以對國家發揮重大作用。社稷，本指土神和穀神，代指國家。

63 囧卿因之吳公：吳默，字因之，曾任太僕卿。《尚書》載周穆王命伯囧為太僕正，後世因稱太僕寺卿為囧卿。太史文起文公：文震孟，字文起，曾任翰林院修撰。孟長姚公：姚希孟，字孟長，文震孟外甥。上述三人皆蘇州人。

解析

　　明天啟年間，宦官魏忠賢擅政，網羅黨羽，排斥異己，迫害朝中正直的大臣和東林黨人，楊漣、左光斗、魏大中等相繼被殘害至死，激起極大的民憤。曾任吏部主事的周順昌為人剛介，疾惡如仇，因與魏大中等交好，指斥魏忠賢黨，被羅織罪名，天啟六年（1626年）三月由錦衣衞旗尉前往蘇州抓捕。周順昌有德于鄉，受士民愛戴，得知錦衣衞前來抓人，蘇州士人、百姓數萬人聚集，為其喊冤乞命。錦衣衞旗尉辱罵請願眾人，氣焰囂張，巡撫毛一鷺是魏忠賢一黨，此時亦屬聲呵斥民眾。眾人激于義憤，紛擁而上，打死旗尉一人，其餘負傷逃走。事後周順昌被押解入京，遭嚴刑而死，顏佩韋等五位普通蘇州市民則被誣暴亂處死。魏忠賢敗後，蘇州人民為表彰五人事跡，在魏忠賢廢祠上為五人修墓建碑，張溥為撰《五人墓碑記》。

　　《五人墓碑記》頌揚了五位普通蘇州市民秉持大義、

蹈死不顧的氣概。作者將五人之死與"富貴之子，慷慨得志之徒"庸庸碌碌，屈服于邪惡勢力，不能保持剛正氣節相比，與魏忠賢一黨"高爵顯位者"事敗抵罪的辱人賤行相比，也與"老于戶牖之下"、"人皆得以隸使之"的苟活者相比，凸顯出了五人之死重于泰山。國家興亡，匹夫有責。正是以五人為代表的蘇州百姓自發形成的正義力量，使肆無忌憚的魏忠賢一黨"逡巡畏義"，有所顧忌，以至"非常之謀，難于猝發"。作者在碑記之末一語道出了本文的主旨："亦以明死生之大，匹夫之有重于社稷也。"不僅抒發了對五人蹈義而死的敬仰之情，更充分肯定了普通百姓的正義行為對國家社稷的重要影響。

獄中上母書

題解

　　夏完淳（1631 年—1647 年），初名復，字存古，號小隱，華亭（今上海松江）人。其父夏允彝為明崇禎十年（1637 年）進士，與陳子龍等創立幾社，明亡後毀家倡義，從事抗清鬥爭。夏完淳十四歲即跟隨父親從事反清鬥爭，又與老師陳子龍、岳父錢旃等共謀舉義，上書魯王，被遙授中書舍人。入吳易（一作易）軍為參謀，兵敗流亡，清順治四年（1647 年）在家鄉被捕。他在南京獄中堅貞不屈，痛罵勸降的洪承疇，同年九月十九日英勇就義，年僅十七歲。事見《皇明四朝成仁錄》卷六等。著有《玉樊堂集》、《南冠草》、《續幸存錄》等，後人編為《夏內史集》。《獄中上母書》是作者在獄中寫給母親的訣別信。

原文

　　不孝完淳今日死矣，以身殉父 ❶，不得以身報母矣！痛自嚴君見背 ❷，兩易春秋 ❸，冤酷日深 ❹，艱辛歷盡。本圖

復見天日 ❺，以報大仇，恤死榮生 ❻，告成黃土 ❼。奈天不佑我 ❽，鍾虐明朝 ❾，一旅才興 ❿，便成虀粉 ⓫。去年之舉 ⓬，淳已自分必死 ⓭，誰知不死，死于今日也。斤斤延此二年之命 ⓮，菽水之養無一日焉 ⓯。致慈君託跡于空門 ⓰，生母寄生于別姓 ⓱，一門漂泊，生不得相依，死不得相問。淳今日又溘然先從九京 ⓲，不孝之罪，上通于天。

嗚呼！雙慈在堂 ⓳，下有妹女 ⓴，門祚衰薄 ㉑，終鮮兄弟 ㉒。淳一死不足惜，哀哀八口，何以為生？雖然，已矣 ㉓！淳之身，父之所遺；淳之身，君之所用。為父為君，死亦何負于雙慈！但慈君推乾就濕 ㉔，教禮習詩，十五年如一日。嫡母慈惠，千古所難，大恩未酬 ㉕，令人痛絕！慈君託之義融女兄 ㉖，生母託之昭南女弟 ㉗。

淳死之後，新婦遺腹得雄 ㉘，便以為家門之幸。如其不然，萬勿置後 ㉙。會稽大望 ㉚，至今而零極矣 ㉛，節義文章如我父子者幾人哉？立一不肖後 ㉜，如西銘先生 ㉝，為人所詬笑 ㉞，何如不立之為愈耶 ㉟？嗚呼！大造茫茫 ㊱，總歸無後。有一日中興再造 ㊲，則廟食千秋 ㊳，豈止麥飯豚蹄 ㊴，不為餒鬼而已哉 ㊵？若有妄言立後者，淳且與先文忠在冥冥誅殛頑囂 ㊶，決不肯捨。

兵戈天地 ㊷，淳死後，亂且未有定期。雙慈善保玉體，無以淳為念。二十年後，淳且與先文忠為北塞之舉矣 ㊸。勿悲，勿悲！相託之言，慎勿相負！武功甥將來大器 ㊹，家事盡以委之。寒食、盂蘭 ㊺，一杯清酒，一盞寒燈，不至作若敖之鬼 ㊻，則吾願畢矣。新婦結褵二年 ㊼，賢孝素著。武功甥好為我善待之，亦武功渭陽情也 ㊽。

語無倫次，將死言善 ❹，痛哉！痛哉！人生孰無死？貴得死所耳。父得為忠臣，子得為孝子。含笑歸太虛 ❺，了我分內事。大道本無生 ❺，視身若敝屣 ❺。但為氣所激，緣悟天人理。惡夢十七年，報仇在來世。神遊天地間，可以無愧矣！

《夏完淳集箋校》卷九

❶ 殉：以人從葬，這裏指跟隨父親而死。

❷ 嚴君見背：謂其父去世。

❸ 兩易春秋：經過兩年。夏完淳之父夏允彝于順治二年（1645 年）抗清兵敗後投水而死，至此已過兩年。

❹ 冤酷：冤仇、慘痛。

❺ 復見天日：指光復明朝。

❻ 恤死榮生：使死者得到撫恤，使生者得到榮封。

❼ 告成黃土：指向黃土之下的祖先報告功業完成。

❽ 奈：奈何。

❾ 鍾虐：是說天降禍于明朝。鍾，聚集。虐，災害。

❿ 一旅才興：順治三年，夏完淳與陳子龍等共謀舉義，入吳易軍為參謀，惜吳易軍很快遭擊潰。

⓫ 齏（jī）粉：粉末。指抗清的軍隊剛剛興起就被打得粉碎。

⓬ 去年之舉：指順治三年吳易軍敗，夏完淳流亡之事。

⓭ 自分：自己料想。

⓮ 斤斤：拘謹的樣子。這裏是自嘲多活了兩年。

⓯ 菽水之養：指清貧者對長輩的儉薄奉養。菽，豆類。水，湯類。

⓰ 慈君：嫡母。夏允彝的正室盛氏，夏允彝死後出家為尼。託跡：寄身。

⓱ 生母：指夏允彝的側室陸氏，夏允彝死後寄居別姓親戚家。

⓲ 溘（kè）然先從九京：是説自己忽然先跟從父親到地下。溘然，忽然。九京，春秋時晉國卿大夫的墓地所在，後用作墓地的代稱。一説"京"為"原"之誤。

⓳ 雙慈：指嫡母和生母兩位母親。

⓴ 妹女：是説自己還有一個妹妹未嫁。

㉑ 門祚（zuò）衰薄：家門衰落。祚，福運。

㉒ 終鮮兄弟：《詩·鄭風·揚之水》："終鮮兄弟，維予與女。"鮮，少。

㉓ 已矣：罷了，算了。是説雖然如此，也只能就這樣了。

㉔ 推乾就濕：把床上乾處讓給孩子，自己居于濕處，形容母親辛勤撫育。

㉕ 酬：報答。

㉖ 義融女兄：指夏完淳的姐姐夏淑吉，字美南，號義融。

㉗ 昭南女弟：指夏完淳的妹妹夏惠吉，字昭南，號蘭隱。

㉘ 新婦：夏完淳與妻子錢秦篆于順治二年成婚，時剛兩年，故稱新婦。雄：指男孩。夏完淳被捕時妻子已有身孕。

㉙ 置後：安排後嗣，指抱養男孩為嗣。

㉚ 會（kuài）稽：古郡名，華亭舊屬會稽郡。大望：有名望的大族。

㉛ 零極：衰落到極點。

㉜ 不肖：子不似父，指不成材。

㉝ 西銘先生：指張溥，號西銘。張溥死時年僅四十，無子，友人為

其立嗣子。

㉞ 詬（gòu）笑：詬病恥笑。

㉟ 何如不立之為愈：是說若立一不肖子嗣，還不如不立為好。愈，好，勝過。

㊱ 大造：指天地自然。

㊲ 中興再造：指明朝恢復。

㊳ 廟食：死後立廟，受人奉祀祭享。

㊴ 麥飯豚蹄：指祭祀用的食物。

㊵ 餒（něi）鬼：不能享受祭祀的餓鬼。餒，餓。

㊶ 先文忠：指夏完淳之父夏允彝，諡文忠。冥冥：指陰間。誅殛（jí）頑嚚（yín）：誅殺愚妄奸邪之徒。

㊷ 兵戈天地：指到處是戰亂。

㊸ 北塞之舉：謂二十年後父子轉世成人，將出師北伐，恢復明朝。

㊹ 武功甥：指外甥侯檠（qíng），字武功，夏淑吉之子。

㊺ 寒食：在清明前一或二日。民俗，寒食清明期間為先人掃墓。盂蘭：即盂蘭盆節，每年農曆七月十五日，佛教徒和民間結盂蘭盆會超度亡人。

㊻ 若敖之鬼：春秋時楚國令尹子文為若敖氏之後，他擔心兄之子越椒有滅族之罪，臨終泣曰：「鬼猶求食，若敖氏之鬼不其餒而？」事見《左傳》宣公四年。這裏是說自己死後不至作無祭享的餓鬼。

㊼ 結褵（lí）：指結婚。

㊽ 渭陽情：指舅甥之間的情誼。《詩·秦風·渭陽》：「我送舅氏，曰至渭陽。」

㊾ 將死言善：謂人死之前的言語真誠無欺。《論語·泰伯》：「人之將死，其言也善。」

㊿ 含笑歸太虛：是說自己含笑而死。太虛，天上。

❺ 大道本無生：是說天地大道本無所謂生，也無所謂滅。

❻ 視身若敝屣（xǐ）：是說將自己的肉身視如敝屣，可以隨意丟棄。敝屣，破爛的鞋子。

　　"時窮節乃現，一一垂丹青。"明末清初國家民族危急存亡之際，湧現了一大批不甘國家破亡，奮起反抗，堅貞不屈，捨身取義的民族英雄、愛國志士，夏完淳就是一位以短暫生命在中華民族歷史上留下閃光足跡的少年英雄。在父親夏允彝、老師陳子龍等的影響下，夏完淳自幼崇尚氣節，關心國事，心中早早埋下了忠貞報國的壯志。崇禎十七年（1644年）明朝覆亡、清軍入關，年僅十四歲的夏完淳毅然隨父親投入到反抗異族侵略的戰鬥中。父親自沉殉國，故鄉慘遭蹂躪，國難家仇更堅定了他反清復明、報仇雪恥的決心。他多方奔走聯絡，謀劃復國之策，又破家餉軍，加入義軍為參謀，不顧生死，獨當一面，被捕後則堅貞不屈，決志殉國，在獄中寫下《獄中上母書》、《遺夫人書》，向家人訣別。

　　夏完淳雖抱定慷慨赴死的決心，但在與家人訣別時，想到母親養育之恩未報，自己作為家中惟一的兒子，雙慈在堂，家有妹女，年輕的妻子身懷有孕，兵戈天地中，哀哀八口，何以為生，不禁心痛欲絕，肝腸寸斷。作者不吝表達對家人的痛惜和無限的依戀，在《遺夫人書》中這種痛楚和依戀表現得更為強烈："欲書則一字俱無，欲言則萬般難吐。＂這種直抒胸臆的表達，讓我們看到一個十七歲少年對辛勤養育自己的母親，對年輕的妻子和孤苦的孩子，對姐妹，對外甥，都充滿真摯的感情和依依不捨的眷戀，對家人未來生活的擔憂也讓他心亂如麻。但是，在沉痛憾恨之中，少年英雄心中不屈的志向，慷慨報國的豪情，成仁一死的信念，始終置于個人私情之上。他安慰母親，自己為君為父而死，死得其所，請母親勿以自己為念；他殷殷囑託身後事，不以無嗣為憾，而希望保持家門父子的節義文章；他遺憾復國之志未酬，表達來生仍將與父親一起北伐中原、恢復國家的志願。一句＂雖然，已矣＂，道盡千般不捨，也充滿萬丈豪情。作者對家人眷戀不捨、百轉千迴的情思，更加突顯少年英雄的俠骨柔情，突顯其義無反顧、從容赴死的英勇和悲壯，讀來蕩氣迴腸，令人感佩。

〔明〕徐光啟

幾何原本序

　　徐光啟（1562 年—1633 年）字子先，號玄扈，松江（今上海）人。萬曆三十二年（1604 年）進士，由庶吉士歷贊善，從利瑪竇學天文曆算。天啟五年（1625 年），擢禮部右侍郎。崇禎五年（1632 年），以禮部尚書兼東閣大學士，進文淵閣大學士。《明史》卷二五一有傳。徐光啟是上海地區最早的天主教徒之一，居 “聖教三柱石” 之首。著有《農政全書》、《崇禎曆書》、《徐氏庖言》、《勾股義》等書。他在同傳教士郭居靜（1560 年—1640 年）、利瑪竇（1552 年—1610 年）的交往中接觸了西方的近代科學，譯有《幾何原本》、《泰西水法》等著作。《幾何原本》是古希臘數學家歐几里德（約前 330 年—前 275 年）的不朽之作，凡十三卷。十六世紀時，意大利數學家格拉維（1537 年—1612 年）又續補兩卷，是為十五卷本。利瑪竇曾從學格拉維，明萬曆時，來中國傳教，將此書介紹給徐光啟，並由利瑪竇口譯，徐光啟筆錄，將其中的前六卷譯出刊行。《幾何原本》的全譯本直到十九世紀中葉才由李善蘭（1811 年—1882 年）和英國人偉烈亞力（1815 年—

1867 年）完成。本文是徐光啟為六卷本《幾何原本》所作的
序文。

原
文
　　唐虞之世 ❶，自羲和治曆 ❷，暨司空 ❸、后稷 ❹、
工 ❺、虞 ❻、典樂五官者 ❼，非度數不為功 ❽。《周官》六
藝 ❾，數與焉一焉 ❿；而五藝者，不以度數從事，亦不得工
也。襄、曠之于音 ⓫，般、墨之于械 ⓬，豈有他謬巧哉？
精于用法爾已。故嘗謂三代而上 ⓭，為此業者盛，有元元本
本，師傅曹習之學 ⓮，而畢喪于祖龍之焰 ⓯。漢以來多任意
揣摩，如盲人射的 ⓰，虛發無效，或依儗形似 ⓱，如持螢燭
象，得首失尾。至于今而此道盡廢，有不得不廢者矣。

　　《幾何原本》者，度數之宗，所以窮方圓平直之情，盡
規矩準繩之用也。利先生從少年時 ⓲，論道之暇，留意藝
學，且此業在彼中所謂師傅曹習者，其師丁氏 ⓳，又絕代名
家也，以故極精其說。而與不佞遊久 ⓴，講譚餘晷 ㉑，時時
及之。因請其象數諸書 ㉒，更以華文 ㉓。獨謂此書未譯，
則他書俱不可得論。遂共翻其要約六卷 ㉔，既卒業而復之，
由顯入微，從疑得信。蓋不用為用，眾用所基，真可謂萬象
之形囿，百家之學海。雖實未竟，然以當他書，既可得而論
矣。私心自謂：“不意古學廢絕二千年後，頓獲補綴唐、虞、
三代之闕典遺義，其裨益當世，定復不小。”因偕二三同
志，刻而傳之。

　　先生曰：“是書也，以當百家之用，庶幾有羲、和、般、

墨其人乎，猶其小者，有大用于此，將以習人之靈才，令細而確也。"余以為小用大用，實在其人。如鄧林伐材 ^㉕，棟梁榱桷 ^㉖，恣所取之耳。顧惟先生之學，略有三種，大者修身事天 ^㉗，小者格物窮理 ^㉘，物理之一端，別為象數。一一皆精實典要，洞無可疑。其分解擘析 ^㉙，亦能使人無疑。而余乃亟傳其小者，趨欲先其易信，使人繹其文，想見其意理，而知先生之學可信不疑。大概如是，則是書之為用更大矣。他所說幾何諸家，藉此為用，略具其自敘中，不備論。吳淞徐光啟書。

《幾何原本》卷首

注釋

❶ 唐虞：堯與舜的並稱。堯初封于陶，又封于唐，號陶唐氏。舜為有虞氏。

❷ 羲和：傳說堯曾派羲仲、羲叔、和仲、和叔分駐四方，觀察天象，以制定曆法。

❸ 司空：職官名，西周始置，掌水利、建造之事。

❹ 后稷：職官名，堯舜時掌管農業。

❺ 工：職官名，掌管手工業製作。

❻ 虞：職官名，堯舜時掌管山澤苑囿以及田獵等事務。

❼ 典樂：職官名，舜帝時主管朝廷禮樂。《尚書·舜典》："帝曰：夔，命汝典樂。"

❽ 度數：以度為單位計算所得的數目。《周禮·天官·小宰》："其屬六十。"漢鄭玄注："六官之屬，三百六十，象天地四時、日月星

辰之度數。"

❾《周官》：即《周禮》，也稱《周官經》。西漢末列為經，而屬于禮，故有《周禮》之名。西漢時獻王在民間所得，分天、地、春、夏、秋、冬六官，記古代百官職守，相傳為周公所作。六藝：古代的六種技能，即禮、樂、射、御、書、數。

❿ 屄（jū）："居"的古字。

⓫ 襄：即師襄，春秋時魯國的樂官。曠：即師曠，春秋時晉國的樂官。

⓬ 般：即公輸般，春秋時魯國的木匠。墨：墨翟，即墨子，春秋時墨家的代表人物，長于機械。

⓭ 三代：指夏、商、周三代。

⓮ 師傳曹習：老師傳授，學生們學習。曹，等，輩。

⓯ 畢喪于祖龍之焰：都毀于秦始皇的焚燒。祖龍之焰，指前 213 年李斯上書秦始皇焚書之事。祖龍，指秦始皇。

⓰ 的：目標。

⓱ 儗（nǐ）：比擬。

⓲ 利先生：利瑪竇（1552 年－1610 年），號西泰，又號清泰、西江，意大利天主教傳教士。明萬曆時來到中國。是第一位閱讀中國文學，並鑽研中國典籍的西方學者，著有《基督教遠征中國史》等。

⓳ 丁氏：格拉維（Clavius），利瑪竇與徐光啟譯其姓為"丁"。

⓴ 不佞：謙詞，徐光啟自指。

㉑ 譚：通"談"。餘晷（guǐ）：閒暇。

㉒ 象數：數學。

㉓ 更：更改，此處指翻譯。

㉔ 要約：要點。

㉕ 鄧林：傳説夸父追日，中途渴死，棄其杖，化為一片大樹林，叫作鄧林。見《山海經・海外北經》卷八。

㉖ 榱（cuī）：房屋的椽子。桷（jué）：方形的屋椽。

㉗ 修身事天：指信仰天主教。

㉘ 格物：推究物理。

㉙ 擘（bò）析：剖析。

明代後期，西方耶穌會士來華傳播天主教，利瑪竇就是其中的代表。他通過結識眾多官員，傳播西方科技而傳教，客觀上為中西文化交流與西學東漸作出了貢獻。歐几里德的《幾何原本》是其傳播的重要內容之一。

徐光啟從利瑪竇處獲知《幾何原本》。利瑪竇指出這部書是了解其他西方自然科學的基礎。徐光啟也認為《幾何原本》是數學之宗，它在于探究方圓平直的關係，並以此作為數學的基礎。于是由利瑪竇口述、徐光啟記錄，將《幾何原本》的前六卷譯成中文，翻譯完成後又重新校訂了一遍。在徐光啟看來，《幾何原本》是純理論科學，是眾多實用科學的基礎，雖然全文沒有被譯出，但用它來彌補中國歷史上對數學的認識和傳統大有裨益。而《幾何原本》的翻譯刊刻也是傳播利瑪竇學問的重要途徑，徐光啟遂決定將此書刻印出版。

《幾何原本》以其嚴密的邏輯推理，從公理、公設、定義、命題出發，建立了嚴密的幾何學體系，是世界近代科學的基礎。第一至四卷中歐几里德對直邊形和圓的論述頗具代表性。他巧妙地證明了勾股定理（畢達哥拉斯定理）。《幾何原本》六卷本的翻譯出版，為中國人認識西方自然科學提供了契機。"幾何"一詞作為數學的專業名詞來使用，是由徐光啟斟酌擬定的。其中的一些概念，如點、線、直線、平行線、角、三角形和四邊形等的中文名稱都是在這一譯本中定型的，由此奠定了中國近現代數學和幾何學的基礎。

海瑞傳

　　《明史》是清張廷玉等在王鴻緒、萬斯同所編修的《明史稿》基礎上修訂而成的紀傳體史書，記載自洪武元年（1368年）至崇禎十七年（1644年）二百餘年的明代歷史。《海瑞傳》選自《明史》卷二二六，記明代名臣海瑞的生平事跡。海瑞（1514年—1587年）字汝賢，號剛峰，廣東瓊山（今屬海南）人。歷正德、嘉靖、隆慶、萬曆四朝，先後任福建南平教諭、淳安知縣、嘉興通判、興國州判官、戶部主事、兵部主事、尚寶丞、兩京左右通政、右僉都御史、督南京糧儲、南京吏部右侍郎、南京右都御史等職。萬曆十五年（1587年）卒于任。謚忠介。海瑞一生剛直不阿，作風清廉，是著名的清官。梁雲龍作的《海瑞行狀》、王弘誨作的《海忠介公傳》、何喬遠作的《海瑞傳》、李贄作的《海忠介公傳》都對海瑞事跡有所記載和讚頌，當是《明史·海瑞傳》的史料來源。

海瑞，字汝賢，瓊山人 ❶。舉鄉試 ❷。入都 ❸，即伏闕上《平黎策》❹，欲開道置縣，以靖鄉土 ❺。識者壯之 ❻。署南平教諭 ❼，御史詣學宮 ❽，屬吏咸伏謁 ❾，瑞獨長揖，曰：“臺謁當以屬禮，此堂，師長教士地，不當屈。”遷淳安知縣 ❿。布袍脫粟 ⓫，令老僕藝蔬自給 ⓬。總督胡宗憲嘗語人曰 ⓭：“昨聞海令為母壽，市肉二斤矣。”宗憲子過淳安，怒驛吏，倒懸之。瑞曰：“曩胡公按部 ⓮，令所過毋供張 ⓯。今其行裝盛 ⓰，必非胡公子。”發橐金數千 ⓱，納之庫，馳告宗憲，宗憲無以罪。都御史鄢懋卿行部過 ⓲，供具甚薄 ⓳，抗言邑小不足容車馬 ⓴。懋卿志甚 ㉑。然素聞瑞名，為斂威去 ㉒，而屬巡鹽御史袁淳論瑞及慈谿知縣霍與瑕 ㉓。與瑕，尚書韜子 ㉔，亦抗直不諂懋卿者也 ㉕。時瑞已擢嘉興通判 ㉖，坐謫興國州判官 ㉗。久之，陸光祖為文選 ㉘，擢瑞戶部主事 ㉙。

時世宗享國日久 ㉚，不視朝 ㉛，深居西苑 ㉜，專意齋醮 ㉝。督撫大吏爭上符瑞 ㉞，禮官輒表賀。廷臣自楊最、楊爵得罪後 ㉟，無敢言時政者。四十五年二月 ㊱，瑞獨上疏曰：

臣聞君者，天下臣民萬物之主也，其任至重。欲稱其任，亦惟以責寄臣工 ㊲，使盡言而已。臣請披瀝肝膽 ㊳，為陛下陳之。

昔漢文帝 ㊴，賢主也。賈誼猶痛哭流涕而言 ㊵，非苟責也。以文帝性仁而近柔，雖有及民之美，將不免于怠廢，此誼所大慮也。陛下天資英斷，過漢文遠甚。然文帝能充其仁恕之性，節用愛人，使天下貫朽粟陳，幾致刑措 ❹。陛下則銳精未久，妄念牽之而去，反剛明之質而誤用之，至謂遐舉可得 ❷，一意修真，竭民脂膏，濫興土木，二十餘年不視朝，法紀弛矣。數年推廣事例，名器濫矣 ❸。二王不相見，人以為薄于父子。以猜疑誹謗戮辱臣下，人以為薄於君臣。樂西苑而不返，人以為薄于夫婦。吏貪官橫，民不聊生，水旱無時，盜賊滋熾。陛下試思今日天下，為何如乎？

邇者嚴嵩罷相 ❹，世蕃極刑 ❺，一時差快人意。然嵩罷之後猶嵩未相之前而已，世非甚清明也，不及漢文帝遠甚。蓋天下之人不直陛下久矣 ❻。古者人君有過，賴臣工匡弼 ❼。今乃修齋建醮，相率進香，仙桃天藥，同辭表賀。建宮築室，則將作竭力經營 ❽；購香市寶，則度支差求四出 ❾。陛下誤舉之，而諸臣誤順之，無一人肯為陛下正言者，諛之甚也 ❺。然愧心餒氣，退有後言，欺君之罪何如！

夫天下者，陛下之家。人未有不顧其家者，內外臣工皆所以奠陛下之家而磐石之者也。一意修真，是陛下之心惑。過于苛斷，是陛下之情偏。而謂陛下不顧其家，人情乎？諸臣徇私廢公，得一官多以欺敗，多以不事事敗，實有不足當陛下意者。其不然者，君心臣心偶不相值也 ❺，而遂謂陛下厭薄臣工，是以拒諫。執一二之不當，疑千百之皆然，陷陛下于過舉，而恬不知怪，諸臣之罪大矣。《記》曰 ❺："上人疑則百姓惑 ❺，下難知則君長勞。"此之謂也。

且陛下之誤多矣。其大端在于齋醮。齋醮所以求長生也。自古聖賢垂訓，修身立命曰"順受其正"矣 ❺。未聞有所謂長生之說。堯、舜、禹、湯、文、武聖之盛也，未能久世，下之亦未見方外士自漢、唐、宋至今存者 ㊺。陛下受術于陶仲文 ㊻，以師稱之。仲文則既死矣，彼不長生，而陛下何獨求之。至于仙桃天藥，怪妄尤甚。昔宋真宗得天書于乾祐山 ㊼，孫奭曰 ㊽："天何言哉？豈有書也。" 桃必採而後得，藥必製而後成。今無故獲此二物，是有足而行耶？曰"天賜者"，有手執而付之耶？此左右奸人造為妄誕，以欺陛下，而陛下誤信之，以為實然，過矣。

陛下又將謂懸刑賞以督責臣下，則分理有人，天下無不可治，而修真為無害已乎？《太甲》曰 ㊾："有言逆于汝心 ㊿，必求諸道；有言遜于汝志，必求諸非道。" 用人而必欲其唯言莫違，此陛下之計左也 ⓺。既觀嚴嵩，有一不順陛下者乎？昔為同心，今為戮首矣。梁材守道守官 ⓻，陛下以為逆者也，歷任有聲，官戶部者至今首稱之。然諸臣寧為嵩之順，不為材之逆，得非有以窺陛下之微，而潛為趨避乎？即陛下亦何利于是。

陛下誠知齋醮無益，一旦翻然悔悟，日御正朝，與宰相、侍從、言官講求天下利害，洗數十年之積誤，置身于堯、舜、禹、湯、文、武之間，使諸臣亦得自洗數十年阿君之恥 ⓼，置其身于皋、夔、伊、傅之列 ⓽，天下何憂不治，萬事何憂不理。此在陛下一振作間而已。釋此不為，而切切于輕舉度世，敝精勞神，以求之于繫風捕影、茫然不可知之域，臣見勞苦終身，而終于無所成也。今大臣持祿而好諛，小臣畏罪而結舌，臣不勝憤恨。是以冒死，願盡區區，惟陛下垂聽焉。

帝得疏，大怒，抵之地 ⓾，顧左右曰："趣執之，無使

得遁 ❻❻！"宦官黃錦在側曰 ❻❼："此人素有痴名。聞其上疏時，自知觸忤當死 ❻❽。市一棺，訣妻子 ❻❾，待罪于朝，僮僕亦奔散無留者，是不遁也。"帝默然。少頃復取讀之，日再三，為感動太息 ❼⓿，留中者數月。嘗曰："此人可方比干 ❼❶，第朕非紂耳 ❼❷。"會帝有疾，煩懣不樂，召閣臣徐階議內禪 ❼❸，因曰："海瑞言俱是。朕今病久，安能視事。"又曰："朕不自謹惜，致此疾困。使朕能出御便殿，豈受此人詬詈耶 ❼❹？"遂逮瑞下詔獄 ❼❺，究主使者。尋移刑部，論死。獄上，仍留中。戶部司務何以尚者 ❼❻，揣帝無殺瑞意，疏請釋之。帝怒，命錦衣衛杖之百 ❼❼，錮詔獄 ❼❽，晝夜搒訊。越二月，帝崩，穆宗立 ❼❾，兩人並獲釋。

帝初崩，外庭多未知。提牢主事聞狀，以瑞且見用，設酒饌款之。瑞自疑當赴西市 ❽⓿，恣飲啖，不顧。主事因附耳語："宮車適晏駕 ❽❶，先生今即出大用矣。"瑞曰："信然乎？"即大慟，盡嘔出所飲食，隕絕于地，終夜哭不絕聲。既釋，復故官。俄改兵部。擢尚寶丞 ❽❷，調大理 ❽❸。

隆慶元年 ❽❹，徐階為御史齊康所劾，瑞言："階事先帝，無能救于神仙土木之誤，畏威保位，誠亦有之。然自執政以來，憂勤國事，休休有容 ❽❺，有足多者。康乃甘心鷹犬，搏噬善類，其罪又浮于高拱 ❽❻。"人韙其言 ❽❼。

歷兩京左右通政 ❽❽。三年夏 ❽❾，以右僉都御史巡撫應天十府 ❾⓿。屬吏憚其威，墨者多自免去。有勢家朱丹其門，聞瑞至，黝之 ❾❶。中人監織造者 ❾❷，為減輿從 ❾❸。瑞銳意興革，請浚吳淞、白茆 ❾❹，通流入海，民賴其利。素疾大戶兼併，力摧豪強，撫窮弱。貧民田入于富室者，率奪還之。徐

階罷相里居，按問其家無少貸 ❾ 。下令飆發凌厲 ❾ ，所司
惴惴奉行，豪有力者至竄他郡以避。而奸民多乘機告訐 ❾ ，
故家大姓時有被誣負屈者。又裁節郵傳冗費 ❾ ，士大夫出其
境率不得供頓 ❾ ，由是怨頗興。都給事中舒化論瑞迂滯不
達政體 ⓿ ，宜以南京清秩處之 ⓿ ，帝猶優詔獎瑞。已而給事
中戴鳳翔劾瑞庇奸民 ❿ ，魚肉縉紳 ❿ ，沽名亂政 ❿ ，遂改督南
京糧儲。瑞撫吳甫半歲，小民聞當去，號泣載道，家繪像祀
之。將履新任 ❿ ，會高拱掌吏部，素銜瑞 ❿ ，併其職于南京戶
部 ❿ ，瑞遂謝病歸。

萬曆初，張居正當國 ❽ ，亦不樂瑞，令巡按御史廉察
之。御史至山中視，瑞設雞黍相對食，居舍蕭然，御史歎
息去。居正憚瑞峭直，中外交薦，卒不召。十二年冬，居正
已卒，吏部擬用左通政。帝雅重瑞名，畀以前職。明年正
月，召為南京右僉都御史，道改南京吏部右侍郎 ❾ ，瑞年已
七十二矣。疏言衰老垂死，願比古人尸諫之義 ⓿ ，大略謂：
"陛下勵精圖治，而治化不臻者，貪吏之刑輕也。諸臣莫能
言其故，反借待士有禮之說，交口而文其非。夫待士有禮，
而民則何辜哉？"因舉太祖法剝皮囊草及洪武三十年定律枉
法八十貫論絞 ⓫ ，謂今當用此懲貪。其他規切時政 ⓬ ，語極剴
切 ⓭ 。獨勸帝虐刑，時議以為非。御史梅鵾祚劾之 ⓮ 。帝雖以
瑞言為過，然察其忠誠，為奪鵾祚俸。

帝屢欲召用瑞，執政陰沮之 ⓯ ，乃以為南京右都御史。
諸司素婾惰 ⓰ ，瑞以身矯之。有御史偶陳戲樂，欲遵太祖法
予之杖。百司惴恐，多患苦之。提學御史房寰恐見糾摘 ⓱ ，
欲先發，給事中鍾宇淳復慫恿 ⓲ ，寰再上疏醜詆 ⓳ 。瑞亦屢疏

乞休，慰留不允 ❷⓿。十五年，卒官。

　　瑞無子。卒時，僉都御史王用汲入視 ❷①，葛幃敝籯 ❷②，有寒士所不堪者，因泣下，醵金為斂 ❷③。小民罷市。喪出江上，白衣冠送者夾岸，酹而哭者百里不絕 ❷④。贈太子太保 ❷⑤，謚忠介。

　　瑞生平為學，以剛為主，因自號剛峰。天下稱剛峰先生。嘗言：“欲天下治安，必行井田 ❷⑥。不得已而限田 ❷⑦，又不得已而均稅 ❷⑧，尚可存古人遺意。”故自為縣以至巡撫 ❷⑨，所至力行清丈，頒一條鞭法 ❸⓿。意主于利民，而行事不能無偏云 ❸①。

《明史》卷二二六

❶ 瓊山：今屬海南。

❷ 鄉試：指明代由南北直隸和各布政使司舉行的地方考試。鄉試一般由皇帝選派翰林或內閣學士等任正副主考官，通常在八月舉行，中舉者稱舉人。考試的地點在各省的貢院。

❸ 都：京師，今北京。

❹ 伏闕：拜伏于宮闕下，指向皇帝奏事。《平黎策》：平定黎民的策文，包括闢道、置縣等。

❺ 靖：平定。

❻ 識者：有見識的人。壯：讚賞。

❼ 署南平教諭：代理南平縣學教諭。南平，今福建南平。教諭，學官名，掌教育生員、祭祀文廟等。

❽ 御史：監察御史，隸都察院。學宮：地方官學。

❾ 伏謁：謁見尊者，伏地通報姓名。

❿ 淳安：今屬浙江。

⓫ 脫粟：糙米。

⓬ 藝：種植。

⓭ 總督胡宗憲：指直浙總督胡宗憲。總督是明代的軍政長官，直浙總督掌浙江、南直隸和福建等地軍務。胡宗憲（1512 年－1565 年），字汝貞，號梅林，安徽績溪人。嘉靖十七年（1538 年）進士，歷任浙江巡按監察御史、兵部左侍郎兼都察院僉都御史，加直浙總督，抗倭有功。嘉靖四十四年自殺身亡。後追諡襄懋。《明史》卷二〇五有傳。

⓮ 曩（nǎng）：過去。按部：巡視部屬。

⓯ 供張：供應，提供。

⓰ 盛：華麗。

⓱ 橐（tuó）金：行囊中的金子。

⓲ 都御史：明都察院的長官，正二品，掌糾劾百司、辨明冤枉、提督各道。鄢懋（mào）卿：懋卿字景卿，江西豐城人。嘉靖二十年（1541 年）進士，歷任左副都御史，總兩浙、兩淮、長蘆和河東四鹽司鹽政，刑部右侍郎。後因權臣嚴嵩失勢，被貶戍邊。《明史》卷三〇八有傳。行部：巡行視察所屬地方。

⓳ 供具甚薄：所提供的酒食很少。

⓴ 抗言：直言。

㉑ 恚（huì）：怨恨。

㉒ 為斂威去：只得收斂威風而離去。

㉓ 巡鹽御史：官名，專門巡查產鹽區的御史。慈谿（xī）：今浙江慈溪。霍與瑕：廣東南海人，霍韜之子。嘉靖三十八年（1559 年）進士，官至兵部職方司員外郎、廣西僉事。《明史》卷一九七有傳。

㉔ 尚書韜子：尚書霍韜之子。霍韜（1487 年 — 1540 年）字渭先，號兀崖，南海人。明世宗時名臣，官至禮部尚書、太子太保，謚文敏。《明史》卷一九七有傳。

㉕ 抗直：剛直不屈。

㉖ 嘉興：今屬浙江。通判：明代各府設通判，掌糧運、水利、屯田、牧馬、江海防務等事務。

㉗ 謫（zhé）：降職外放。興國州：今湖北陽新。

㉘ 陸光祖：光祖（1521 年 — 1597 年）字與繩，浙江平湖人。明嘉靖二十六年（1547 年）進士，累官至吏部尚書，謚莊簡。《明史》卷二二四有傳。

㉙ 戶部主事：位居戶部郎中、員外郎之下，從六品。

㉚ 世宗：明世宗朱厚熜（cōng，1507 年 — 1567 年），明代第十一任皇帝，在位四十五年，年號嘉靖，廟號世宗。早期為中興時期。在位期間發生了 "大禮議之爭"，後期崇奉道教，發生了 "壬寅宮變"。終年六十歲，葬十三陵之永陵。《明史》卷一七至一八有傳。

㉛ 視朝：臨朝聽政。

㉜ 西苑：今北京中南海。

㉝ 齋醮（jiào）：道士祭禱、做法事的儀式。

㉞ 符瑞：吉祥的徵兆。

㉟ 楊最：最字殿之，正德十二年（1517 年）進士，歷寧波知府、貴州按察使、太僕卿，後因直言勸諫世宗不要相信所謂仙術而獲罪，行杖刑時去世。《明史》卷二〇九有傳。楊爵：爵（？— 1549 年）字伯珍，號斛山，陝西富平（今屬陝西）人。嘉靖八年（1529 年）進士，官至監察御史，後因直言上諫而獲罪，嘉靖二十八年（1549 年）去世。謚忠介。《明史》卷二〇九有傳。

㊱ 四十五年：即嘉靖四十五年（1566 年）。

㊲ 臣工：群臣百官。

❸❽ 披瀝肝膽：形容非常忠誠。

❸❾ 漢文帝：即劉恆（前 202 年－前 157 年），西漢劉邦第四子。在
位期間，推行無為而治的黃老政治，輕徭薄賦，發展生產，形成
了漢代第一個治世。《史記》卷一○、《漢書》卷四有傳。

❹⓿ 賈誼：誼（前 200 年－前 168 年），洛陽人，漢文帝用為太中大
夫。曾上《論積貯疏》、《治安策》等。

❹❶ 刑措：又作“刑厝”，置刑法而不用，喻社會治安好。

❹❷ 遐舉：成仙升天。

❹❸ 名器：名號和儀制。

❹❹ 嚴嵩：嵩（1480 年－1567 年）字惟中，江西分宜（今屬江西）
人。弘治十八年（1505 年）進士，世宗朝權傾一時。嘉靖四十一
年（1562 年）被勒令致仕。《明史》卷三○八有傳。

❹❺ 世蕃極刑：嚴世蕃（1513 年－1565 年）因其父嵩入仕。當時有
“大丞相，小丞相”之説。“小丞相”即指嚴世蕃。嘉靖四十一年
（1562 年）下獄，嘉靖四十四年被處死。《明史》卷三○八有傳。

❹❻ 不直：不以為直。直，行正直之道。

❹❼ 匡弼：糾正補救。

❹❽ 將作：將作監，負責土木工程的官員。

❹❾ 度支：掌管財政收支的官員。

❺⓿ 諛：奉承。

❺❶ 值：遇到，相逢。

❺❷ 《記》：指《禮記》。

❺❸ “上人疑則百姓惑”二句：出自《禮記·緇衣》。是説君主有疑心
則百姓迷惑，臣下懷奸詐之心則君治理勞苦。

❺❹ 順受其正：《孟子·盡心上》：“莫非命也，順受其正。”是説順利
而行，行善得善，所接受的便是正命。

㊺ 方外士：此處指道士。

㊻ 陶仲文：即陶典真（1475 年—1560 年），湖北黃岡人。以方術得明世宗寵愛達二十年之久。嘉靖三十九年（1560 年）卒。《明史》卷三〇七有傳。

㊼ 宋真宗得天書于乾祐山：是説宋遼在澶州城簽下"澶淵之盟"後，為掩飾每年用三十萬銀帛換取和平這一屈辱，編造了天降天書的故事。孫奭（shì）指出"天書"之説不可信。天禧三年（1019 年），永興軍都巡檢朱能上書乾祐山又見天書。孫奭再次提出質疑。宋真宗堅信此事，以堅持其粉飾太平之舉。事見《宋史·孫奭傳》。

㊽ 孫奭：奭（962 年—1033 年）字宗古，博州博平（今山東茌平）人，北宋經學家。官至禮部尚書、龍圖閣大學士，以太子少傅致仕。輯有《經典微言》五十卷。《宋史》卷四三一有傳。

㊾《太甲》：指《尚書》的《太甲》篇，記商代第四代君主太甲的事跡。太甲，商湯嫡長孫，商代第四位君主，在位二十三年。他在位兩年後破壞祖制，以暴虐的方式對待百姓。伊尹將他放逐到湯的墓地桐宮（今河南偃師）反省，三年後還政于他。太甲從此修德，諸王歸順，百姓得以安居樂業。

㊿ "有言逆于汝心"四句：是説有些話不順你的心意，一定要從道義上考慮；有些話順從你的心意，一定要從不道義的角度來考察。遜，恭順。

㉛ 左：偏差。

㉜ 梁材：材（？—1540 年）字大用，號儉庵，南京人。弘治十二年（1499 年）進士，官至戶部尚書，謚端肅。嘉靖十九年（1540 年）因諫言反對世宗齋醮而被削職。《明史》卷一九四有傳。

㉝ 阿（ē）：曲從，迎合。

㉞ 皋（gāo）：即皋陶（yáo），舜帝和夏朝初期的賢臣，善理刑獄，為掌管刑法的理官。夔（kuí）：堯舜時的樂官。伊：即伊尹，商朝名臣，輔商湯滅夏，佐四代五王。傅：即傅説（yuè），商王武丁時的大臣，原為築牆的奴隸。

(65) 抵：擲，扔。

(66) 遁（dùn）：逃跑。

(67) 宦官：被閹割失去生殖能力，專供皇帝及其家族役使的內臣。

(68) 觸忤（wǔ）：冒犯。

(69) 訣：訣別。

(70) 太息：歎息，深深地歎息。太，通“歎”。

(71) 比干：殷商末紂王的叔伯父，一說是紂王的庶兄。紂王無道，比干犯顏強諫，紂王剖其心而死。

(72) 第：但，只是。紂：商代的最後一位君主，有名的暴君。

(73) 徐階：階（1503 年—1583 年）字子升，松江華亭（今上海松江）人。嘉靖二年（1523 年）進士，嘉靖後期和隆慶初為內閣首輔。謚號文貞。《明史》卷二一三有傳。

(74) 詬詈（lì）：責罵，辱罵。

(75) 詔獄：又稱“錦衣獄”，由北鎮撫司管理，可嚴刑拷問，取旨行事，三法司無權過問。

(76) 戶部司務：官名，從九品。何以尚：興業人（今屬廣西）。以鄉試起家，歷任光祿丞、雷州推官、南京鴻臚卿。《明史》卷二二六有傳。

(77) 錦衣衛：明代的特務機構，洪武十五年（1382 年）置，有巡察緝捕之權，下設鎮撫司。

(78) 錮（gù）：禁閉。

(79) 穆宗：即朱載垕（hòu，1537 年—1572 年），明朝的第十二位皇帝，在位六年。穆宗為其廟號。《明史》卷一九有傳。

(80) 西市：明代處決官吏的行刑之地，在今北京西四附近。

(81) 晏駕：古代帝王死亡的諱稱。

(82) 尚寶丞：官名，掌牌符、寶璽、印章等。

❽❸ 大理：即大理寺，掌刑獄案件審理，明代與都察院、刑部並稱為
"三法司"。

❽❹ 隆慶元年：即 1567 年。隆慶，明穆宗年號。

❽❺ 休休有容：形容寬容而有氣量。

❽❻ 高拱：拱（1513 年－1578 年）字肅卿，新鄭（今屬河南）人。嘉
靖二十年（1541 年）進士，官至中極殿大學士，嘉靖隆慶年間的
權臣。隆慶六年（1572 年）致仕。諡文襄。《明史》卷二一三有傳。

❽❼ 韙（wěi）：是。

❽❽ 兩京左右通政：明代在兩京設置通政司，司設左右通政，掌收檢
內外章疏和臣民申訴文書。

❽❾ 三年：此處指明穆宗隆慶三年（1569 年）。

❾⓪ 右僉都御史：明都察院的最高長官。應天：今江蘇南京。元至正
十六年（1356 年），朱元璋佔領建康，改名應天府。明初建都于此。

❾❶ 黝（yǒu）：塗黑。

❾❷ 中人監織造：明代在南京、蘇州、杭州所設掌管皇室所用絲織品
製造的太監。

❾❸ 輿從：在車馬前後侍奉的人。

❾❹ 吳淞：即吳淞江，古稱松江或吳江，源出太湖瓜涇口，經蘇州、
崑山、嘉定，在上海外渡橋附近入海。白茆（máo）：即白茆河，
在今江蘇江都西北邵伯鎮西。

❾❺ 按問：究查審問。

❾❻ 飆發：迅猛。凌厲：氣勢迅速猛烈。

❾❼ 告訐（jié）：揭發，舉報。

❾❽ 郵傳：傳遞文書的驛站

❾❾ 供頓：供給行旅宴飲之物。

⓾⓪ 都給（jǐ）事中：官名，六科之長，掌侍從、規諫、稽察、補闕、

拾遺等事。舒化：化（1539 年－1589 年）字汝德，號繼峰，江西臨川（今撫州）人。嘉靖三十八年（1559 年）進士。隆慶初，三任刑科給事中，官至刑部尚書，著有《陰符經注》、《舒莊僖公文集》等。《明史》卷二二〇有傳。迂滯：迂闊固執。

⑩⑴ 清秩：清閒的職位。

⑩⑵ 已而：不久，後來。戴鳳翔：嘉靖三十八年（1559 年）進士，時任給事中。

⑩⑶ 魚肉：用暴力欺凌。縉紳（jìn shēn）：古代官宦的代稱。

⑩⑷ 沽名：利用手段謀取聲譽。

⑩⑸ 履：執行，實行。

⑩⑹ 銜：懷恨。

⑩⑺ 南京戶部：明代實行兩京制，南京也設有六部。南京戶部負責土地、俸祿等財政事務。

⑩⑻ 張居正：居正（1525 年－1582 年）字叔大，號太嶽，湖廣江陵（今湖北荆州）人。明中後期著名的政治家，推行按畝收稅的“一條鞭法”和考成法，輔佐神宗皇帝實行“萬曆新政”。《明史》卷二一三有傳。

⑩⑼ 南京吏部右侍郎：明代南京六部中吏部設左、右侍郎。

⑾⑽ 尸諫：此尸同“屍”。陳屍以諫，指以死諫君。

⑾⑴ 太祖：即朱元璋（1328 年－1398 年），濠州鍾離（今安徽鳳陽東北）人，在位三十一年。剝皮囊草：又稱“剝皮實草”，古代酷刑之一。剝下人皮，用草填充。洪武三十年：即 1397 年。

⑾⑵ 規切：勸諫。

⑾⑶ 剴（kǎi）切：懇切。

⑾⑷ 梅鵾（kūn）祚：萬曆十一年（1583 年）進士，任山東道監察御史。

⑾⑸ 執政：明代的內閣首輔。沮（jǔ）：阻止。

⑾⑹ 媮（tōu）惰：偷安怠惰。

⑪ 提學御史房寰（huán）恐見糾摘（tī）：提學御史房寰擔心被揭發。提學御史，明代在兩京督察學政的御史。房寰，字心宇，德清（今屬浙江）人，隆慶二年（1568 年）進士，官至提學御史。糾摘，糾舉揭發。

⑱ 鍾宇淳：宇淳（1545 年－1586 年）字履道，號順齋。萬曆丁丑（1577 年）進士，曾任南京兵科給事中。

⑲ 醜詆（dǐ）：辱罵，詆毀。

⑳ 慰留：安慰留任。

㉑ 王用汲：字明受，晉江（今屬福建）人。隆慶二年（1568 年）進士，累官至南京刑部尚書。諡恭質。《明史》卷二二九有傳。

㉒ 葛幃（wéi）：用葛布做成的帳子。敝籯（yíng）：破爛的竹器。

㉓ 醵（jù）金：湊錢。

㉔ 酹（lèi）：將酒灑在地上，以示祭奠。

㉕ 贈：追贈，皇帝賜予死者官職或稱號。太子太保：原為東宮官職，負責保護太子的安全。此處指追贈榮譽官職。

㉖ 井田：夏商周三代實行的土地制度。以九百畝地為一里，八家均為一百畝，餘下一百畝為公田，因形狀像井字，故稱井田。戰國時商鞅“廢井田，開阡陌”，井田制度瓦解。

㉗ 限田：漢文帝時開始實行的限制私人土地規模的法令。

㉘ 均稅：即王安石的方田均稅法，是指在將土地按多少和肥瘠劃分為五等的基礎上，分別規定不同的稅額。

㉙ 巡撫：巡視各地軍民政務的大臣，掌握地方軍政大權。洪武二十四年（1391 年）始設，最初帶有臨時差遣的性質。宣德五年（1430 年），巡撫制度正式形成。

㉚ 一條鞭法：明代嘉靖時期確立的賦稅和徭役制度，萬曆九年（1581 年）由張居正推廣到全國。其基本內容是，在丈量土地的基礎上，將各州縣的賦稅和徭役合併，按照土地畝數徵收銀兩。

㉛ 無偏：不偏頗。

海瑞一生剛正不阿，直言敢諫，廉潔自律，執法嚴正，深受百姓愛戴，是明代著名的清官。

御史巡查南平官學時，擔任南平教諭的海瑞認為官學是教學的地方，不應該行跪拜禮。胡宗憲的兒子經過淳安縣時毆打驛吏，擔任淳安縣令的海瑞沒收了他所帶的數千錢財。都御史鄢懋卿經過淳安時，海瑞以縣小為名供給簡單。這些都表現出海瑞不畏權貴、剛正不阿的精神。其剛正不阿還表現在直言敢諫上。明世宗深居西苑，沉迷于道術，妄圖求得長生不老，長時間不上朝，朝廷群臣不敢直言。海瑞則堅持己見，驅散了奴僕，買了棺材，與妻子訣別，義無反顧地上書。他將明世宗與漢文帝相比，明確指出明世宗的作法是不對的。結果明世宗大怒，最終將海瑞投入詔獄之中。萬曆時，海瑞效仿古人"尸諫"之意，建議萬曆皇帝嚴懲貪官污吏。可惜海瑞的建言最終幾乎都沒有被採納。

海瑞生活儉樸，廉潔自律。他擔任淳安縣縣令時着布袍，食糙米，母親過壽也僅買二斤肉而已。張居正主政時，曾派巡按御史調查海瑞。當御史發現海瑞只用雞黍招待，屋舍簡陋，所用的葛布帳子和破竹箱甚至連窮苦書生的都不如，只能歎息而去。他死後，還要人湊錢辦理喪事。但海瑞為官卻是盡心盡力。隆慶三年，他以右僉都御史巡撫應天等十府時，屬下的吏員忌憚海瑞的威嚴，貪污之人大多自行離職，權貴也多將招搖的紅色大門改染成黑色，監織造的太監也減少了隨從。他素來嫉恨搶奪民田的豪強，不斷將貧民被奪走的田地追回，還減少驛站的開支。他更指出當時社會問題的主要原因在于懲罰貪官污吏的刑法不夠嚴厲，甚至主張恢復明太祖時剝皮囊草的酷刑，主張用貪污八十貫就處以絞刑的律法嚴懲貪官。海瑞的目的無疑在于利民，他在與貪官污吏鬥爭的過程中將百姓的利益與自己的行動統一，言行一致。這也是他雖然能夠留下的功績僅有疏浚吳淞江、白茆河可以稱道，但仍然深受民眾敬仰和愛戴的原因。

〔清〕張廷玉等

鄭和傳

題解

　　此傳出自《明史·宦官傳》。《宦官傳》專記影響較大的宦官的事跡。明太祖朱元璋認為元朝之失在于設置的宦官人數極少，于是在末年設定宦官機構，但明令宦官不得干預朝政，不得兼任文武官銜，也不能穿着文武官員的服裝，最高品級為四品。然而永樂時宦官因功得寵，身為內臣的宦官開始擔任外職，或出使，或專政，或監軍，或分鎮，或刺探臣民之事。宣宗時，不得讀書識字的宦官內臣也開始讀書識字。隨着時間的推移，宦官的地位越來越高，並逐漸干預朝政，其中勢力較大的有王振、魏忠賢等。但是宦官中也有堪稱賢德者，如鄭和、懷恩等即是。《鄭和傳》在《宦官傳》中居于首位，記載了鄭和出使西洋的事跡。

原文

　　鄭和，雲南人 ❶，世所謂三保太監者也 ❷。初事燕王于藩邸 ❸，從起兵有功。累擢太監。

成祖疑惠帝亡海外 ❹，欲蹤跡之，且欲耀兵異域，示中國富強。永樂三年六月 ❺，命和及其儕王景弘等通使西洋 ❻，將士卒二萬七千八百餘人，多齎金幣 ❼。造大舶，修四十四丈 ❽、廣十八丈者六十二。自蘇州劉家河泛海至福建 ❾，復自福建五虎門揚帆 ❿，首達占城 ⓫，以次遍歷諸番國 ⓬，宣天子詔，因給賜其君長，不服則以武懾之。五年九月，和等還，諸國使者隨和朝見。和獻所俘舊港酋長 ⓭。帝大悅，爵賞有差。舊港者，故三佛齊國也 ⓮。其酋陳祖義，剽掠商旅 ⓯。和使使招諭，祖義詐降，而潛謀邀劫 ⓰。和大敗其眾，擒祖義，獻俘，戮于都市 ⓱。

　　六年九月，再往錫蘭山 ⓲。國王亞烈苦奈兒誘和至國中 ⓳，索金幣，發兵劫和舟。和覘賊大眾既出 ⓴，國內虛，率所統二千餘人，出不意攻破其城，生擒亞烈苦奈兒及其妻子官屬。劫和舟者聞之，還自救，官軍復大破之。九年六月，獻俘于朝。帝赦不誅，釋歸國 ㉑。是時，交阯已破滅 ㉒，郡縣其地，諸邦益震讋 ㉓，來者日多。

　　十年十一月，復命和等往使，至蘇門答剌 ㉔。其前偽王子蘇幹剌者，方謀弒主自立，怒和賜不及己，率兵邀擊官軍。和力戰，追擒之喃渤利 ㉕，並俘其妻子。以十三年七月還朝。帝大喜，賚諸將士有差。

　　十四年冬，滿剌加、古里等十九國 ㉖，咸遣使朝貢，辭還。復命和等偕往，賜其君長。十七年七月還。十九年春復往，明年八月還。二十二年正月，舊港酋長施濟孫請襲宣慰使職 ㉗，和齎敕印往賜之 ㉘。比還，而成祖已晏駕 ㉙。洪熙元年二月 ㉚，仁宗命和以下番諸軍守備南京 ㉛。南京設守

備 ㉜，自和始也。宣德五年六月 ㉝，帝以踐阼歲久 ㉞，而諸番國遠者猶未朝貢 ㉟，于是和、景弘復奉命歷忽魯謨斯等十七國而還 ㊱。

和經事三朝，先後七奉使，所歷占城、爪哇、真臘、舊港、暹羅、古里、滿剌加、渤泥、蘇門答剌、阿魯、柯枝、大葛蘭、小葛蘭、西洋瑣里、瑣里、加異勒、阿撥把丹、南巫里、甘把里、錫蘭山、喃渤利、彭亨、急蘭丹、忽魯謨斯、比剌、溜山、孫剌、木骨都束、麻林、剌撒、祖法兒、沙里灣泥、竹步、榜葛剌、天方、黎伐、那孤兒 ㊲，凡三十餘國。所取無名寶物不可勝計，而中國耗廢亦不貲 ㊳。自宣德以還，遠方時有至者，要不如永樂時，而和亦老且死。自和後，凡將命海表者 ㊳，莫不盛稱和以誇外番 ㊵，故俗傳三保太監下西洋，為明初盛事云。

《明史》卷三〇四

注釋

❶ 雲南：明雲南等處承宣布政使司所轄地。元時置雲南行省，明洪武十五年（1382 年）二月癸丑，平雲南，置雲南都指揮使司。乙卯，置雲南等處承宣布政使司，其轄境北至永寧，東至富州，西至干崖，南至木邦。

❷ 三保太監：關于三保太監的説法，學術界有不同的看法。一説因鄭和小名是"三保"，故稱其為"三保太監"；一説是宣德六年（1431 年）皇帝欽封鄭和為三寶太監。太監，明代宦官的專稱，為侍奉皇帝及其家族的閹臣。唐、遼時也設有太監，但與宦官無涉。

❸ 初事燕王于藩邸：最初在藩邸侍奉燕王。燕王，即明成祖朱棣

（1360 年－1424 年），明太祖朱元璋第四子，早封燕王，其藩邸在北平（今北京）。藩邸，藩王的宅第。

❹ "成祖疑惠帝亡海外"四句：是說鄭和下西洋的目的是明成祖朱棣懷疑建文帝逃亡海外，試圖尋找他的蹤跡；並想向異域炫耀大明兵威，誇示中國的富強。成祖，即朱棣，洪武三十五年（建文四年，1402 年）即位，年號永樂，廟號成祖。惠帝，建文帝朱允炆（wén，1377 年－？），年號建文，洪武三十一年（1398 年）即皇帝位，在位期間實行建文新政。建文元年（1399 年）七月，燕王朱棣以"清君側"為名，發動"靖難（平定叛亂）之役"。戰爭持續了三年。後建文帝不知所終。

❺ 永樂三年：公元 1405 年。

❻ 命和及其儕（chái）王景弘等通使西洋：命鄭和和王景弘等出使印度南部一帶。儕，同輩，同類。王景弘，福建漳平（今福建漳平）人，洪武年間進宮為宦官，多次與鄭和一起下西洋，和鄭和一樣是中國歷史上偉大的航海家、外交家。西洋，文萊以西的東南亞和印度洋沿岸地區。

❼ 齎（jī）：攜帶，持。

❽ 修：長。

❾ 蘇州劉家河：今江蘇太倉瀏家港，明代屬蘇州府。

❿ 五虎門：又稱五門匣，位于福建長樂潭頭鎮閩江入海口。

⓫ 占城（192 年－1697 年）：古南海國名，今越南中南部。原稱林邑，五代時始稱占城。

⓬ 番國：外國。

⓭ 舊港：音譯"巴鄰旁（Palembang）"，又稱"三佛齊國"，今印度尼西亞南蘇門答臘省首府巨港。明代在此設舊港宣慰司。

⓮ 三佛齊國：三佛齊源自阿拉伯語（Zabadj）和爪哇語（Samboja），即舊港。

⓯ 剽（piāo）掠：搶劫。

⑯ 潛謀邀劫：暗中謀劃攔路搶劫。

⑰ 戮（lù）：陳屍示眾。

⑱ 錫蘭山：古國名，也稱僧伽羅國、師子國，即今斯里蘭卡。

⑲ 亞烈苦奈（nài）兒：錫蘭國國王。

⑳ 覘（chān）：窺探，偵察。

㉑ 釋歸國：明成祖赦免錫蘭國國王亞烈苦奈兒，讓他回國。

㉒ 交阯（zhǐ）：又稱交趾，Cochin 的音譯，今越南北部。明朝一度在該地設立交阯等處承宣布政使司。

㉓ 震讋（zhé）：震驚恐懼。

㉔ 蘇門答剌：古東南亞國名，今印度尼西亞蘇門答臘島。

㉕ 喃渤利：南海古國名，也稱南巫里、南泥利等，一般認為即今印度尼西亞蘇門答臘島北部班達亞齊。

㉖ 滿剌加：也譯作馬六甲，今馬來西亞馬六甲州。古里：古里國，今印度西南部喀拉拉邦科澤科德一帶。

㉗ 施濟孫：首任舊港宣慰使施進卿之子。永樂五年（1407 年），施進卿進貢明朝，明朝設舊港宣慰使。永樂二十一年，施進卿去世，遂有次年施濟孫請求襲任之舉。

㉘ 敕印：敕符、印信。

㉙ 晏（yàn）駕：帝王去世的委婉說法。

㉚ 洪熙元年：公元 1425 年。洪熙，明仁宗朱高熾年號。

㉛ 下番：針對上國而言，偏遠的異族王國。

㉜ 守備：官名，掌南京各衛所及南京留守、防衛。洪熙元年以宦官同守備。守備以公、侯、伯充任。

㉝ 宣德五年：公元 1430 年。宣德，明宣宗朱瞻基年號。

㉞ 帝以踐阼（jiàn zuò）歲久：明宣宗于宣德元年即位，至此已五年之久。

㉟ 朝貢：古代藩屬國或外國使臣入朝，貢獻方物。

㊱ 忽魯謨（mó）斯：又作"霍樂木茲"、"和爾木斯"，西亞古代王國之一。一般認為忽魯謨斯是今伊朗霍爾木茲甘省的一個海島，在波斯灣和阿曼灣之間的霍爾木茲海峽中。

㊲ 爪哇：今印度尼西亞的爪哇（Java）島。真臘：中國古代史籍對七至十七世紀印度支那半島高棉族所建王朝的通稱，今柬埔寨、老撾和越南南部。暹（xiān）羅：十四至十八世紀泰國境內的大城王國，今泰國。渤泥：一般認為在今加里曼丹島，或指北部的文萊，或西岸一帶。阿魯（Aru）：又作"啞魯"，今印度尼西亞蘇門答臘島日里（Deli）河流域，或以日里、棉蘭（Medan）為中心。柯枝：今印度西南岸柯欽（Cochin）。大葛蘭：又作"大故藍"，今印度南部西岸以南的阿廷加爾（Artingal）。小葛蘭：今印度南部西岸的奎隆（Quilon）。西洋瑣里：又作"瑣里（Cola）"，印度古國，今印度科羅曼德爾（Coromandel）海岸，其首府或在訥加帕塔姆（Nagapattam）。加異勒（Kayal）：今印度南部東岸的卡異爾（Cail）鎮。阿撥把丹：今印度半島南端，鄰甘把里。南巫里（Lamuri）：印度尼西亞蘇門答臘島古國名，一般認為在該島北部的班達亞齊。甘把里：今印度南部泰米爾納德邦西部的科因巴托爾（Coimbatore）。彭亨：今馬來西亞的彭亨（Pahang）州一帶。急蘭丹：今馬來西亞的吉蘭丹（Kelantan）州一帶。比剌：或謂今非洲瓜達富伊角外的阿卜德庫里（AbdAl-Kuli）島。溜山：今印度洋中的馬爾代夫（Maldive）群島和拉克代夫（Laccadive）群島。孫剌：據《明史》卷三二六，或在今非洲東岸的索科特拉（Socotra）。木骨都束：今索馬里首都摩加迪沙（Mogadishu）。麻林：今柬埔寨的馬德望省南部。剌撒：今阿拉伯半島木卡拉附近的 La'sa 村。祖法兒：今阿拉伯半島阿曼西部沿岸的多法爾（Dhufar）。沙里灣泥：今南也門東北沿海之沙爾偉恩角（Ras Sharwayn）。竹步：今索馬里南部朱巴河口的準博（Giumbo）。榜葛剌：今孟加拉（Bengal）國及印度西孟加拉邦地區。天方：又作"天房"，今沙特阿拉伯的麥加。黎伐：即"黎代（Lide）"，在今印度尼西亞蘇門答臘島北岸的洛克肖馬韋（Lhokseumawe）和班達亞齊之間。那孤兒（Nagur）：印度尼西

亞蘇門答臘島西部，黎代國之東，今印度尼西亞蘇門答臘島北岸的洛克肖馬韋一帶。

❸ 不貲（zī）：無從計量，表示耗費很多或很貴重。

❸ 海表：海外。

❹ 以誇外番：鄭和向海外諸國展現了明朝的強大。

　　鄭和（1371 年—1433 年），原名馬三保，回族，雲南人，明代著名航海家、外交家。十二歲時入燕王朱棣藩邸做了太監。永樂三年（1405 年），明成祖朱棣為搜尋建文帝的下落，宣揚國威，派遣鄭和、王景弘率領兩萬七千多人的船隊自蘇州的劉家港到福建的五虎門出發，出使西洋。首站到達占城，途經舊港等國，最遠處到達古里。永樂五年（1407 年）回國。第二次出使西洋，始于永樂六年（1408 年）九月，終于永樂九年（1411年）六月，到達斯里蘭卡等地。第三次出使西洋，始于永樂十年（1412 年），他們在蘇門答剌遇到蘇幹剌的攻擊，最終擒獲了蘇幹剌及其妻子。永樂十三年（1415 年）還朝。第四次出使西洋是陪同滿剌加、古里等十九國派來的使者去封賜這些王國的君主，永樂十四年（1416 年）冬動身，十七年（1419 年）七月回朝。第五次出使西洋，始于永樂十九年（1421 年），永樂二十年（1422 年）八月還朝。第六次出使西洋始于永樂二十二年（1424 年）正月。其目的是帶敕印前往舊港，去任命首任舊港宣慰使施進卿之子施濟孫為新任舊港宣慰使。回朝時，永樂帝已經去世。第七次出使西洋，始于宣德五年（1430 年）六月。由于此前朝貢的西方諸番國久未朝貢，故明宣宗為宣揚國威而委派鄭和、王景弘出使位于霍爾木茲海峽中的忽魯謨斯等國。

雖然明成祖朱棣命鄭和下西洋的目的是擴大明朝的政治影響和開展海外貿易，然而客觀上，鄭和下西洋宣揚了明王朝前期國力的強盛，密切了海外各國同明王朝的外交關係和經濟聯繫，加深了彼此之間的聯繫。鄭和七次下西洋先後到達了三十多個國家，成為世界航海史上的空前壯舉。

鄭和下西洋也是海上絲綢之路發展史上的重要事件。海上絲綢之路是中外友好往來的紐帶，中外科技文化交流的主要通道。它開闢于漢代，魏晉唐五代時持續發展，宋元時期空前繁榮。明代海上絲綢之路由盛轉衰，清代則趨于停滯和逐漸衰落。這次由朝廷組織的遠航正值海上絲綢之路由盛轉衰的時期。鄭和下西洋達到空前的規模，客觀上促進了海上絲綢之路的發展。但由于明王朝施行海禁，在鄭和以後的古代社會，乃至近代史上再也沒有過這樣的盛況。

〔清〕黃宗羲

原君

題解　黃宗羲（1610 年—1695 年）字太沖，號南雷，又號梨洲，餘姚（今屬浙江）人。其父黃尊素是明末東林黨"七君子"之一。黃宗羲早年參加對閹黨的鬥爭，是東林後續"復社"的領導者之一。明亡，曾組織抗清，失敗後隱居不仕，但同意兒子黃百家、弟子萬斯同參加官方的《明史》編纂。晚年講學著述，有《明夷待訪錄》、《明儒學案》、《宋元學案》等，是明清之際重要的思想家和史學家。《清史稿》卷四八〇有傳。《明夷待訪錄》作于 1661 年到 1662 年之間，是黃宗羲啟蒙主義思想的代表著述，其影響及于晚清"戊戌變法"。其中《原君》篇是黃宗羲民本政治思想的重要闡發。

原文　有生之初，人各自私也，人各自利也，天下有公利而莫或興之 ❶，有公害而莫或除之。有人者出，不以一己之利為利，而使天下受其利，不以一己之害為害，而使天下釋其害。此其人之勤勞，必千萬于天下之人。夫以千萬倍之勤勞而己又不享其利，必非天下之人情所欲居也 ❷。故古之人君，量而不欲入者 ❸，許由、務光是也；入而又去之者 ❹，堯、舜是也；初不欲入而不得去者 ❺，禹是也。豈古之人有所異哉？

好逸惡勞，亦猶夫人之情也。後之為人君者不然。以為天下利害之權皆出于我，我以天下之利盡歸于己，以天下之害盡歸于人，亦無不可。使天下之人不敢自私，不敢自利，以我之大私，為天下之大公。始而慚焉，久而安焉。視天下為莫大之產業，傳之子孫，受享無窮，漢高帝所謂 "某業所就，孰與仲多" 者 ❻，其逐利之情，不覺溢之于辭矣。此無他，古者以天下為主，君為客，凡君之所畢世而經營者，為天下也。今也以君為主，天下為客，凡天下之無地而得安寧者，為君也。是以其未得之也，屠毒天下之肝腦，離散天下之子女，以博我一人之產業，曾不慘然 ❼，曰："我固為子孫創業也。" 其既得之也，敲剝天下之骨髓，離散天下之子女，以奉我一人之淫樂，視為當然，曰："此我產業之花息也。" 然則，為天下之大害者，君而已矣。向使無君，人各得自私也，人各得自利也。嗚呼，豈設君之道固如是乎！

古者天下之人愛戴其君，比之如父，擬之如天，誠不為過也。今也天下之人怨惡其君，視之如寇仇，名之為獨夫 ❽，固其所也。而小儒規規焉以君臣之義 ❾，無所逃于天地之間，至桀、紂之暴，猶謂湯、武不當誅之，而妄傳伯夷、叔齊無稽之事 ❿，使兆人萬姓崩潰之血肉，曾不異夫腐鼠 ⓫。豈天地之大，于兆人萬姓之中，獨私其一人一姓乎？

是故武王聖人也，孟子之言 ⑫，聖人之言也。後世之君，欲以如父如天之空名，禁人之窺伺者，皆不便于其言，至廢孟子而不立 ⑬，非導源于小儒乎！

　　雖然，使後之為君者，果能保此產業，傳之無窮，亦無怪乎其私之也。既以產業視之，人之欲得產業，誰不如我？攝緘縢 ⑭，固扃鐍，一人之智力不能勝天下欲得之者之眾，遠者數世，近者及身，其血肉之崩潰在其子孫矣。昔人願世世無生帝王家 ⑮，而毅宗之語公主 ⑯，亦曰："若何為生我家！"痛哉斯言！回思創業時，其欲得天下之心，有不廢然摧沮者乎 ⑰！是故明乎為君之職分，則唐、虞之世，人人能讓，許由、務光非絕塵也。不明乎為君之職分，則市井之間，人人可欲，許由、務光所以曠後世而不聞也。然君之職分難明，以俄頃淫樂，不易無窮之悲，雖愚者亦明之矣。

《明夷待訪錄》（《黃宗羲全集》第一冊）

❶ 莫或：沒有人。

❷ 居：處其位。

❸ "量而不欲入者"二句：許由、務光是古代不受堯、湯禪讓的高士。《莊子·外物》："堯與許由天下，許由逃之；湯與務光，務光怒之。"《莊子·逍遙遊》載，許由自述不受堯讓天下的理由是"鷦鷯巢于深林，不過一枝；偃鼠飲河，不過滿腹。歸休乎君！予無所用天下為"。黃宗羲所說的"以千萬倍之勤勞而己又不享其利，必非天下之人情所欲居"，正與此意相符。量，考慮。

❹ "入而又去之者"二句：意謂堯、舜雖得位，年老又讓位于後賢。《史記‧五帝本紀》："帝堯老，命舜攝行天子之政。"《史記‧夏本紀》："帝舜薦禹于天，為嗣。"

❺ "初不欲入而不得去者"二句：據《史記‧夏本紀》載，舜在世時舉薦禹繼其位。舜死後，禹辭讓，推舉舜之子商均繼位，但天下諸侯都不朝商均而朝禹，禹遂即天子位，是為"初不欲入"之謂。禹授位益，禹死後益繼位，但禹之子啟得天下人心，故諸侯皆不朝益而朝啟，于是啟遂即天子之位，開啟了"家天下"的時代，是為"不得去"之謂。

❻ "漢高帝"三句：《史記‧高祖本紀》載，漢高祖劉邦年輕時"不事家人生產作業"，後來得天下，"高祖大朝諸侯群臣，置酒未央前殿。高祖奉玉卮，起為太上皇壽，曰：'始大人常以臣無賴，不能治產業，不如仲力。今某之業所就，孰與仲多？'殿上群臣皆呼萬歲，大笑為樂。"黃宗羲舉此事説明帝王以天下為自家產業的心態。仲，指漢高祖劉邦之兄。

❼ 曾：乃。

❽ 獨夫：不受眾人擁護者。《尚書‧泰誓下》："獨夫受，洪惟作威，乃汝世仇。"受，謂商紂王受。

❾ 規規焉：呆板的樣子。

❿ 伯夷、叔齊無稽之事：《史記‧伯夷列傳》載，武王伐紂，伯夷、叔齊曾勸阻。殷亡後，二人不食周粟，餓死于首陽山。

⓫ 腐鼠：腐爛的死鼠，比喻無價值之物。語出《莊子‧秋水》。

⓬ 孟子之言：指《孟子‧梁惠王下》的這段話："齊宣王問曰：'湯放桀，武王伐紂，有諸？'孟子對曰：'于傳有之。'曰：'臣弒其君，可乎？'曰：'賊仁者謂之賊，賊義者謂之殘。殘賊之人，謂之一夫。聞誅一夫紂矣，未聞弒君也。'"

⓭ 廢孟子而不立：《明史‧錢唐傳》："帝嘗覽《孟子》，至'草芥'、'寇仇'語，謂：'非臣子所宜言。'議罷其配享。詔：'有諫者以大不敬論。'……卒命儒臣修《孟子節文》云。"

❶ 攝緘縢（téng），固扃（jiōng）鐍（jué）：攝，緊。緘縢，繩結。扃，關鈕。鐍，鎖鑰。

❶ 願世世無生帝王家：《資治通鑑》卷一三五載，宋順帝被迫禪位于齊，王敬則領兵逼迫順帝出宮，"帝收淚謂敬則曰：'欲見殺乎？'敬則曰：'出居別宮耳。官先取司馬家亦如此。'帝泣而彈指曰：'願後身世世勿復生王家！'宮中皆哭"。

❶ "毅宗之語公主"二句：《明史·長平公主傳》載，李自成起義軍入北京，"城陷，帝入壽寧宮，主牽帝衣哭。帝曰：'汝何故生我家！'以劍揮斫之，斷左臂"。

❶ 廢然：灰心喪氣的樣子。摧沮：沮喪。

　　黃宗羲的《原君》是明清之際重要的民本政治思想論述。《原君》提出了三個層面的概念推衍：第一，開篇所說的"有生之初，人各自私也，人各自利也"，認為人做出行為選擇的最終目的是讓自己利益最大化。而人類要進一步發展，必須要出現能夠協作互利的社會組織，其目的在于"不以一己之利為利，而使天下受其利"。第二，在第一層概念的基礎上，指出君王的社會責任是"勤勞，必千萬于天下之人。夫以千萬倍之勤勞而己又不享其利"，換言之，君王的設置初衷是"公僕"。黃宗羲認為，早期君王如堯、舜、禹都具備了設置初衷的特點，在此之後就背離了本源。第三，在第二層概念的基礎上，黃宗羲認為凡是背離初衷的君王都可視為"獨夫"，而根據上述邏輯推演，放棄"自利"本能而形成了"社會組織"的人民，對于濫用權力的"獨夫"，自然獲得了"怨惡其君，視之如寇仇"的反抗權力。三個意義層面的銜接推演十分清晰，富于邏輯的力量。

當然，人民的反抗權力只是"邏輯上"的權力，就現實操作來說，黃宗羲也意識到積重難返，意欲全面徹底回歸君王的設置初衷（即純粹"公僕"狀態）不太現實。黃宗羲提出的具體解決辦法是以"學校公議"來監督約束君王權力，這一思想表現在《明夷待訪錄》的《學校》篇，他說："天子亦遂不敢自為是非，而公其是非于學校。"但所謂可以對最高權力進行約束的"學校公議"，到底是清晰的制度性機構設置，還是模糊的、具有"在野"性質的社會清流輿論，這一點似乎黃宗羲本人也無法作出準確界定。他一方面指出學校即"太學"、"書院"，一方面又強調"養士為學校之一事，而學校不僅為養士而設"，"學官不隸屬于提學"。這其中的矛盾，既因為時代還沒有發展到可以圓滿回答這個問題的階段，也因為黃宗羲自身有過在野的"復社"評議朝政的經歷，他對此頗有留戀。思想的不清與表述的矛盾，是時代局限與個人經驗糾結纏繞在一起造成的。

儘管如此，《明夷待訪錄》中的《原君》諸篇已經發出了中國思想啟蒙的先聲。梁啟超的《清代學術概論》就說："梁啟超、譚嗣同輩倡民權共和之說，則將其書（指《明夷待訪錄》）節抄，印數萬本，祕密散佈，于晚清思想之驟變，極有力焉。"它的貢獻與影響不會泯滅。

《日知錄》二則

題解

　　顧炎武（1613年—1682年）字寧人，號亭林，崑山（今屬江蘇）人。原名絳，字忠清，南明弘光建元後改名炎武，以示抗清之志。清兵入關之後，在南方積極開展抗清活動，弘光朝，以貢生薦授兵部司務。隆武朝，被薦為兵部職方司主事。事敗後，潛心治學，堅決不仕。治學淹通文史，主張經世致用，著有《天下郡國利病書》、《肇域志》、《日知錄》、《音學五書》、《韻補正》、《亭林詩文集》等，與黃宗羲、王夫之並稱明末清初三大儒。《清史列傳》卷六八、《清史稿》卷四八一有傳。

　　顧炎武傾注了三十餘年的心血，寫就《日知錄》三十二卷。"上篇經術，中篇治道，下篇博聞"（顧炎武《與人書》），內容廣博，影響深遠。這裏所選的《正始》、《廉恥》二篇，均出自考證歷朝風氣的卷一三。

正始

　　有亡國，有亡天下。亡國與亡天下奚辨？曰：易姓改號，謂之亡國；仁義充塞，而至于率獸食人，人將相食，謂之亡天下。魏、晉人之清談，何以亡天下？是《孟子》所謂楊、墨之言 ❶，至于使天下無父無君而入于禽獸者也。

　　昔者嵇紹之父康，被殺于晉文王，至武帝革命之時，而山濤薦之入仕。紹時屏居私門，欲辭不就。濤謂之曰："為君思之久矣 ❷，天地四時猶有消息，而況于人乎？"一時傳誦，以為名言，而不知其敗義傷教，至于率天下而無父者也。

　　夫紹之于晉，非其君也，忘其父而事其非君 ❸，當其未死三十餘年之間，為無父之人亦已久矣，而蕩陰之死 ❹，何足以贖其罪乎？且其入仕之初，豈知必有乘輿敗績之事 ❺，而可樹其忠名以蓋于晚也 ❻。自正始以來，而大義之不明，遍于天下。如山濤者，既為邪說之魁，遂使嵇紹之賢，且犯天下之不韙而不顧 ❼。

　　夫邪正之說，不容兩立。使謂紹為忠，則必謂王裒為不忠 ❽，而後可也。何怪其相率臣于劉聰、石勒 ❾，觀其故主青衣行酒，而不以動其心者乎？是故知保天下，然後知保其國。保國者，其君其臣，肉食者謀之 ❿；保天下者，匹夫之賤與有責焉耳矣 ⓫。

《日知錄集釋》卷一三

注釋

❶ "是《孟子》所謂楊、墨之言"二句：顧炎武藉孟子批判楊朱、墨子不重視儒家的秩序感來指責正始之風帶來的不好影響。楊、墨之言，即孟子曰："楊氏為我，是無君也；墨氏兼愛，是無父也。無父無君，是禽獸也。"(《孟子·滕文公下》)。正始之風，主要是指三國曹魏正始時期的玄學學術及清談活動，它們在兩晉至齊梁間的玄學家心目中享有崇高的聲譽，被譽為"正始之音"或"正始之風"。

❷ "為君思之久矣"三句：勸其入仕之意。《世說新語·政事》："嵇康被誅後，山公舉康子紹為祕書丞。紹咨公出處，公曰：'為君思之久矣。天地四時，猶有消息，而況人乎！'"大意是山濤勸嵇紹說，天地四時都有此消彼長，何況王朝人世更替呢？你還是入仕吧。嵇康字叔夜，譙郡人，因曾任中散大夫，後人稱其為"嵇中散"。性好老莊，稟自然。四十歲時因讒言獲罪被誅。見《晉書》卷四九。山濤字巨源，河內懷人。性好老莊，與嵇康等為為竹林之交。嵇康臨死時，曾謂其子嵇紹曰："巨源在，汝不孤矣。"正引出以上《世說新語》中嵇紹咨詢山濤之事。見《晉書》卷四三。嵇紹字延祖，魏中散大夫康之子。十歲而孤，為人孝謹，早年因父罪入私門，後武帝詔之，為祕書丞。見《晉書》卷八九。

❸ 忘其父而事其非君：指出身曹魏而侍奉晉朝，侍奉殺害自己父親的敵人。真可謂是無父無君。

❹ 蕩陰之死：指"八王之亂"時，嵇紹從惠帝與成都王司馬穎交戰，兵敗蕩陰，為保衛惠帝而死。蕩陰，今河南湯陰縣。

❺ 乘輿：古代特指天子所乘坐的車子，這裏指晉惠帝。

❻ 蓋于晚：指（忠義之名）超過後世。

❼ 不韙：不是，錯誤。

❽ 王裒(póu)：裒字偉元，東漢名士王修之孫，其父為司馬昭所殺，終身不臣西晉，隱居教書。

❾ "何怪"三句：指永嘉年間，匈奴劉氏殺入洛陽城，晉懷帝被俘為僕這段史事。

❿ 肉食者：指當官在位者。

⓫ 匹夫：指平民百姓。

廉恥

《五代史·馮道傳論》曰 ❶："'禮義廉恥，國之四維 ❷，四維不張，國乃滅亡。'善乎，管生之能言也 ❸！禮義，治人之大法；廉恥，立人之大節。蓋不廉則無所不取，不恥則無所不為。人而如此，則禍敗亂亡，亦無所不至。況為大臣而無所不取，無所不為，則天下其有不亂，國家其有不亡者乎！"然而四者之中，恥尤為要。故夫子之論士 ❹，曰："行己有恥。"孟子曰："人不可以無恥 ❺。無恥之恥，無恥矣。"又曰："恥之于人大矣 ❻，為機變之巧者，無所用恥焉。"所以然者，人之不廉而至于悖禮犯義，其原皆生于無恥也。故士大夫之無恥，是謂國恥。

吾觀三代以下，世衰道微，棄禮義，捐廉恥，非一朝一夕之故。然而松柏後凋于歲寒 ❼，雞鳴不已于風雨 ❽，彼昏之日，固未嘗無獨醒之人也。頃讀《顏氏家訓》有云 ❾："齊朝一士夫，嘗謂吾曰：'我有一兒，年已十七，頗曉書疏，教其鮮卑語及彈琵琶，稍欲通解，以此伏事公卿，無不寵愛。'吾時俯而不答。異哉，此人之教子也！若由此業，自致卿相，亦不願汝曹為之。"嗟乎！之推不得已而仕于亂世，猶為此言，尚有《小宛》詩人之意 ❿。彼閹然媚于世

者 ⓫，能無愧哉？

《日知錄集釋》卷一三

❶ 《五代史·馮道傳論》：指《新五代史·雜傳序》。《新五代史》，
　宋歐陽修撰。

❷ 維：綱紀倫常。

❸ 管生：即管仲（？一前 645 年），春秋時期齊國政治家，輔佐齊
　桓公期間，進行政治、經濟、軍事改革，使齊國成為春秋之霸。
　管子的這四句話，出于《漢書》卷四八《賈誼傳》引《管子》。《管
　子》一書，由管子言行及稷下學派言論和其他齊國法家思想著作
　彙集而成。

❹ "故夫子之論士"二句：意為立身行事，必有一套行為準則，能知
　恥而有所不為。夫子，即孔子。行己有恥，《論語·子路》："行己
　有恥，使于四方，不辱君命，可謂士矣。"

❺ "人不可以無恥"三句：是說人不能沒有羞恥之心，沒有羞恥之
　心，才是真正的羞恥。見《孟子·盡心上》。

❻ "恥之于人大矣"三句：意思是說，恥是人生的大節，但那些機巧
　狡詐的人是不把恥辱當回事的。

❼ 松柏後凋于歲寒：寒冷的季節才知道松柏為甚麼最後凋零的道
　理。《論語·子罕》："子曰：'歲寒，然後知松柏之後凋也。'"凋，
　凋謝。松柏，喻棟梁之材。荀子則把松柏比喻為君子："歲不寒無
　以知松柏，事不難無以知君子無日不在是。"（《荀子·大略》）

❽ 雞鳴不已于風雨：指風雨交加的夜晚，仍然有雞鳴，這裏指世道
　衰弱之時，仍然不乏有識之士。《詩·鄭風·風雨》："風雨如晦，
　雞鳴不已。既見君子，云胡不喜。"

❾ "頃讀《顏氏家訓》有云"數句：出自《顏氏家訓》卷一《教子》篇。顏之推（531 年－595 年）字介，琅邪臨沂（今山東臨沂）人，生活在南北朝至隋，其代表作《顏氏家訓》是一部結合人生經歷、處世哲學、藝術修養等的家庭教育之書，共七卷，二十篇。

❿ 《小宛》：《詩·小雅》中的一篇。主要表達"大夫遭時之亂，而兄弟相戒以免禍"（朱熹《詩集傳》）。

⓫ 閹（yān）然：獻媚討好的樣子。

解析

　　顧炎武在《日知錄》自序中曾說："須絕筆之後，藏之名山，以待撫世宰物者之求。""世風"亦是他期以"撫世宰物"的重要標準，"論世而不考其風俗，無以明人主之功"（《日知錄》卷一三《周末風俗》）。

　　《正始》一篇追溯漢末魏晉時期崇尚空談玄想的"正始之音"的發展變化及其潛在影響，作者認為，它是逐漸導致"國亡"、"教淪"的重要原因。顧炎武認為這種風氣逐漸導致了儒家文化的淪落，乃至于"羌胡互僭"、"君臣屢易"。他認為嵇紹侍奉晉惠帝並非忠義之舉，而是"無父無君"。這一立場實際上暗含了兩層意思：一是國家改名易姓即"亡國"。其背後，可以看出顧炎武對漢族儒家文化的正本清源式的推崇和維護。二是談玄務虛，不可崇尚。王羲之就曾同謝安說過"虛談廢務，浮文妨要，恐非當今所宜"（《世說新語·言語》）。趙翼在論南朝風尚時也說："至梁武帝，始崇尚經學"，然魏晉之習，"依然未改，且又甚焉。風氣所趨，積重難返，直至隋平陳之後，始掃除之"（《廿二史劄記》卷八）。然而是否是玄學思想直接導致"亡國滅教"，還是值得商榷的。後來的學者如生于晚清的章太炎曾作《五朝學》，就反對將其歸罪于當時的學風及其餘緒，章認為玄學思想"知與恬交相養，而和理出其性"，即魏晉玄學思想對人的修身養性還是有着積極作用的。魯迅在《魏晉風度及文章與藥及酒之關係》中，也指出"魏晉風度"乃當時知識者在政治社會重壓下的無奈選擇，是政治和文藝雙向運動的結果。

《廉恥》一篇，延續《正始》中的學問風氣而論及人的言行道德。在這裏，"廉恥"之恥，不單是普通意義上的羞恥，更多的是士大夫對于自身操守的一種規矩和認知。文章中追溯歷代史書中的故事，認為人不可無羞恥之心。取媚于異族權貴，無節制地侵奪異族之財貨，都是士大夫所不齒的行為。廉恥是士大夫精神質地的重要標準。他說："廉恥，立人之大節。蓋不廉則無所不取，不恥則無所不為。"在"廉"和"恥"上，作者花費了更多的筆墨談"恥"，其原因正如閻若璩在注中所說，"廉易而恥難"，也與當時"無所不為"的亂世現象有關。正如黃汝成所說，"因時立言……意雖救偏，而議極峻正"（《日知錄集釋序》）。

顧炎武重視"廉恥"，強調道德倫理，並要求外化在行動上，就是要按照儒家行為規範和道德準則行事，不能有所僭越，更不能無所不為，這種修養工夫至今還值得我們借鑑。

讀通鑑論・敍論

題解　　　王夫之（1619 年—1692 年）字而農，號薑齋，衡陽（今屬湖南）人。明崇禎十五年（1642 年）舉人。南明桂王時，授行人之職。明亡，隱居于衡陽石船山，閉門著述，不與世遊，學者稱船山先生。《清史列傳》卷六六、《清史稿》卷四八〇有傳。王夫之精于經、史、天算、輿地之學，主張經世致用，躬行實踐，是清初著名學者，與顧炎武、黃宗羲一道被後人尊稱為清初 "三大家"。著有《船山遺書》三百五十八卷。《讀通鑑論》是王夫之的代表作之一，成書于清康熙二十六年（1687 年），根據《資治通鑑》所載史事來評論歷代政治沿革及利弊得失，集中體現了他的政治主張和歷史哲學觀點。全書共三十卷，卷末附《敍論》四篇，說明寫作意圖和主要觀點。此處所選為《敍論》的第四篇，小標題來自《船山全書》本。

一　因時宜而論得失

　　治道之極致，上稽《尚書》❶，折以孔子之言 ❷，而蔑以尚矣 ❸。其樞 ❹，則君心之敬肆也；其戒 ❺，則怠荒刻核，不及者倦，過者欲速也；其大用 ❻，用賢而興教也；其施及于民 ❼，仁愛而錫以極也。以治唐、虞，以治三代，以治秦、漢而下，迄至于今，無不可以此理推而行也。以理銓選 ❽，以均賦役，以詰戎兵 ❾，以飭刑罰，以定典式，無不待此以得其宜也。至于設為規畫 ❿，措之科條，《尚書》不言，孔子不言，豈遺其實而弗求詳哉 ⓫？以古之制，治古之天下，而未可概之今日者 ⓬，君子不以立事。以今之宜，治今之天下，而非可必之後日者 ⓭，君子不以垂法 ⓮。故封建、井田、朝會、征伐、建官、頒祿之制 ⓯，《尚書》不言，孔子不言。豈德不如舜、禹、孔子者，而敢以記誦所得者斷萬世之大經乎 ⓰？

　　《夏書》之有《禹貢》⓱，實也，而系之以禹 ⓲，則夏后一代之法固不行于商、周 ⓳。《周書》之有《周官》，實也，而系之以周，則成周一代之規初不上因于商、夏 ⓴。孔子曰 ㉑：「足食，足兵，民信之矣。」何以足，何以信，豈斳言哉 ㉒？言所以足 ㉓，而即啟不足之階；言所以信 ㉔，而且致不信之咎也。

　　孟子之言異是 ㉕，何也？戰國者，古今一大變革之會也 ㉖。侯王分土，各自為政，而皆以放恣漁獵之情 ㉗，聽耕戰刑名殄民之說 ㉘，與《尚書》、孔子之言背道而馳。勿暇論其存主之敬怠仁暴 ㉙，而所行者，一令出而生民即趨入于死亡。三王之遺澤 ㉚，存十一于千百 ㉛，而可以稍蘇 ㉜，則抑不能預謀漢、唐已後之天下，勢異局遷，而通變以使民不倦者奚若？蓋救焚拯溺，一時之所迫，于是有“徒善不足為政”之說 ㉝，而未成乎郡縣之天下 ㉞，猶有可遵先王之理勢，所由與《尚書》、孔子之言異也。要非以參萬世而咸可率由也 ㉟。

編中所論 ㊱，推本得失之原，勉自竭以求合于聖治之本。而就事論法，因其時而酌其宜，即一代而各有弛張 ㊲，均一事而互有伸詘，寧為無定之言，不敢執一以賊道 ㊳。有自相蹠盭者矣 ㊴，無強天下以必從其獨見者也 ㊵。若井田、封建、鄉舉、里選、寓兵于農、舍笞杖而行肉刑諸法 ㊶，先儒有欲必行之者矣。襲《周官》之名跡 ㊷，而適以成乎狄道者，宇文氏也；據《禹貢》以導河 ㊸，而適以益其潰決者，李仲昌也。盡破天下之成規，駮萬物而從其記誦之所得 ㊹，浸使為之 ㊺，吾惡知其所終哉 ㊻！

二　釋資治通鑑論

旨深哉 ㊼！司馬氏之名是編也。曰“資治”者，非知治知亂而已也，所以為力行求治之資也 ㊽。覽往代之治而快然，覽往代之亂而愀然 ㊾。知其有以致治而治，則稱說其美；知其有以召亂而亂，則詬厲其惡 ㊿。言已終，卷已掩，好惡之情已竭，頹然若忘 ⓛ，臨事而仍用其故心，聞見雖多，辨證雖詳，亦程子所謂“玩物喪志”也 ⓜ。

夫治之所資，法之所著也 ❸。善于彼者，未必其善于此也。君以柔嘉為則 ❹，而漢元帝失制以釀亂 ❺；臣以戇直為忠 ❻，而劉栖楚碎首以藏奸 ❼。攘夷復中原 ❽，大義也，而梁武以敗；含怒殺將帥 ❾，危道也，而周主以興。無不可為治之資者，無不可為亂之媒 ❻。然則治之所資者，一心而已矣 ❻。以心馭政，則凡政皆可以宜民，莫匪治之資 ❻。而善取資者，變通以成乎可久。設身于古之時勢，為己之所躬逢；研慮于古之謀為 ❻，為己之所身任。取古人宗社之安危 ❻，代為之憂患，而己之去危以即安者在矣；取古昔民情之利病，代為之斟酌，而今之興利以除害者在矣。得可資，失亦可資也；同可資，異亦可資也。故治之所資，惟在一心，而史特其鑑也 ❻。

　　“鑑”者 ❻，能別人之妍媸 ❻，而整衣冠、尊瞻視者 ❻，可就正焉 ❻。顧衣冠之整 ❼，瞻視之尊，鑑豈能為功于我哉！故論鑑者，于其得也，而必推其所以得；于其失也，而必推其所以失。其得也，必思易其跡而何以亦得 ❼；其失也，必思就其偏而何以救失 ❼。乃可為治之資，而不僅如鑑之徒縣于室無與照之者也。

　　其曰“通”者，何也？君道在焉，國是在焉 ❼，民情在焉，邊防在焉，臣誼在焉，臣節在焉，士之行己以無辱者在焉 ❼，學之守正而不陂者在焉 ❼。雖扼窮獨處 ❼，而可以自淑 ❼，可以誨人，可以知道而樂，故曰“通”也。

　　引而伸之，是以有論 ❼；浚而求之 ❼，是以有論；博而證之，是以有論；協而一之 ❽，是以有論；心得而可以資人之通，是以有論。道無方 ❽，以位物于有方；道無體，以成事之有體。鑑之者明，通之也廣，資之也深，人自取之，而治身治世，肆應而不窮 ❷。抑豈曰此所論者立一成之侀 ❸，而終古不易也哉 ❹！

《讀通鑑論》卷末

❶ 稽（jī）：稽考。

❷ 折：折中。

❸ 蔑以尚：指再無更高的方法。蔑，沒有。

❹ "其樞"二句：最重要的是謹慎力行。樞，關鍵。敬，謹慎。肆，力行。

❺ "其戒"四句：最需要警惕的是荒廢和嚴苛，做得不足便流于倦怠，做得太過則不免急進。戒，防備，警惕。怠荒，懈怠荒廢。刻核，嚴苛。

❻ "其大用"二句：最重要的原則是任用賢能、施行教化。大用，指重要的原則和方法。興教，施行教化。

❼ "其施及于民"二句：要讓百姓得到仁愛和莫大的恩惠。錫，通"賜"，賜給。

❽ 理：理順，管理。銓（quán）選：量才授官。

❾ 詰（jié）：整治。

❿ "設為規畫"二句：指制定具體的政策條例。措，設置。科條，法令規章。

⓫ 豈遺其實而弗求詳哉：難道是遺落這些實際的舉措而不作細緻的探求嗎？

⓬ 未可概之今日：不能適用于當下。概，準，量。

⓭ 非可必之後日：不能作為日後的標準。

⓮ 垂法：留給後世法度。

⓯ 封建：古代天子將土地和爵位分封給諸侯，讓其在封定區域內建立邦國的制度。秦併六國之後，廢除此制。井田：相傳為夏商周三代實行的土地制度，即把方九百畝的地划為九塊，中間為公田，其餘八家均私田百畝，同養公田。朝會：古代諸侯或臣屬朝謁君主。

⓰ 以記誦所得者斷萬世之大經：把背誦而來的條條框框當作萬世不變的準則。

⓱ 《夏書》之有《禹貢》：《尚書》分為《虞書》、《夏書》、《商書》、《周書》四部分，《禹貢》為《夏書》的首篇。下文《周官》為《周書》的其中一篇。

⓲ 系之以禹：（將《禹貢》篇）歸于禹時的制度。

⓳ 夏后：即夏后氏，相傳禹受舜禪，建立夏王朝，史稱夏后氏、夏后或夏氏。

⓴ 成周：指周代。因：因襲，沿襲。

㉑ "孔子曰"四句：出自《論語·顏淵》："子貢問政。子曰：'足食，足兵，民信之矣。'"

㉒ 靳（jìn）言：吝嗇于言，不肯多言。靳，吝惜。

㉓ "言所以足"二句：說了如何足，便是啟發了如何不足。階，階梯，指途徑。

㉔ "言所以信"二句：說了如何誠信，便會招致不誠信的過失。

㉕ 孟子之言異是：孟子提出"法先王"的主張，他說："今有仁心仁聞，而民不被其澤、不可法于後世者，不行先王之道也。故曰：徒善不足以為政，徒法不能以自行。《詩》云：'不愆不忘，率由舊章。'遵先王之法而過者，未之有也。"（《孟子·離婁上》）這與上文所述《尚書》、孔子之說不同。本段便是對孟子的主張加以闡發評論。

㉖ 會：時機。

㉗ 放恣（zì）：放縱。漁獵：捕魚和打獵，此處引申為掠奪。

㉘ 耕戰：指兵民合一的學說。刑名：指主張循名責實、慎賞明罰的
學說。這兩種是法家的代表學說。

㉙ 勿暇論其存主之敬怠仁暴：沒有空討論在位的君主是恭謹還是懈
怠，是仁愛還是殘暴。存主，在位的君王。

㉚ 三王：指夏、商、周三代的開國君王，即夏禹、商湯、周文王和
周武王。

㉛ 存十一于千百：即百不存一，極言其少。

㉜ "而可以稍蘇"四句：若可以稍微重加利用，但還是不能事先考慮
到漢、唐之後的情況，時局情勢變遷，不如加以變通讓百姓免于
勞倦？抑，表示轉折。奚若，怎麼樣。

㉝ 徒善不足為政：出自《孟子·離婁上》，見注 25。

㉞ "而未成乎郡縣之天下"三句：但當時還沒形成郡縣制的大一統的
天下，尚且還有遵從先王做法的合理性，（所以）孟子的出發點和
《尚書》、孔子有所不同。由，從，自。

㉟ 率由：率從，遵循。

㊱ 編：指《讀通鑑論》。

㊲ "即一代而各有弛張"二句：指對某個時代、某個事件都互有褒揚
和貶責。弛張，鬆弛與緊張。均，同。伸詘（qū），伸張和彎曲。

㊳ 賊：損害。

㊴ 蹠盭（zhí lì）：腳掌扭曲，指行不通。蹠，腳背。盭，同"戾"，
乖背。

㊵ 強：勉強。獨見：個人之見。

㊶ 鄉舉：從地方選拔人才，唐代以後指地方通過鄉試選拔人才。里
選：地方向中央推薦人才。笞杖：用杖抽打。肉刑：殘害肉體的
刑罰。

㊷“襲《周官》之名跡”三句：指西魏恭帝時，宇文泰命蘇綽、盧辯依據《周禮》設立六官，改革官制，以此鞏固統治，加強中央集權。事見《周書・文帝紀》及《盧辯傳》。

㊸“據《禹貢》以導河”三句：指北宋仁宗時，李仲昌主持治河，依據《禹貢》，堵塞黃河商胡決口，把水引入六塔河，但因為六塔河容量太小，工程剛結束，堵口就崩潰了。事見《宋史・河渠志》。

㊹駭：驚駭，擾亂。

㊺浸：逐漸。

㊻惡（wū）：同“烏”，不。

㊼“旨深哉”二句：司馬光把此書命名為《資治通鑑》真是用意深遠啊。但是此處王夫之有誤，書名實為宋神宗所賜，詳見宋神宗《資治通鑑御製序》。

㊽資：幫助，參考。

㊾愀（qiǎo）然：憂懼貌。

㊿詬（gòu）厲：詬病，辱罵。

(51) 頹然：乏力貌。

(52) 程子：指北宋理學家程頤。他曾提出“作文害道”說：“凡為文不專意則不工，若專意則志局于此，又安能與天地同其大也。《書》云‘玩物喪志’，為文亦玩物也。”（《二程遺書》卷一八）王夫之以此為喻，指出如果沒有體會治亂中蘊含的道理，沒有把歷史作為行事的借鑑，史書看得再多，辨證再詳細，也只不過是“玩物”。

(53) 著：一本作“善者”二字。

(54) 柔嘉：美善。《詩・大雅・烝民》：“仲山甫之德，柔嘉維則。”

(55) 漢元帝失制以釀亂：漢元帝劉奭（shì）為宣帝之子，是西漢第十一位皇帝。他為人“柔仁好儒”，然而優柔寡斷，以致國勢衰弱。其事見《漢書・元帝紀》。

(56) 戇（zhuàng）直：剛直。

❺❼ 劉栖楚碎首以藏奸：劉栖楚為中唐人。唐敬宗初即位，喜好遊獵而多荒廢朝政，劉氏為此諫言，並以頭叩龍墀，滿臉鮮血，以表決心。然而此人性格狡猾，實為弄權邀寵之人。其事見《新唐書·劉栖楚傳》。

❺❽ “攘夷復中原”三句：梁武帝蕭衍為了收復中原，曾多次北伐，但都以失敗告終；後打算任用東魏降將侯景，不料侯景叛變，攻破建康（今江蘇南京），梁武帝被困而死。事見《梁書·武帝紀》。

❺❾ “含怒殺將帥”三句：後周世宗柴榮在與北漢作戰的過程中，斬殺臨陣脫逃的將領樊愛能、何徽等人，以整頓軍紀，最終取得了戰爭的勝利，鞏固了自己的地位。

❻⓪ 媒：媒介。

❻❶ 一心：一心一意，用心專注。

❻❷ 莫匪：同“莫非”。

❻❸ 謀為：謀劃。

❻❹ “取古人宗社之安危”三句：參考古人宗廟社稷的安危情形，為他們感到憂患，于是自己遠離危險、趨向安全的意識就養成了。

❻❺ 特：只是。

❻❻ 鑑：鏡子。

❻❼ 妍媸（chī）：美醜。

❻❽ 尊瞻視：端肅儀容。

❻❾ 就正：請求指正。

❼⓪ 顧：但是。

❼❶ 思易其跡而何以亦得：思考如果換一種情形，怎樣才能仍舊獲得成功。

❼❷ 思就其偏而何以救失：思考如何從前人的失敗、偏差中吸取教訓，來糾正其過失。

❼❸ 國是：國家大計。

⓭ 士之行己以無辱者：這裏用來說君子的修養。《論語‧子路》："行己有恥，使于四方，不辱君命，可謂士矣。"行己，舉止。

⓮ 陂（pō）：同"頗"，傾斜，偏頗。

⓯ 雖：即使。扼窮：居于困窘的情形下。

⓰ 自淑：獨善其身。淑，美，善。

⓱ 論：即《讀通鑑論》中的評論。

⓲ 浚（jùn）：深入挖掘。

⓳ 協而一之：指綜合眾多史事，歸納其共同點。

㊕ "道無方"四句：道沒有固定的方向，它通過具體事物的方位體現出來；道沒有固定的形態，它經由事情的形成發展而表現出來。

㊖ 肆應：隨處運用自如。

㊗ 立一成之侀（xíng）：確立固定的說法。侀，定型之物。

㊘ 終古：永遠。

這裏說的《通鑑》即《資治通鑑》，北宋司馬光所著的編年體通史，上起周威烈王二十三年（前 403 年），下至五代後周世宗顯德六年（959 年），涵蓋了戰國至五代之間 1363 年的歷史。王夫之將閱讀《通鑑》的種種心得，論列成文，編排而成《讀通鑑論》，《讀通鑑論》內容極為豐富，多有真知灼見，而卷末的《敘論》則是理解把握它的一把鑰匙。

在本篇《敘論》中，王夫之論述了"資治通鑑"書名的深刻含義，看似為《通鑑》而發，實則也包含着自己撰寫《讀通鑑論》的意圖：「編中所論，推本得失之原，勉自竭以求合于聖治之本。而就事論法，因其時而酌其宜。」即通過對史事的梳理分析，指出其中得失，並揭示得失中蘊含的治國道理。道理是普遍的，但具體方法、規則卻必須因時制宜。所以既要明理勢，又要通變化。

在歷史的沉思中，王夫之得到了一個非常重要的啟示：「事隨勢遷，而法必變。」（《讀通鑑論》卷五《成帝八》）本文的宗旨說：「以古之制，治古之天下，而未可概之今日者，君子不以立事。以今之宜，治今之天下，而非可必之後日者，君子不以垂法。」這也是在說古今情勢各有不同，過去的舉措制度未必適用于今天，今天的舉措制度也未必適用于未來。又說：「善于彼者，未必其善于此也。君以柔嘉為則，而漢元帝失制以釀亂；臣以戇直為忠，而劉栖楚碎首以藏奸。」可見為人溫柔敦厚、正直剛正本是值得崇尚的品格，然而如果失去了節制，或者用錯了地方，便可能帶來弊端。因此，王夫之提出「無不可為治之資者，無不可為亂之媒」，「以心馭政，則凡政皆可以宜民，莫匪治之資。而善取資者，變通以成乎可久」。治國之道在于旁綜博採，不拘成法，在于因時因勢，變通合宜。這是王夫之對歷史進程的哲理性思考，時至今日仍具有啟示意義。

〔清〕方苞

獄中雜記

 題解

方苞（1668 年—1749 年）字鳳九，號靈皋，晚號望溪，安慶桐城（今屬安徽）人。清康熙四十五年（1706 年）進士。五十年，趙申喬彈劾戴名世的《南山集》"語有悖逆"，這是清初著名的文字獄案。方苞因曾為《南山集》作序，被牽連入獄。五十二年，遇赦，隸旗籍，入南書房供職，成為康熙帝的文學侍從。雍正、乾隆年間官至內閣學士、禮部侍郎。方苞是清初著名文學家，"桐城派"的創始人。《清史列傳》卷一九、《清史稿》卷二九〇有傳。

《獄中雜記》寫于清康熙五十一年（1712 年），當時他被關押在刑部大獄。在獄中，他目睹了獄吏執法的殘酷黑暗，深感震驚，于是將所見所聞撰成此文。

 原文

康熙五十一年三月，余在刑部獄 ❶，見死而由竇出者 ❷，日四三人。有洪洞令杜君者 ❸，作而言曰 ❹："此疫

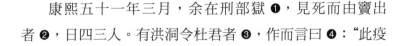

作也。今天時順正，死者尚希 ❺，往歲多至日十數人。”余叩所以 ❻，杜君曰：“是疾易傳染，遘者雖戚屬不敢同臥起 ❼。而獄中為老監者四 ❽，監五室，禁卒居中央 ❾，牖其前以通明 ❿，屋極有窗以達氣 ⓫，旁四室則無之，而繫囚常二百餘。每薄暮下管鍵 ⓬，矢溺皆閉其中 ⓭，與飲食之氣相薄 ⓮，又隆冬，貧者席地而臥，春氣動 ⓯，鮮不疫矣 ⓰。獄中成法 ⓱，質明啟鑰 ⓲。方夜中 ⓳，生人與死者並踵頂而臥，無可旋避，此所以染者眾也。又可怪者，大盜積賊 ⓴，殺人重囚，氣傑旺 ㉑，染此者十不一二，或隨有瘳 ㉒。其駢死 ㉓，皆輕繫及牽連佐證，法所不及者。”

余曰：“京師有京兆獄 ㉔，有五城御史司坊 ㉕，何故刑部繫囚之多至此？”杜君曰：“邇年獄訟 ㉖，情稍重，京兆、五城即不敢專決；又九門提督所訪緝糾詰 ㉗，皆歸刑部；而十四司正副郎好事者及書吏 ㉘、獄官、禁卒，皆利繫者之多 ㉙。少有連 ㉚，必多方鉤致 ㉛。苟入獄，不問罪之有無，必械手足 ㉜，置老監，俾困苦不可忍 ㉝，然後導以取保，出居于外，量其家之所有以為劑 ㉞，而官與吏剖分焉。中家以上 ㉟，皆竭資取保。其次，求脫械，居監外板屋，費亦數十金。惟極貧無依，則械繫不稍寬，為標準以警其餘。或同繫 ㊱，情罪重者，反出在外；而輕者、無罪者罹其毒 ㊲，積憂憤，寢食違節 ㊳，及病，又無醫藥，故往往至死。”

余伏見聖上好生之德 ㊴，同于往聖，每質獄辭 ㊵，必于死中求其生，而無辜者乃至此。倘仁人君子為上倡言 ㊶：“除死刑及發塞外重犯 ㊷，其輕繫及牽連未結正者 ㊸，別置一所以羈之，手足毋械。”所全活可數計哉！或曰：“獄舊有室五，名曰現監，訟而未結正者居之 ㊹。倘舉舊典，可小補也。"杜君曰:"上推恩 ❹,凡職官居板屋 ❹。今貧者轉繫老監,而大盜有居板屋者,此中可細詰哉!不若別置一所,為拔本塞源之道也。"余同繫朱翁、余生及在獄同官僧某 ❹,邁疫死,皆不應重罰。又某氏以不孝訟其子,左右鄰械繫入老監 ❹,號呼達旦。余感焉,以杜君言泛訊之,眾言同,于是乎書。

凡死刑獄上 ❹,行刑者先俟于門外,使其黨入索財物,名曰"斯羅"。富者就其戚屬,貧則面語之。其極刑 ❺,曰:"順我,即先刺心。否,則四支解盡,心猶不死。"其絞縊,曰:"順我,始縊即氣絕。否,則三縊加別械,然後得死。"惟大辟無可要 ❺,然猶質其首。用此,富者略數十百金,貧亦罄衣裝 ❺,絕無有者,則治之如所言。主縛者亦然 ❺,不如所欲,縛時即先折筋骨。每歲大決 ❺,勾者十四三,留者十六七,皆縛至西市待命 ❺。其傷于縛者,即幸留,病數月乃瘳,或竟成痼疾 ❺。余嘗就老胥而問焉 ❺:"彼于刑者、縛者,非相仇也,期有得耳。果無有,終亦稍寬之,非仁術乎?"曰:"是立法以警其餘,且懲後也。不如此,則人有幸心 ❺。"主梏撲者亦然 ❺。余同逮以木訊者三人 ❺,一人予二十金,骨微傷,病間月 ❺。一人倍之,傷膚,兼旬愈 ❺。一人六倍,即夕行步如平常。或叩之曰:"罪人有無不均,既各有得,何必更以多寡為差?"曰:"無差,誰為多與者!"孟子曰:"術不可不慎 ❻。"信夫!

部中老胥,家藏偽章 ❻,文書下行直省 ❻,多潛易之,增減要語,奉行者莫辨也。其上聞及移關諸部 ❻,猶未敢然。功令 ❻:大盜未殺人,及他犯同謀多人者,止主謀一二人立決,餘經秋審,皆減等發配。獄辭上,中有立決者,行刑人先俟于門外。命下，遂縛以出，不覊晷刻 ❻。有某姓兄弟，以把持公倉，法應立決。獄具矣 ❻，胥某謂曰："予我千金，吾生若 ❼。"叩其術，曰："是無難，別具本章 ❼，獄辭無易，取案末獨身無親戚者二人易汝名，俟封奏時，潛易之而已。"其同事者曰："是可欺死者，而不能欺主讞者 ❼。倘復請之 ❼，吾輩無生理矣。"胥某笑曰："復請之，吾輩無生理，而主讞者亦各罷去。彼不能以二人之命易其官，則吾輩終無死道也。"竟行之，案末二人立決。主者口呿舌撟 ❼，終不敢詰。余在獄，猶見某姓。獄中人群指曰："是以某某易其首者。"胥某一夕暴卒，眾皆以為冥謫云 ❼。

凡殺人，獄辭無謀故者 ❼，經秋審入矜疑 ❼，即免死。吏因以巧法。有郭四者，凡四殺人，復以矜疑減等，隨遇赦。將出，日與其徒置酒酣歌達曙。或叩以往事，一一詳述之，意色揚揚，若自矜詡 ❼。噫！漅惡吏忍于鬻獄 ❼，無責也，而道之不明，良吏亦多以脫人于死為功，而不求其情 ❽，其枉民也亦甚矣哉！

奸民久于獄，與胥卒表裏 ❽，頗有奇羨 ❽。山陰李姓 ❽，以殺人繫獄，每歲致數百金。康熙四十八年，以赦出，居數月，漠然無所事。其鄉人有殺人者，因代承之 ❽。蓋以律非故殺，必久繫，終無死法也。五十一年，復援赦減等謫戍 ❽，歎曰："吾不得復入此矣！"故例，謫戍者移順天府覊候 ❽。時方冬停遣，李具狀 ❽，求在獄候春發遣，至再三，不得所請，悵然而出。

《方望溪先生全集·集外文》卷六

注釋

❶ 刑部：掌管法律刑罰的部門。

❷ 竇：小洞，此指監獄的小門。

❸ 洪洞：地名，今屬山西。

❹ 作：振作，此指神情激憤。

❺ 希：同"稀"，少。

❻ 叩：問，請教。

❼ 遘（gòu）：遭遇。

❽ 老監：舊的牢房。

❾ 禁卒：獄卒，看管囚犯的卒役。

❿ 牖（yǒu）：窗。

⓫ 屋極：屋頂。達氣：通氣。

⓬ 下管鍵：上鎖。

⓭ 矢溺（niào）：即屎尿。矢，同"屎"。

⓮ 相薄：相混雜。薄，迫近。

⓯ 春氣動：指春天溫度上升。

⓰ 鮮不疫矣：很少有不生病的。

⓱ 成法：慣例，老規定。

⓲ 質明：天剛亮時。

⓳ "方夜中"四句：在夜裏，活着的人和死去的人緊挨在一起，無處
迴避，這就是染病者多的原因。方，當。並踵（zhǒng）頂，腳挨
腳，頭挨頭。旋，轉動。

⓴ 積賊：多次犯案的賊。

㉑ 氣傑旺：精力特別旺盛。

㉒ 瘳（chōu）：病癒。

㉓ "其駢死"三句：那些接連死去的，都是因為輕罪被囚或受牽連而被捉來當證人，依照法律不應判罪的人。

㉔ 京兆獄：指順天府的監獄。京兆，即京城及其附近地區，明清稱順天府。

㉕ 五城御史司坊：五城御史衙門設置的監獄。清代北京分為東、西、南、北、中五個街區，各設巡查御史負責治安，稱五城御史。

㉖ 邇（ěr）年：近年。

㉗ 九門提督：掌管京城九門（正陽、崇文、宣武、安定、德勝、東直、西直、朝陽、阜成）內外守衛的武官，全稱"提督九門巡捕五營步兵統領"，多由滿族親信大臣兼任。訪緝：訪查緝捕。

㉘ 十四司正副郎：清初刑部下設十四司，各司長官稱郎中，副長官稱員外郎。書吏：各官署辦事人員的統稱。

㉙ 利繫者之多：認為關押犯人多有利可圖。繫，逮捕，關押。

㉚ 少有連：稍有牽連。

㉛ 鈎致：牽連，逮捕。

㉜ 械：帶上刑具。

㉝ 俾（bǐ）：使。

㉞ 量其家之所有以為劑：估量他們家的財產來確定保證金的數額。劑，契約，合同。

㉟ 中家以上：資產中等以上的人家。

㊱ 同繫：同一案件被囚繫的人。

㊲ 罹（lí）：遭受。

㊳ 違節：失常。

㊴ 好（hào）生之德：即行仁政。《尚書·大禹謨》："與其殺不辜，寧失不經。好生之德，洽于民心。"

㊵ 質：質詢，核查。

㊶ 倡言：正直不阿之言。

㊷ 發：發配，流放。

㊸ 結正：定案，判決。

㊹ 訟：訴訟，立案。

㊺ 推恩：施行恩德。

㊻ 凡職官居板屋：凡是官員犯案的，則被關押在板屋內（而不用入牢房）。

㊼ 余同繫朱翁、余生及在獄同官僧某：朱翁不可考。余生即余諶，字石民，戴名世的學生，因《南山集》案牽連入獄，死于獄中，方苞作《余石民哀辭》悼之，見《望溪集外文》卷九。同官，今陝西銅川。僧某，某位僧人。

㊽ 左右鄰械繫入老監：清代律例規定，對于訴訟子弟不孝的案件，需拘留四鄰以審勘情節。見《大清律例》卷二八。

㊾ 獄上：結案後上奏。

㊿ 極刑：指凌遲，將人身上的肉一刀刀割去，使其慢慢死亡的殘酷刑法。

51 "惟大辟無可要（yāo）"二句：大辟，砍頭。要，要挾。質其首，以犯人首級為抵押（敲詐錢財）。

52 罄（qìng）：窮盡。

53 主縛者：負責捆綁的人。

54 大決：又稱"秋決"，指秋審之後的處決。清律，每年八月各省將判處死刑的案件分列"情實"、"緩決"、"可矜"、"可疑"四類上報刑部，經刑部會同大理寺等集中審核後，再奏請皇帝裁決，稱為"秋審"。凡皇帝同意處死的，用硃筆勾畫，即文中所謂"勾者"。凡勾者，立即處決。未被勾畫的，即"留者"，暫緩行刑。

55 西市：清代京城處決犯人的場所，在今北京菜市口一帶。

㊎ 痼（gù）疾：頑固難治的病，此處指殘疾。

㊏ 胥：胥吏，古代官府中負責辦理文書、打理雜事的小吏。

㊐ 幸心：僥倖心理。

㊑ 梏（gù）：枷鎖。撲：抽打。

㊒ 以木訊：通過竹木刑具拷問。

㊓ 間（jiàn）月：一個多月。

㊔ 兼旬：二旬，二十天。

㊕ 術不可不慎：《孟子・公孫丑上》："矢人豈不仁于函人哉？矢人惟恐不傷人，函人惟恐傷人。巫匠亦然，故術不可不慎也。"意為造箭的工匠與造鎧甲的工匠追求不同，選擇職業不可不慎重，這裏是説獄吏的職業使人變得殘忍，所以選擇職業不能不慎重。

㊖ 偽章：偽造的官印。

㊗ 下行直省：從中央下達到各省。

㊘ 上聞：上奏的文書。移關諸部：平行機關之間來往的文書。

㊙ 功令：政府法令。

㊚ 不羈晷刻：一刻不停留，指立即執行。羈（jī），停留。晷（guǐ），日晷，利用日影來計時的工具。

㊛ 獄具：案件已經判決。

㊜ 生若：讓你活命。

㊝ "別具本章"五句：另外再寫一份奏章，判詞不變，把同案犯中排在末尾的單身無親戚的兩個人和你們名字調換一下，等到審判書加封上報時偷偷替換而已。

㊞ 主讞（yàn）者：主審案件的人，與下文的"主者"意同。讞，審判定罪。

㊟ 復請：發現問題，再次向上請示。

㊠ 口呿（qū）舌撟（jiǎo）：張口結舌，形容恐懼慌張的樣子。呿，

張口。撟，翹。

⑦ 冥謫（zhé）：陰間的懲罰。

⑦ 謀故：有預謀，故意殺人。

⑦ 矜疑：對死刑犯的一種歸類，為其情可憐、其罪可疑者。

⑦ 矜詡（xǔ）：炫耀。

⑦ "渫（xiè）惡吏忍于鬻（yù）獄"二句：貪官污吏忍心貪贓枉法，這沒甚麼好責怪的。渫，污濁。鬻，賣。獄，案件。

⑧ 情：這裏指真相。

⑧ 表裏：互為表裏，內外勾結。

⑧ 奇（jī）羨：贏利。

⑧ 山陰：今浙江紹興。

⑧ 承：承擔罪名。

⑧ 謫戍：發配到邊遠地區充軍。

⑧ 羈候：關押待命。

⑧ 具狀：書寫狀文呈報。

解析

　　《獄中雜記》以辛辣的筆法記錄了當時刑獄中種種駭人聽聞的現象，深刻揭示出了清初法制的腐朽黑暗。而更有深意之處在于，這些草菅人命、無法無天的行為發生在"聖上好生之德，同于往聖，每質獄辭，必于死中求其生"、"良吏亦多以脫人于死為功"的背景之下。既然君王官員都希望推行寬仁之道，那麼為甚麼還會出現這麼多殘酷的不法行為呢？方苞沒有給出直接的答案，但在行文間可以看到他有兩方面的思考：其一，律令有不盡合理之處，無法適應實際的情況。文中引杜君所言"上推恩，凡職官居板屋。今貧者轉繫老監，而大盜有居板屋者，此中可細詰哉！不若別置一所，為拔本塞源之道也"，即是一例。其二，執法行為缺乏監管，以致獄卒、文書往往鑽法律的漏洞，把執法作為投機牟利的工具。即使上級官員發現這些違法行為，也害怕牽連自己，而不敢舉報揭露。官官相護，違法行為便愈演愈烈，成為社會的頑疾。

康熙朝號稱清明盛世，但其社會底層卻湧動着這樣的暗流，潛伏着如此深刻的社會危機。這不能不發人深省。

哀鹽船文

　　汪中（1744 年—1794 年）字容甫，江都（今江蘇揚州）人。年少力學，絕意仕途，以著述為業，才學聞于世。乾隆五十九年（1794 年），汪中帶病前往杭州文瀾閣檢校《四庫全書》，積勞成疾而卒。著有《述學》、《廣陵通典》等。《清史列傳》卷六八、《清史稿》卷四八一有傳。乾隆三十五年農曆臘月十九日，江蘇儀徵河港停泊的鹽船發生大火，死傷眾多。時年二十七歲的汪中目睹了這一慘劇，于事後寫下了這篇悼念遇難百姓的哀祭文。

　　乾隆三十五年十二月乙卯，儀徵鹽船火 ❶，壞船百有三十，焚及溺死者千有四百。是時鹽綱皆直達 ❷，東自泰州 ❸，西極于漢陽 ❹，轉運半天下焉。惟儀徵綰其口 ❺，列檣蔽空，束江而立，望之隱若城郭。一夕併命，鬱為枯臘 ❻，烈烈厄運，可不悲邪！

于時玄冥告成 ❼，萬物休息。窮陰涸凝 ❽，寒威懍慄。黑霄拔來 ❾，陽光西匿。群飽方嬉，歌咢宴食 ❿。死氣交纏，視面惟墨。夜漏始下 ⓫，驚飆勃發，萬竅怒號 ⓬，地脈盪決，大聲發于空廓 ⓭，而水波山立。于斯時也，有火作焉。摩木自生 ⓮，星星如血。炎光一灼，百舫盡赤。青煙睒睒 ⓯，爛若沃雪。蒸雲氣以為霞，炙陰崖而焦爇 ⓰。始連楫以下碇 ⓱，乃焚如以俱沒。跳躑火中，明見毛髮。痛謍田田 ⓲，狂呼氣竭。轉側張皇，生塗未絕 ⓳。倏陽焰之騰高 ⓴，鼓腥風而一映。洎埃霧之重開 ㉑，遂聲銷而形滅。齊千命于一瞬，指人世以長訣。發冤氣之焄蒿 ㉒，合遊氛而障日。行當午而迷方 ㉓，揚沙礫之嫖疾。衣繒敗絮 ㉔，墨查炭屑，浮江而下，至于海不絕。

亦有沒者善游，操舟若神 ㉕。死喪之威，從井有仁 ㉖。旋入雷淵 ㉗，並為波臣 ㉘。又或擇音無門 ㉙，投身急瀨 ㉚。知蹈水之必濡 ㉛，猶入險而思濟。挾驚浪以雷奔，勢若隮而終墜 ㉜。逃灼爛之須臾，乃同歸乎死地。積哀怨于靈臺 ㉝，乘精爽而為厲。出寒流以浹辰 ㉞，目眳眳而猶視。知天屬之來撫 ㉟，慭流血以盈眥。訴強死之悲心 ㊱，口不言而以意。若其焚剝支離 ㊲，漫漶莫別。圜者如圈，破者如玦 ㊳。積埃填竅，攢指失節 ㊴。嗟狸首之殘形 ㊵，聚誰何而同穴。收然灰之一抔 ㊶，辨焚餘之白骨。嗚呼，哀哉！

且夫眾生乘化 ㊷，是云天常。妻孥環之，絕氣寢床。以死衞上 ㊸，用登明堂 ㊹。離而不懲 ㊺，祀為國殤。茲也無名，又非其命。天乎何辜，罹此冤橫 ㊻！遊魂不歸，居人心絕 ㊼。麥飯壺漿 ㊽，臨江嗚咽。日墮天昏，悽悽鬼語。守哭

屯邅 ❹，心期冥遇。惟血嗣之相依，尚騰哀而屬路 ❺。或舉族之沉波，終狐祥而無主 ❺。悲夫！叢冢有坎 ❺，泰厲有祀。強飲強食 ❺，憑其氣類。尚群遊之樂，而無為妖祟。人逢其凶也邪？天降其酷也邪？夫何為而至于此極哉！

《汪容甫文箋》卷中

❶ 儀徵：今江蘇儀徵，地處長江北岸，是古代重要的水運口岸。清代在此地設有鹽引批檢所，有大量鹽船在此停泊。

❷ 鹽綱：運鹽的組織，清代鹽政實行官督商銷的模式，食鹽由官府列名綱冊的鹽商來運輸。綱，指運送大批貨物的編隊，如茶綱、花石綱、生辰綱之類。

❸ 泰州：今屬江蘇，當時是重要的產鹽地。

❹ 漢陽：今湖北武漢。

❺ 綰（wǎn）其口：此處指儀徵作為鹽引批檢所所在地，是整條運鹽航線的關鍵點。綰，繫結，勾連。

❻ 鬱為枯腊（xī）：是說人遭焚燒，屍體乾枯如臘肉。《漢書·楊王孫傳》：“欲化不得，鬱為枯腊。”

❼ 玄冥告成：表示時間是在深冬。玄冥，指冬神，《禮記·月令》：“（季冬之月）其帝顓頊，其神玄冥。”告成，完工上報之義，此句意指冬季已進入尾聲。

❽ 窮陰涸凝：陰寒之氣幾近凝固。

❾ 黑眚（shěng）拔來：眚，原義是眼睛生翳，此處指遮蔽視野的霧氣。當時人認為黑眚是不祥的預兆。拔來，指出現得很突然。

❿ 歌咢（è）：指歌詠娛樂。《詩·大雅·行葦》：“或歌或咢。”

哀鹽船文   205

⓫ "夜漏始下"二句：意指夜晚忽起大風。漏，古代的計時器。飆，大風。

⓬ 萬竅怒號：風極大。萬竅，《莊子·齊物論》："是惟無作，作則萬竅怒呺。"

⓭ "大聲發于空廓"二句：意指天地之間迴蕩着巨大聲響，水波湧起如山峰聳立。

⓮ 摩木自生：此處指起火。《莊子·外物》："木與木相摩則然（燃）。"

⓯ "青煙睒（shǎn）睒"二句：睒睒，閃動的樣子。熛（biāo）若沃雪，意指大火燒船之迅猛，僅是小火星碰到船上也有熱水（湯）澆到積雪上的效果。

⓰ 陰崖：陰面的堤岸。焦爇（ruò）：燒焦。

⓱ "始連楫（jí）以下碇（dìng）"二句：意指原先將船都連在一起並拋錨，繼而失火一起沉沒。楫，船槳，此處代指船。碇，繫船的石墩。

⓲ 嚜（pó）：因疼痛而呼喊。田田：捶胸頓足的樣子。

⓳ 生塗：生路。塗，同"途"。

⓴ "倏（shū）陽焰之騰高"二句：描述火忽然騰起，肆意吞噬人命的情狀。倏，疾，快。陽焰，明亮的火焰。吷（xuè），口吹氣的聲音。

㉑ "洎（jì）埃霧之重開"二句：是說等到煙霧散開後已經難覓這些人的蹤跡了。洎，至，到。

㉒ "發冤氣之焄（xūn）蒿"二句：死人的怨氣遮天蔽日。《禮記·祭義》："（死必歸土）其氣發揚于上為昭明，焄蒿悽愴，此百物之精也。"鄭玄注："焄，謂香臭也；蒿，謂氣蒸出貌也。"

㉓ "行當午而迷方"二句：當午，指第二天的正午。嫖（piāo），輕捷狀。

㉔ "衣繒（zēng）敗絮"二句：繒，泛指衣物。查（zhā），通"渣"，燒成的灰渣。

㉕ 操舟若神：《列子·黃帝》："吾嘗濟乎觴深之淵，津人操舟若神。吾問焉，曰：'操舟可學邪？'曰：'可。能游者可教也，善游者數能。乃若夫沒人，則未嘗見舟而謖操之也。'"此處指善于游泳。

㉖ 從井有仁：意指涉險救人。《論語·雍也》："宰我問曰：'仁者，雖告之曰："井有仁焉。"其從之也？'子曰：'何為其然也？君子可逝也，不可陷也。'"孔穎達注："宰我以仁者必濟人于患難，故問有仁者墜井，將自投下從而出之不（否）乎？"

㉗ 雷淵：《楚辭·招魂》："旋入雷淵，麋散而不可止些。"

㉘ 波臣：水中生物，此處喻指溺水而死者。

㉙ 擇音：音，通"蔭"，指躲避的地方。

㉚ 急瀨：指激流。

㉛ "知蹈水之必濡"二句：意指人們雖然知道入水有危險，但還是跳下去希望能得救。

㉜ 隮（jī）：上升的意思。

㉝ "積哀怨于靈臺"二句：靈臺，指內心。《莊子·庚桑楚》："不可內于靈臺。"乘，憑藉。精爽，指人的魂魄。厲，厲鬼。

㉞ "出寒流以浹（jiā）辰"二句：意指多天後屍體從江水中漂浮出，眼睛還睜着。浹辰，古代干支記日，從子至亥十二日為浹辰。此處泛指多天之後。睊睊（juàn juàn），睜眼的樣子。

㉟ "知天屬之來撫"二句：古人認為人暴死後，親人臨屍，屍體會眼鼻出血，以示泣訴。天屬，血緣關係極近的親屬。撫，悼念。憖（yìn），傷痛。眥（zì），眼眶。

㊱ 強死：指暴死。

㊲ "若其焚剝支離"二句：形容屍體被燒得殘缺不全、相貌難辨。支離，殘碎的樣子。漫漶（huàn），模糊不清。

㊳ 玦（jué）：有缺口的玉。

㊴ 攦（lì）指失節：折斷骨節。

⑩“嗟狸首之殘形”二句：狸首，韓愈《殘形操序》：“《殘形操》，曾子所作。曾子夢一狸，不見其首，而作此曲也。”誰何，誰人。

㊶然：通“燃”。一抔（póu）：一捧。

㊷“且夫眾生乘化”二句：乘化，順應自然規律生老病死。天常，上天的常道。

㊸上：指統治者。

㊹用：因而。明堂：古代帝王發佈政令、舉行祭祀典禮的地方。

㊺離而不懲：《楚辭·九歌·國殤》：“首身離兮心不懲。”不懲，不悔。

㊻罹：遭遇。橫：橫死。

㊼心絕：悲痛至極。

㊽麥飯壺漿：泛指酒食。

㊾“守哭屯邅（zhūn zhān）”二句：屯邅，行走艱難之貌。冥遇，指與死者魂魄相遇。

㊿尚騰哀而屬（zhǔ）路：指一路大哭。屬路，接連一路。

(51)終狐祥而無主：《戰國策·楚策》：“父子老弱俘虜，相隨于路，鬼狐祥而無主。”狐祥，徬徨無依的樣子。

(52)“叢冢有坎”二句：意指雖在亂葬崗上，但個人也有個人的墓穴；雖是無依之鬼，但也享有祭祀。坎，墓穴。

(53)“強飲強食”二句：此句為勸慰亡魂之語，希望他們能吃點東西，伴靠其他氣味相投的鬼魂度日。強，勉強。馮（píng），通“憑”。氣類，相近的氣性。

這是一篇哀悼死難者的文章，但作者並沒有把自己的情感徑直宣洩出來，而是綜合了各種材料，將它們裁剪分排、熔鑄為一體，在這個過程中寄寓自己的悲痛之情。文章可分為四大部分，每部分內容各有側重，卻又相互映襯，渾然一體。開頭部分，說明了災難的總體情況，明其死傷之巨，為全文定下悲愴基調。第二部分自"于時玄冥告成"始，寫火災始末，先言其背景，摹寫當日事發前詭異陰森的氛圍，為下文慘烈之景做了極好的鋪墊。之後寫起火，其描述火勢之兇猛、狀寫人命之脆弱，令人觸目驚心，這呼應了開頭中"焚及溺死者千有四百"等文字，與之前所狀"隱若城郭"盛景亦形成震撼的對比，禍福無常之理則自見于此。第三部分自"亦有"句始，上一部分寫的是火噬人，重點在火，這一部分則寫人逃火，重點在人。筆鋒如此一轉，內容方照顧得周全，既寫了焚死者又寫了溺死者。同時，這兩部分亦是相輔相成的，既然之前寫了火勢之猛烈，則繼以細述人在火中掙扎求生的過程與終難逃劫的結果，方能體現事件之慘烈。另外，這部分先寫人生前的掙扎，之後又寫人死後的慘狀，全文的悲愴氣氛被推向了高峰。第四部分自"且夫"始，直至文末，是作者所發的議論，感慨天命無常，憫傷逝者不幸，並勸慰亡靈安息，以此作為全文收筆，言盡意長，升華了全文。

汪中是這場慘劇的目擊者，因此文中很多字句都極富真實性與現場感，比如"青煙睽睽"、"蒸雲氣以為霞"，這些都是從外部看火場所見的樣子；"倏陽焰之騰高，鼓腥風而一映"則準確地寫出了火極盛時的樣子。還有一些地方，如"夜漏始下，驚飆勃發"，"始連楫以下碇，乃焚如以俱沒"，雖然沒寫甚麼宏大的場面，但點出了火災蔓延的重要原因（風大、船連），反映了一些重要的事實。從這幾個方面可以看出汪中在創作此文時的徵實態度，作者所運用的一切文學手法都是為敍述客觀事實服務的。

在本文的末尾，作者抒發了對這場災難的感慨：壽終正寢者，有妻孥環立于側；為國戰死者，祀為國殤，用登明堂；惟獨鹽船死難者，死于橫禍，無人哀祭。作者的悲痛之情溢于言表，彰顯了哀憫死難者的同情心，透露着一種悲天憫人的情懷。

原學

章學誠（1738年—1801年）字實齋，號少岩，浙江會稽（今屬浙江紹興）人。清乾隆四十三年（1778年）進士，官國子監典籍，後歷主定州定武、肥鄉清漳、保定蓮池、歸德文正諸書院講席，並纂修和州、永清、亳州等地方志。晚年入湖廣總督畢沅幕府，參與《續資治通鑑》的纂修，並主修《湖北通志》。《清史列傳》卷七二、《清史稿》卷四八五有傳。章學誠所著的《文史通義》論古今學術宗旨、源流，以史學為主，兼及經學、文學，立論與流俗頗有不同，往往令人耳目一新。章氏生前，此書僅刊印了其中的一部分。臨終前，章氏將遺稿委託給浙江蕭山王宗炎。清道光十二年（1832年），章氏次子華紱整理遺稿，將全書付梓刊行，分為內篇五卷、外篇三卷。因刊刻地點在河南開封，所以稱"大梁本"。1922年，嘉業堂主人劉承幹在此基礎上，又依照王宗炎當年整理的目錄，對章氏遺文重加搜羅增補，刊成《章氏遺書》。其中《文史通義》為內篇六卷、外篇三卷，與"大梁本"相出入，今稱"遺書本"。中華書局1985年版《文史通義校注》，附《校讎通義》三卷，其底本即"大梁本"。《原學》一文分為上中下三篇，意在說明學問之本源，樹立為學之道。此處所選的是下篇。

諸子百家之患，起于思而不學。世儒之患，起于學而不思。蓋官師分 ❶，而學不同于古人也。後王以謂儒術不可廢 ❷，故立博士，置弟子，而設科取士，以為誦法先王者勸焉 ❸。蓋其始也，以利祿勸儒術，而其究也 ❹，以儒術徇利祿 ❺，斯固不足言也。而儒宗碩師 ❻，由此輩出，則亦不可謂非朝廷風教之所植也 ❼。夫人之情，不能無所歆而動 ❽，既已為之，則思力致其實 ❾，而求副乎名。中人以上，可以勉而企焉者也 ❿。學校科舉，奔走千百才俊，豈無什一出于中人以上者哉 ⓫？去古久遠，不能學古人之所學，則既以誦習儒業 ⓬，即為學之究竟矣。而攻取之難，勢亦倍于古人，故于專門攻習儒業者，苟果有以自見 ⓭，而非一切庸俗所可幾 ⓮，吾無責焉耳。

學博者長于考索 ⓯，豈非道中之實積 ⓰，而騖于博者 ⓱，終身敝精勞神以徇之，不思博之何所取也。才雄者健于屬文 ⓲，豈非道體之發揮？而擅于文者，終身苦心焦思以構之，不思文之何所用也。言義理者似能思矣，而不知義理虛懸而無薄 ⓳，則義理亦無當于道矣。此皆知其然而不知所以然也。程子曰 ⓴："凡事思所以然，天下第一學問。"人亦盍求所以然者思之乎 ㉑！

天下不能無風氣，風氣不能無循環，一陰一陽之道，見

于氣數者然也 ㉒。所貴君子之學術，為能持世而救偏 ㉓，一陰一陽之道，宜于調劑者然也。風氣之開也，必有所以取；學問、文辭與義理，所以不無偏重畸輕之故也 ㉔。風氣之成也，必有所以敝；人情趨時而好名，徇末而不知本也 ㉕。是故開者雖不免于偏，必取其精者，為新氣之迎。敝者縱名為正 ㉖，必襲其偽者 ㉗，為末流之託。此亦自然之勢也。而世之言學者，不知持風氣 ㉘，而惟知徇風氣，且謂非是不足邀譽焉 ㉙，則亦弗思而已矣。

《文史通義校注》卷二

❶ 官師分：指政教分流。上古時學在王官，政教不分，官師合一。

❷ 後王：近世之王。

❸ 以為誦法先王者勸焉：用來鼓勵學習先王之道。頌法，稱頌而效法。勸，勉勵。

❹ 究：結果。

❺ 徇（xùn）：求取。

❻ 儒宗碩師：指學問博深、受人敬仰的學者。宗，宗師。碩，大。

❼ 植：培植。

❽ 歆（xīn）：欣羨，嚮往。

❾ 力致其實：努力取得成就。

❿ 企：企及，達到。

⓫ 什一：十分之一。

⓬ "則既以誦習儒業"二句：那麼就把學習儒業當作是學習的最高境界。究竟，極致，最高境界。

⓭ 自見：同"自現"，出類拔萃。

⓮ 可幾：可比，可及。

⓯ 長于考索："遺書本"下有"侈其富于山海"六字。

⓰ 實積：切實的積累。

⓱ 騖（wù）：同"務"，追求。

⓲ 健于屬（zhǔ）文："遺書本"下有"矜其艷于雲霞"六字。屬文，寫文章。

⓳ 無薄：指與實際相隔絕。薄，同"迫"，接近。

⓴ 程子：指程顥（1032年－1085年）或程頤（1033年－1107年），北宋著名理學家。此句出處今已不可考。程頤曾說："語其大，至天地之高厚；語其小，至一物之所以然，學者皆當理會。"（《二程遺書》卷一八）意思與引文接近。

㉑ 盍（hé）：何不。

㉒ 氣數：命運。

㉓ 持：維持，遵守不變。救偏：糾正偏邪。

㉔ 畸輕：與"偏重"意同。畸，偏。

㉕ 徇：順從，曲從，因循。與下文的"徇風氣"意同。

㉖ 縱：縱使，即使。

㉗ 偽：做作的，不真實的。

㉘ 持：堅持，維持。

㉙ 邀譽：謀取名聲。

治學如同世風，一代有一代的風氣。面對情隨事變的風氣，是投身其中隨流而動，還是憤世嫉俗逆流而行？這是值得思考的問題。章學誠這篇《原學》即從治學的角度，闡發了他對這個問題的思考。

　　"以利祿勸儒術"，始于西漢武帝。《漢書·儒林傳》說："自武帝立五經博士，開弟子員，設科射策，勸以官祿，訖于元始，百有餘年，傳業者寖盛，支葉蕃滋，一經說至百餘萬言，大師眾至千餘人，蓋祿利之路然也。"其中已含諷刺之意，感慨古今學術變遷，儒學不復純粹。這一觀點為後人所沿襲，即本文所謂"而其究也，以儒術徇利祿，斯固不足言也"。然而章氏並沒有止步于此，而是筆鋒一轉，指出在利祿與儒術糾纏不清的風氣下，儒宗碩師仍世代輩出，由此可見官方設科取士于學術並非沒有正面意義，而時代風氣對個人治學也並不能起到決定性的作用。

　　在章學誠所處的時代，最為盛行的是考據學，即以實事求是的態度，對古籍的文字音義和古代的名物典章制度進行考核、辨正，以期創建確鑿有據的學問。與此同時，也有人提出應該考據、文章、義理三者並重，後二者也是當時頗有影響的治學風尚。章學誠並未局限于其中任何一種，他認識到三者的優長，也指出了它們的弊端，如考據者以學識博贍、考證精核為長，卻容易陷于瑣碎孤立，容易淪為為考據而考據，而忽視為學的要義。他認為考據、文章、義理都只是學問的載體和形式，更為重要的是其內在的實質，也就是"所以然"。

可以看到，對于時代風氣，章學誠既不迷信盲從，也沒有棄之不顧，而是以冷靜的態度去審視和剖析。他提出優秀的學者，不能"徇風氣"，而應該"持風氣"。"徇"是因循，曲從，隨波逐流；"持"是持正，堅守，不隨波逐流。"所貴君子之學術，為能持世而救偏"，言簡意賅，卻振聾發聵。不管甚麼時代，學者所能做的，也應該做的，便是堅守為學的根本，經世而致用，以挽救時代之偏僻。

疇人傳序

題解

　　阮元（1764 年 — 1849 年）字伯元，號雲臺（或作芸臺），又號擘經老人、雷塘庵主等，儀徵（今屬江蘇）人。乾隆五十四年（1789 年）進士，歷任翰林院編修、提督山東、浙江學政、河南巡撫、浙江巡撫、江西巡撫、兩廣總督、雲貴總督等職，道光朝拜體仁閣大學士。卒諡文達。《清史列傳》卷三六、《清史稿》卷三六四有傳。阮元是清代著名的文學家、思想家，在天文曆算、經史、輿地、金石、校勘等方面有卓越的貢獻，編著有《疇人傳》、《皇清經解》、《經籍籑詁》、《十三經校勘記》、《四庫未收書目提要》、《山左金石志》、《兩浙金石志》、《浙江通志》、《廣東通志》、《雲南通志》等著作一百八十餘種，詩文集《擘經室集》四編。《疇人傳》共四十六卷，始作于乾隆六十年（1795 年），完成于嘉慶四年（1799 年），紀中國古代天文曆算家的學術成就。古代天文曆算之學由專人執掌，世代相傳，稱為"疇人"。

昔者黃帝迎日推策 ❶，而步術興焉 ❷。自時厥後 ❸，堯命羲和 ❹，舜在璇璣 ❺，三代迭王 ❻，正朔遞改。蓋效法乾象 ❼，布宣庶績，帝王之要道也。是故周公制禮，設馮相之官 ❽；孔子作《春秋》，譏司術之過。先古聖人，咸重其事。兩漢通才大儒，若劉向父子 ❾、張衡 ❿、鄭元之徒 ⓫，纂續微言，鉤稽典籍，類皆甄明象數，洞曉天官。或作法以敍三光 ⓬，或立論以明五紀 ⓭，數術窮天地，制作侔造化 ⓮，儒者之學，斯為大矣。

世風遞降，末學支離 ⓯。九九之術 ⓰，俗儒鄙不之講，而履觀臺、領司天者 ⓱，皆株守舊聞，罔知法意。演撰算造之家 ⓲，徒換易子母，弗憑圭表為合 ⓳，驗天失之彌遠。步算之道，由是日衰，臺官之選，因而愈輕。六藝道湮 ⓴，良可嗟歎。甚或高言內學 ㉑，妄占星氣 ㉒，執圖緯之小言 ㉓，測淵微之懸象。老人之星 ㉔，江南常見，而太史以多壽貢諛 ㉕。發斂之節 ㉖，終古不差，而倖臣以日長獻瑞。若此之等，率多錯謬 ㉗。又或稱意空談，流為虛誕。《河圖》、《洛書》之數，傳者非真；《元會運世》之篇 ㉘，言之無據。此皆數學之異端，藝術之楊、墨也 ㉙。

元蚤歲研經，略涉算事，中西異同，今古沿改，三統四分之術 ㉚，小輪橢圓之法 ㉛，雖嘗旁稽載籍，博問通人 ㉜，心鈍事棼，義終昧焉。竊思二千年來 ㉝，術經七十，改作者非一人。其建率改憲，雖疏密殊途，而各有特識 ㉞，法數具存，皆足以為將來典要。爰掇拾史書 ㉟，薈萃群籍，甄而錄之，以為列傳。自黃帝以至于今，凡二百四十三人，附西洋三十七人，大凡二百八十人，離為四十六卷，名曰《疇人傳》。綜算氏之大名，紀步天之正軌，質之藝林 ㊱，以詒來學 ㊲。俾知術數之妙，窮幽極微 ㊳，足以綱紀群倫 ㊴，經緯天地，乃儒流實事求是之學，非方技苟且干祿之具 ㊵。有志乎通天地人者，幸詳而覽焉。嘉慶四年十月 ㊶。

《疇人傳》卷首

❶ 迎日推策：通過推算來預知未來的節氣日辰。

❷ 步術：曆法推步術。

❸ 厥：那個。

❹ 堯：祁姓，陶唐氏，初封于陶，後封于唐，又稱唐堯，傳説中的"五帝"之一。他設官掌管天地時令，制定曆法，用鯀治水，後禪讓舜。羲和：羲氏、和氏的並稱。堯命羲仲、羲叔、和仲、和叔兄弟分駐四方，以觀天象，制定曆法。

❺ 舜：有虞氏，姚姓，冀州人，受堯禪讓，五帝之一。在：觀察。璇璣（xuán jī）：正天文之器。

❻ "三代迭王"二句：是説夏、商、周三代帝王頒佈的曆法順次修改。正朔，帝王新頒佈的曆法。夏曆以建寅之月為歲首，商曆以建丑之月為歲首，周曆以建子之月為歲首。

❼ 乾象：天象。

❽ 馮相：亦作"馮相氏"，周時職官名，掌天文。《周禮‧春官‧馮相氏》云："馮相氏掌十有二歲，十有二月，十有二辰，十日，二十有八星之位，辨其敍事，以會天位。"

❾ 劉向父子：劉向及其子劉歆。劉向（前 77 年？一前 6 年），本名

更生，字子政，沛（今江蘇沛縣）人，西漢經學家、目錄學家。歷任諫大夫、宗正、光祿大夫、中壘校尉，治《春秋穀梁傳》，撰有《別錄》、《新序》、《説苑》、《列女傳》等。劉歆（前 50 年？—23 年）字子駿，西漢著名學者，古文經學的開創者，在校勘學、天文曆法等方面成績卓著。他編定的《三統曆譜》是世界上最早的天文年曆的雛形。

⑩ 張衡（78 年—139 年）：衡字平子，南陽西鄂（今屬河南）人，東漢著名的天文學家，歷任太史令、侍中、河間相等職。他精于天文曆算，製作有渾天儀等天文儀器，著有《靈憲》、《算罔論》等，建議採用《九道法》。

⑪ 鄭元（127 年—200 年）：即鄭玄（避清諱改鄭元），字康成，北海高密（今屬山東）人，精于天文曆算，為漢代經學之集大成者。曾研學《三統曆》、《九章算術》等，著《天文七政論》，注《乾象曆》等。

⑫ 三光：日、月、星。

⑬ 五紀：歲、月、日、星辰、曆數。

⑭ 侔（móu）造化：是説可比天工。侔，等同。

⑮ 末學支離：是説末世之學支離破碎，不成體系。

⑯ 九九之術：算術乘法。

⑰ 觀臺：觀察天象的高臺。司天：掌管天文。

⑱ 演撰算造：推演曆算。

⑲ 圭（guī）表：日規、日晷，古代測日影的一種器具，由刻度尺和標桿組成，用以測量一年和二十四節氣的時間長短。

⑳ 六藝：禮、樂、射、御、書、數六種技能。

㉑ 甚或：甚至。高言：大言，過分之辭。內學：讖緯之學，流行于西漢時期，借用河圖洛書的神話，以陰陽五行和董仲舒的天人感應理論為依據的學説。

㉒ 占星氣：觀星宿望氣以言吉凶。星氣，星宿和雲氣。

❷❸ "執圖緯之小言"二句：圖緯，圖讖和緯書。讖即讖語，是一種神祕語言，藉用神仙，占驗吉凶，預知政事。讖語分為符讖和圖讖兩種。讖語配有圖錄，故稱圖讖，亦作"圖錄"。緯書，是相對"經書"而言的，是方士儒生受河圖洛書影響，偽託孔子對儒家經典作的解釋，以為當時政治服務。小言，不合大道的言論。淵微，深沉微小。懸象，日月星辰等天象。

❷❹ 老人之星：又稱南極星，學名為船底座 α 星，為全天第二亮的恆星，中國長江以南地區可以看到。古人以它象徵長壽，故稱"壽星"。

❷❺ 太史：職官名，西周、春秋時掌起草文書、記載史事，兼管典籍、曆法、祭祀等事。秦以後設太史令，為史官。貢諛：獻媚。

❷❻ 發斂：進退，往還，古曆指日道發南斂北之細數。

❷❼ 率多：大多。

❷❽ 《元會運世》：《皇極經世書》之篇名。《皇極經世書》是宋邵雍研習《周易》而創的預測學著作，根據河洛數理、陰陽五行、天地物理以及人類進化等推演出了"元、會、運、世"等一套預測方法。《皇極經世書》共十二卷，前六卷為《元會運世》，其中一至十二篇"以元經會"，十三至二十三篇"以會經運"，二十四至三十四篇"以運經世"。

❷❾ 楊、墨：楊朱和墨翟的並稱。此處指儒家以外的各學派。

❸⓪ 三統：夏商周三代有歲首建子、建丑、建寅之別，謂之三統。四分：沿襲三統，以十九年為一章，然一年長度為三百六十五天又四分之一日，故稱四分。

❸① 小輪：即托勒密的地心說理論。他認為各行星都在一個較小的圓周運動，且每個圓的圓心在以地球為中心的圓周上運動。繞地球的圓即"均輪"，小圓叫"本輪"。橢圓：開普勒的地心說理論。他認為行星環繞太陽沿橢圓軌道運動，相同時間內向量半徑所掃過的面積相等，以太陽為焦點的橢圓軌道半長軸的立方與周期的平方之比是一個常量。

❸② "博問通人"三句：通人，學識淵博通達的人。心鈍，心智愚鈍。

棼〔fén〕，通“紊”，紛亂，紊亂。昧，不明白，糊塗。

㉝ 竊：謙詞，自己。

㉞ “各有特識”三句：特識，獨立的見解。法數，法度術數。典要，
經常不變的準則，標準。

㉟ 爰〔yuán〕：于是。掇拾：搜集。

㊱ 質：評斷。藝林：彙集圖書典籍的地方。

㊲ 諗〔shěn〕：告知。

㊳ 窮幽極微：深入探究高妙精微的道理。

㊴ 綱紀：治理，管理。群倫：同類的人們。

㊵ 方技：醫卜星相等各種技術。苟且：敷衍了事，馬虎。干祿：求
取功名利祿。

㊶ 嘉慶四年：1799 年。嘉慶，清仁宗年號。

解析

　　中國古代具有良好的天文曆算學傳統。天文推步術
自黃帝時始興起，爾後堯命羲和制曆，舜觀察天象，夏
曆建寅，商曆建丑，周曆建子，順次遞改。兩漢的劉向
劉歆父子、張衡、鄭玄將天文曆算發揚光大。自先秦到
嘉慶朝天文曆法經七十餘次變化，雖然疏密不等，但反
映了中國天文曆法的發展歷程。在阮元看來，兩漢後天
文曆算不再受到重視，負責天文的官員多因循守舊，天
文學家脫離實際，因而“步算之道，由是日衰”，天文
曆算流于空談荒誕，而利用天文曆算進行占卜的星占之
學盛行。明清時期，西方傳教士來華，他們也把西方的

天文曆算帶到了中國，且受到了統治者的重視。時人也重視西方的天文曆算，而菲薄中國古代天文成就。阮元深切地感到中國天文學所面臨的危機，為弘揚中國的天文曆算之學，他遂"網羅今古，善善從長，融會中西，歸于一是"，將中國古代天文曆算之學進行了較大規模的系統梳理，撰成《疇人傳》。

中國對天文學家立傳在"二十四史"中雖已有之，但傳主多限于星占、醫卜等術士，對其天文學成就並不重視。《疇人傳》取材于中國古代"二十四史"中的列傳和《天文志》、《律曆志》等史料，記載了二百八十位天文曆算家的成就，其中中國古代自然科學家二百四十三人。該書對傳主的生平和官宦生涯着墨不多，然對其科學成就的記載較為詳細，多紀天文曆算資料、天文學說、天文儀器以及天文算學等，勾勒了中國古代天文學演進的狀況，充分肯定了中國古代天文學的偉大成就。阮元認為天文曆算之學是"實事求是之學，非方技苟且干祿之具"，其撰寫《疇人傳》的目的就是要"綜算氏之大名，紀步天之正軌"，"綱紀群倫，經緯天地"。

阮元雖極力誇耀中國古代天文曆算的成就，但也客觀地肯定了西方天文曆算的成就。《疇人傳》首次為西方天文科學家立傳，其中涉及歐洲自然科學家三十七人。這既與他所處的西學東漸的歷史時代有關，更與他早年的經歷有關。他自稱早年曾初涉算學，了解中西方天文曆算的異同。

《疇人傳》是中國歷史上第一部中國自然科學家的傳記，在中國自然科學史以及中國文化史上有着重要的地位。《疇人傳》完成後，引領了當時為自然科學家立傳的熱潮。清道光二十年（1840 年），羅士琳撰成《疇人傳續編》六卷。光緒十二年（1886 年），諸可寶撰成《疇人傳三編》七卷。光緒二十四年（1898 年），黃鍾駿撰成《疇人傳四編》十一卷附一卷。

病梅館記

龔自珍（1792 年—1841 年）字愛吾，又字璱人，號定盦，仁和（今浙江杭州）人。清道光九年（1829 年）進士，累官至禮部主事。十九年，辭官歸鄉。學宗《公羊》，喜言政事，尤精西北輿地之學。其文章深峻，為一代之雄。嘉道時期，與魏源並以奇才名天下。《清史稿》卷四八六、《清史列傳》卷七三有傳。《病梅館記》即其晚年歸鄉後所作。

江甯之龍蟠 、蘇州之鄧尉 ❷、杭州之西谿 ❸，皆產梅。或曰："梅以曲為美，直則無姿；以欹為美 ❹，正則無景；梅以疏為美，密則無態。"固也 ❺。此文人畫士心知其意，未可明詔大號 ❻，以繩天下之梅也 ❼；又不可以使天下之民斫直、刪密、鋤正，以殀梅、病梅為業以求錢也 ❽。梅之欹之疏之曲，又非蠢蠢求錢之民能以其智力為也 ❾。有以文人畫士孤癖之隱 ❿，明告鬻梅者 ⓫，斫其正，養其旁條，刪其密，夭其稚枝 ⑫，鋤其直，遏其生氣，以求重價，而江浙之梅皆病。文人畫士之禍之烈至此哉！

予購三百盆，皆病者，無一完者。既泣之三日，乃誓療之：縱之，順之，毀其盆，悉埋于地，解其棕縛 ⑬；以五年為期，必復之，全之。予本非文人畫士，甘受詬厲 ⑭，闢病梅之館以貯之。烏乎！安得使予多暇日，又多閒田，以廣貯江甯、杭州、蘇州之病梅，窮予生之光陰以療梅也哉！

《龔定盦全集》續集卷三

❶ 江甯：今江蘇南京。甯，當作寧，避清道光帝旻寧諱改。龍蟠：南京清涼山下龍蟠里。

❷ 鄧尉：鄧尉山，在江蘇蘇州西南七十里，相傳漢代太尉鄧禹曾在此隱居。

❸ 西谿：在浙江杭州靈隱山西北。

❹ 欹（qī）：斜。

❺ 固：固然，雖説如此的意思。

❻ 明詔大號：公開宣告。

❼ 繩：準繩。這裏用作動詞，以為標準的意思。

❽ 夭（yāo）：同 "夭"，災禍。病：這裏用作動詞，意謂禍害。

❾ 蠢蠢：眾多而雜亂的樣子。

❿ 孤癖之隱：心中的怪癖，即前文所説以曲、欹、疏為美之癖好。

⓫ 鬻（yù）：賣。

⓬ 夭：早死者稱夭。這裏指砍折梅花的幼枝。

⓭ 棕縛：用棕繩捆紮。

⓮ 詬（gòu）厲：辱罵。

《病梅館記》批評江浙一帶的文人畫士為追求所謂的"美感"，培育出具有病態的梅花。龔自珍藉梅言事，其立誓"療梅"的背後，體現了對個性解放的追求。

龔自珍歸鄉後自購的三百盆梅花，無一具有純天然的樣態。龔自珍為此長哭三日，然後砸碎了盆盆罐罐，把花全部移栽到地裏，又解開棕繩的束縛，發誓要醫治這些梅花，讓它們縱情生長。龔自珍既是經史大家，又是詩文名家，但他自言"予本非文人畫士"，這是表明其寧願捱罵，也要與病態的審美傳統決絕。龔自珍哭梅花，其實也是在哭自己，更是在為一代知識分子的遭際哭泣。

龔自珍少負文才，外祖父段玉裁評價他的作品："風發雲逝，有不可一世之概。"（《懷人館詞序》）但他的仕途並不太如意。道光六年（1826 年），龔自珍、魏源等參加會試，儘管主試官劉逢祿力薦龔、魏，結果卻是二人同時落第。道光九年，龔自珍雖考中進士，但在接下來的朝考中，三試皆不及格，沒能點上翰林。不及格的原因非他，乃因其楷法不佳，字體不好。此後他便長期在京城擔任閒官。

龔自珍在《乙丙之際著議第九》中，曾將世道分為"治世"、"亂世"與"衰世"三等。當"衰世"之時，"非但尟（xiǎn，同"鮮"）君子也，抑小人甚尟。當彼其世也，而才士與才民出，則百不才督之、縛之，以至于戮之"！"衰世"的最大特點就是一切人才都被消磨殆盡，偶有"才士"或"才民"出現，也會受無才之輩的嚴督、束縛，甚至殺戮。龔自珍深刻地指出："戮之非刀，非鋸，非水火；文亦戮之，名亦戮之，聲音笑貌亦戮之。"真正扼殺人才的，未必是刀斧，而是腐朽的文風、虛偽的名教、種種束縛人的繁文縟節。

龔自珍之所以激烈地反對"盆景式"養梅，就是因為這種病態的審美，這種違背物性亦即人性的做法，恰恰是導致人才失去個性、社會日漸平庸的根源。龔自珍南歸途中路過鎮江，適逢當地祭賽玉皇與風神、雷神。龔自珍應道士之請，寫下"九州生氣恃風雷，萬馬齊喑究可哀。我勸天公重抖擻，不拘一格降人材"的詩句。風神、雷神的本職是保佑民間風調雨順，但龔自珍念念不忘的是祈求風雷震破萬馬齊喑的千年暗夜，為僵化的"衰世"提供多樣化的人才。這和《病梅館記》中的主題思想是一脈相通的。

海國圖志原敍

題解

　　魏源（1794 年—1857 年）字默深（亦作墨生），邵陽（今湖南隆回）人。清道光二十五年（1845 年）進士。歷東臺、興化知縣，官至高郵知州。道光五年，曾受江蘇布政使賀長齡聘，輯《皇朝經世文編》。撰有《籌海篇》、《籌漕篇》、《籌鹺篇》等。後受林則徐囑託，以林氏編譯的《四洲志》為基礎，輔之以歷代史志、明代以來島志及外國圖文資料，撰成《海國圖志》。該書初刻于道光二十二年，五十卷。道光二十七年，增補為六十卷。咸豐二年（1852 年），增補為一百卷。《〈海國圖志〉敍》撰于道光二十二年十二月（1843 年 1月）。道光二十七年，刊刻《海國圖志》六十卷本時，改稱《〈海國圖志〉原敍》，並將文中的"五十卷"改為"六十卷"。《原敍》中原列有《海國圖志》諸篇名稱，如《籌海篇》、《各國沿革圖》、《東南洋海岸各國》、《東南洋各島》、《西南洋五印度》、《小西洋利未亞》、《大西洋歐羅巴各國》、《北洋俄羅斯國》、《外大洋彌利堅》、《西洋各國教門表》、《中國西洋紀年表》、《中國西曆異同表》、《國地總論》、《籌夷章條》、《夷情備采》、《戰艦條議》、《火器火攻條議》、《器藝貨幣》等。

《海國圖志》六十卷，何所據？一據前兩廣總督林尚書所譯西夷之《四洲志》❶，再據歷代史志，及明以來島志，及近日夷圖、夷語 ❷，鈎稽貫串，創榛闢莽 ❸，前驅先路。大都東南洋、西南洋增于原書者十之八 ❹。大小西洋、北洋、外大西洋增于原書者十之六 ❺。又圖以經之，表以緯之，博參群議以發揮之 ❻。

何以異于昔人海圖之書 ❼？曰：彼皆以中土人譚西洋 ❽，此則以西洋人譚西洋也。是書何以作？曰：為以夷攻夷而作 ❾，為以夷款夷而作，為師夷長技以制夷而作。《易》曰：“愛惡相攻而吉凶生 ❿，遠近相取而悔吝生，情偽相感而利害生。”故同一禦敵 ⓫，而知其形與不知其形，利害相百焉；同一款敵，而知其情與不知其情，利害相百焉。古之馭外夷者 ⓬，誆以敵形，形同几席；誆以敵情，情同寢饋。

然則執此書即可馭外夷乎？曰：唯唯 ⓭，否否。此兵機也 ⓮，非兵本也；有形之兵也，非無形之兵也。明臣有言：“欲平海上之倭患 ⓯，先平人心之積患。”人心之積患如之何？非水非火，非刃非金，非沿海之奸民，非吸煙販煙之萎民 ⓰。故君子讀《雲漢》、《車攻》 ⓱，先于《常武》、《江漢》，而知二《雅》詩人之所發憤；玩卦爻內外消息 ⓲，而知《大易》作者之所憂患。憤與憂，天道所以傾《否》而之《泰》也 ⓳，人心所以違寐而之覺也，人才所以革虛而之實也。

　　昔準噶爾跳踉于康熙、雍正之兩朝 ❷，而電掃于乾隆之
中葉。夷煙流毒 ㉑，罪萬準夷。吾皇仁勤 ㉒，上符列祖。
天時人事，倚伏相乘 ㉓。何患攘剔之無期 ㉔，何患奮武之
無會 ㉕。此凡有血氣者所宜憤悱 ㉖，凡有耳目心知者所宜
講畫也。去偽，去飾，去畏難，去養癰 ㉗，去營窟，則人心
之寐患祛，其一。以實事程實功，以實功程實事 ㉘，艾三
年而蓄之 ㉙，網臨淵而結之，毋馮河 ㉚，毋畫餅，則人材
之虛患祛，其二。寐患去而天日昌，虛患去而風雷行。《傳》
曰 ㉛："孰荒于門 ㉜，孰治于田，四海既均，越裳是臣。"
敍《海國圖志》。

　　道光二十有二載，歲在壬寅嘉平月 ㉝，內閣中書邵陽魏
源敍于揚州 ㉞。

《海國圖志》卷首（《魏源全集》第四冊）

❶ 前兩廣總督林尚書所譯西夷之《四洲志》：林尚書，即林則徐
　（1785 年－1850 年），字元撫，一字少穆，福建侯官（今福建福
　州）人。嘉慶十六年（1811 年）進士。道光十七年（1837 年），
　任湖廣總督，後以欽差大臣身份前往廣東禁煙。道光十九年十二
　月授兩廣總督。《四洲志》，林則徐在廣東禁煙時為了解西方，主
　持編譯的一部世界地理著作。原書為英國人慕瑞（Hugh Murray）
　的《世界地理大全》。《四洲志》簡要介紹了亞洲、歐洲、非洲、
　美洲等五大洲三十餘個國家的歷史地理、政治狀況，是當時中國
　第一部系統的世界地理志。

❷ 夷圖、夷語：海外地圖和外國語。

❸ 創榛（zhēn）闢莽：做前人沒有做過的事。創、闢，剪開，擯除。榛、莽，叢生的荊棘。

❹ 大都：大概。東南洋：指東南亞海域及朝鮮、日本、大洋洲海域。西南洋：印度洋，即阿拉伯海東部在內的南亞海域及西南亞東南面的阿拉伯西部等海域。

❺ 大小西洋：即今大西洋。此處大西洋指西歐諸國和西班牙、葡萄牙的西南面海域，即大西洋接連這些國家的部分海域及北海的南部和西部。小西洋是指印度洋和大西洋連接的非洲部分海域。北洋：北冰洋，指挪威、俄羅斯、瑞典、丹麥、普魯士王國的海域及格陵蘭島周圍海域。外大西洋：大西洋靠近南北美洲的海域。

❻ 發揮：闡發，把意思表達出來。

❼ 海圖之書：有關海外的地理著作。

❽ 中土：中國。譚：同“談”。西洋：大西洋兩岸的歐美各國。

❾ “以夷攻夷而作”三句：是說用西洋人的方法攻擊西洋人，聽從其他西方國家的調節和西洋人和議，學習西洋人先進的技術來制約他們。魏源提出的寫作本書的目的都是建立在防守的基礎之上的。《籌海篇一》說：“以守為戰，而後外夷服我調度，是謂以夷攻夷；以守為款，而後外夷範我馳驅，是謂以夷款夷。”夷，外國或外國人，此處指西洋人。以夷攻夷，第一個“夷”指西洋人的方法，第二個“夷”指西洋人。“以夷款夷”，第一個“夷”指其他西方國家。款，和，議和，和談。

❿ “愛惡相攻而吉凶生”三句：《周易‧繫辭下》：“是故愛惡相攻而吉凶生，遠近相取而悔吝生，情偽相感而利害生。”是說對事務的愛好和厭惡相矛盾就會產生吉凶，對遠近不同事務的選擇就會形成後悔或難捨的心態，真實的情感和虛情假意相互作用就會產生得利和受害的結果。悔，後悔，悔恨。吝，過分愛惜，難捨。情，實情，此處指真實情感。偽，虛情假意。

⓫ “故同一禦敵”六句：所以同是抵禦敵人，了解形勢和不了解形勢，得利和受害相差百倍；同敵人和談，知道他的情況和不知道

他的情況，得利和受害也相差百倍。形，形勢，情勢。情，狀
況，情況。

⓬ "古之馭外夷者" 五句：是説古代馭使外敵的人，了解敵人的形
勢，宛如熟悉自己的几案和席子；了解敵人的真實情況，如熟悉
自己的睡覺和飲食。馭，駕馭，控制。諏（zōu），詢問。寢饋，
寢食，吃住。

⓭ 唯唯，否否：是，也不是。唯唯，回答時表示同意的應聲。否
否，回答時不順從別人表示否定。

⓮ 兵機：用兵的機謀。

⓯ 倭患：自明洪武二年（1369 年）始，部分日本武士、浪人和商人
受到西南部封建主和大寺院主的資助經常乘船到中國東南沿海武
裝搶掠，此後，部分商人、海盜和倭寇相勾結，倭寇之患愈演愈烈。

⓰ 莠（yǒu）民：品質壞的人，壞人。

⓱ "故君子讀《雲漢》、《車攻》" 三句：《雲漢》，《詩·大雅·蕩之什》
之一篇，全詩八章，每章十句，是紀周宣王求神祈雨的詩。《車
攻》，《詩·小雅·南有嘉魚之什》之一篇，全詩八章，每章四句，
紀周宣王在東都與諸侯田獵。《常武》，《詩·大雅·蕩之什》之一
篇，全詩六章，每章八句，讚周宣王率兵親征徐國平定叛亂。《江
漢》，《詩·大雅·蕩之什》之一篇，全詩六章，每章八句，紀召
伯平淮夷，受周王賞賜。二《雅》，《詩》分為風、雅、頌三部分。
雅是宮廷樂歌，又分大雅和小雅。大雅多為貴族所作，是貴族宴
享或諸侯朝會的樂歌。小雅多為士大夫個人抒懷。發憤，發泄憤
懣。

⓲ 卦爻：《易》中的卦和組成卦體的爻。卦，古代占卜的符號。爻，
組成卦的符號，如 "一" 是陽爻，"--" 是陰爻，每三爻合成一
卦，兩卦相重，就是大爻。卦的下三爻為內卦，上三爻為外卦。
消息：事物的消長、盛衰。

⓳ "天道所以傾《否》而之《泰》也" 三句：由《否卦》走向《泰卦》，
即由厄運轉為好運。傾，趨向。違寐（mèi）而之覺，擺脫愚昧而
覺醒。寐，入睡，睡着，此指蒙昧無知。革虛而之實，革除虛假

不實而任用務實的人。

㉕ "昔準噶爾跳踉于康熙、雍正之兩朝" 二句：是説清康熙、雍正時期準噶爾部發動叛亂，乾隆中葉平息準噶爾部叛亂。準噶爾，蒙古舊部落名，清厄魯特蒙古四部之一。跳踉（liáng），跋扈，猖獗。電掃，指事情迅速處理完畢，此處是説平息準噶爾部叛亂。

㉑ "夷煙流毒" 二句：夷煙，鴉片煙。罪萬準夷，罪行超過準噶爾部叛亂萬倍。

㉒ 吾皇：指清道光皇帝（1782 年—1850 年），其在位三十年。主政前期勤于政務，平定張格爾叛亂，整治吏治和煙運，嚴禁鴉片，但《南京條約》簽訂後便無所建樹。

㉓ 倚伏相乘：互相依存，互相轉化。

㉔ 攘剔：鏟除。

㉕ 奮武：動用武力。會：時機。

㉖ 憤悱（fěi）：憤恨，憤慨。

㉗ "去養癰（yōng）" 三句：養癰，原本誤作 "養癡"。養癰即不治療腫瘡而任其生長，指姑息。癰，惡性膿瘡，毒瘡。去營窟，離開藏身避難之所，此處指去除自私的個人謀劃。寐患袪（qū），去除愚昧的弊病。袪，除去。

㉘ 程：衡量，考核。

㉙ 艾：艾草，多年生草本植物，可以用灸法治病，艾愈陳愈好。

㉚ 馮河：徒步過河。馮，通 "憑"。

㉛ 《傳》曰：《韓詩外傳》載，周成王時越裳氏派使者來獻白雉，周公旦為作《越裳操》："于戲嗟嗟，非旦之力，乃文王之德。"

㉜ "孰荒于門" 四句：這是韓愈所擬《琴操十首·越裳操》歌詞中的四句。越裳，古南海國名，在今越南、老撾一帶。

㉝ 嘉平月：農曆十二月。

㉞ 內閣中書：清內閣職官名，正七品，掌撰擬、繕寫、記檔、翻譯

等事務。額設一百二十四人，其中滿洲七十人，蒙古十六人，漢軍八人，漢人三十人。宣統三年（1911 年）廢。魏源曾捐補內閣中書舍人候補。

　　1840 年，西方殖民者發動鴉片戰爭，清政府和戰不定，最終戰敗。魏源經歷了外國侵略危機，目睹了清政府的無能，激發了強烈的愛國熱情，他投筆從戎，但仍無法改變清政府戰敗的命運。林則徐的虎門銷煙極大地震撼了魏源，而林則徐編譯的《四洲志》成為他進一步研究西方社會的基礎。魏源接受林則徐的囑託，撰成《海國圖志》五十卷，後又吸收了徐繼畬《瀛寰志略》等多種中外文史籍，于咸豐二年（1852 年）撰成中國近代歷史上第一部系統介紹世界地理知識的綜合性著作——《海國圖志》百卷本。魏源指出，《海國圖志》的編纂目的有二：一是通過學習和了解西方，使時人去掉偽飾、不畏艱難，消除愚昧，從而覺醒；二是"以實功程實事"，消除虛妄，從而務實。雖然魏源對這部書是否可以馭使外夷不置可否，但他強調這部書對時人的思想覺醒、趨于務實是有價值的。

　　《海國圖志》據西洋文獻來探討西方國家，區別于以往海圖之書用中國人的視角來看世界。魏源提出"師夷長技以制夷"的主張，將了解西方提高到關係國家民族安危的高度，強調學習西方先進的科學技術為我所用。

這一思想無疑在當時具有劃時代的意義。當時中國人認識世界多以中國人的視角，認為世界以中國為中心。明末清初，利瑪竇等西方傳教士來到中國，帶來了西方的新技藝，但沒有受到重視。《海國圖志》的完成給當時中國人以全新的近代世界的概念，引發了中國人了解世界，向西方學習的新思潮。

　　《海國圖志》所提出的"師夷長技以制夷"的思想在一定程度上開啟了民智，在當時的社會進步人士中引起了強烈的反響，推動了中國歷史的近代化。洋務運動中的洋務派、戊戌變法時的維新派都接受了魏源的這一思想。此外，《海國圖志》六十卷完成後便傳到日本，對明治維新也產生了積極的影響。

〔清〕曾國藩

養晦堂記

題
解

　　曾國藩（1811 年—1872 年），初名子城，字伯涵，號滌
生，湘鄉（今屬湖南）人。清道光十八年（1838 年）進士。
咸豐二年（1852 年），奉旨幫辦團練，創立 "湘軍"。五年，
授兵部侍郎。同治元年（1862 年），拜協辦大學士，督諸軍討
伐太平天國。四年，以功封一等毅勇侯。五年，授武英殿大學
士、直隸總督。九年，調兩江總督。卒于任，謚文正。曾國藩
早年師事理學名臣唐鑑，專究義理之學，兼及詞章、考據，
且素重修身齊家，留心化育天下人才。著有《曾文正公詩文
集》、《曾文正公家訓》、《曾文正公奏稿》，並編有《求闕齋
日記類鈔》、《經史百家雜鈔》、《十八家詩鈔》等行世。《清史
稿》卷四〇五有傳。《養晦堂記》作于道光三十年（1850 年），
是為其同鄉摯友劉蓉之書齋而作。

凡民有血氣之性，則常翹然而思有以上人 ❶。惡卑而就高 ❷，惡貧而覬富 ❸，惡寂寂而思赫赫之名 ❹。此世人之恆情 ❺。而凡民之中有君子人者，常終身幽默 ❻，闇然深退。彼豈生與人異性？誠見乎其大，而知眾人所爭者之不足深較也 ❼。

　　蓋《論語》載，齊景公有馬千駟 ❽，曾不得與首陽餓莩絜論短長矣。余嘗即其說推之，自秦漢以來，迄于今日，達官貴人，何可勝數？當其高據勢要，雍容進止 ❾，自以為材智加人萬萬 ❿。及夫身沒觀之 ⓫，彼與當日之廝役賤卒 ⓬，污行賈豎 ⓭，營營而生 ⓮，草草而死者，無以異也。而其間又有功業文學獵取浮名者，自以為材智加人萬萬。及夫身沒觀之，彼與當日之廝役賤卒，污行賈豎，營營而生，草草而死者，亦無以異也。然則今日之處高位而獲浮名者，自謂辭晦而居顯 ⓯，光氣足以自振矣。曾不知其與眼前之廝役賤卒，污行賈豎之營營者行將同歸于澌盡 ⓰，而豪毛無以少異 ⓱，豈不哀哉！

　　吾友劉君孟容 ⓲，湛默而嚴恭 ⓳，好道而寡欲，自其壯歲，則已泊然而外富貴矣 ⓴。既而察物觀變，又能外乎名譽。于是名其所居曰“養晦堂”，而以書抵國藩為之記。

　　昔周之末世，莊生閔天下之士湛于勢利 ㉑、汩于毀譽 ㉒，故為書戒人以闇默自藏，如所稱董梧、宜僚、壺子之倫 ㉓，三致意焉 ㉔。而揚雄亦稱 ㉕：“炎炎者滅，隆隆者絕。高明之家，鬼瞰其室。”君子之道，自得于中，而外無所求。飢凍不足于事畜而無怨 ㉖，舉世不見是而無悶 ㉗。自以為晦，天下之至光明也。若夫奔命于烜赫之途 ㉘，一旦勢盡意索 ㉙，求如尋常窮約之人而不可得 ㉚，烏睹所謂高明者哉 ㉛？余為備陳所以，蓋堅孟容之志，後之君子，亦觀省焉。道光三十年歲在庚戌冬十月。

《曾文正公文集》卷二

❶ 翹然：翹首企盼的樣子。上人：位居人上。

❷ 惡（wù）：厭惡。卑：低下。

❸ 覬（jì）：冀望，希圖。

❹ 赫赫：顯明、盛大的樣子。

❺ 恆：常。

❻ 幽默：幽晦，暗默，這裏指深藏不露、低調處世。

❼ 較：計較。

❽ "齊景公有馬千駟"二句：《論語·季氏》："齊景公有馬千駟，死之日，民無德而稱焉。伯夷、叔齊餓于首陽之下，民到于今稱之。"大意是說齊景公有四千匹馬，他死後，老百姓不覺得他有甚麼可以稱頌的德行。伯夷、叔齊在首陽山下餓死，人民卻至今傳頌他們。駟（sì），古代一車套四馬，故稱一車所用之四馬或四馬之車為駟。首陽餓莩，指伯夷、叔齊。他們曾諫止武王伐紂，認為不當"以臣弒君"。殷商覆滅之後，伯夷、叔齊"義不食周粟"，隱入首陽山，最終餓死。事見《史記·伯夷列傳》。莩，通"殍（piǎo）"，餓死。絜論短長，度量、評論短長。絜，用繩子計量筒狀物的粗細。

❾ 進止：進退舉止。

⑩ 加人萬萬：超過常人數萬倍。

⑪ 沒（mò）：死亡。

⑫ 廝役：舊稱執勞役供使喚的人。

⑬ 賈（gǔ）豎：對商人的蔑稱。舊時認為商賈之人胸無大志，猶如童豎，故稱賈豎。

⑭ 營營：往來、周旋的樣子。這裏用來形容商賈、走卒為生計而在市井之中奔走。

⑮ 辭晦而居顯：告別默默無聞的狀態而居于顯赫的位置。

⑯ 澌（sī）：死，盡。

⑰ 豪毛：同"毫毛"。

⑱ 劉君孟容：劉蓉（1816年—1873年）字孟容，號霞仙，湘鄉（今屬湖南）人。清道光十七年（1837年），曾國藩過長沙，劉蓉時在省城應試，二人相談甚歡，遂結為朋友，後入曾國藩幕府，官至陝西巡撫，著有《養晦堂文集》、《思辨錄疑義》等。

⑲ 湛默而嚴恭：外表沉默而內心莊嚴恭敬。湛，通"沉"。下文的"湛于勢利"同此。

⑳ 泊然而外富貴：恬然淡泊，而不考慮富貴之事。外，置之度外，下文的"外乎名譽"同此。

㉑ 閔：憐念，亦作"憫"。

㉒ 汨（gǔ）于毀譽：沉沒于毀譽聲中。汨，沒。

㉓ 董梧：吳國的賢人。宜僚：熊宜僚，楚國人。壺子：鄭國人，《莊子》中說他是列子的老師。以上三人分別見于《莊子》之《徐無鬼》、《山木》、《應帝王》。倫：輩。

㉔ 三致意焉：再三表達這個意思。

㉕ "而揚雄亦稱"五句：揚雄《解嘲》："炎炎者滅，隆隆者絕。觀雷觀火，為盈為實。天收其聲，地藏其熱。高明之家，鬼瞰其室。"大意是：閃電很亮，但一下就滅了；雷聲很響，但響過就沒了。

高明富貴之家，鬼神也會窺望、妒害其室。揚雄（前 53 年－18
年），字子雲，蜀郡成都（今屬四川）人。以辭賦著稱。《漢書》
卷八七有傳。瞰（kàn），窺視。

❷❻ 事畜："仰事俯畜"的略語，指對上事奉父母，對下養育妻子兒女。

❷❼ 舉世不見是而無悶：《周易・乾傳》："不成乎名，遁世無悶，不見
是而無悶。"本意是因世道不好，避世逃遁，見舉世皆非，心中
亦不苦悶。後又發展出"雖不為人知，但心中亦不苦悶"的意思，
即《中庸》所謂"遁世不見知而不悔"。這裏用的是後一種意思。

❷❽ 烜（xuǎn）赫：形容聲名或氣勢很盛。

❷❾ 索：盡，完結。

❸❿ 窮約：窮困，儉約。

❸① 烏：何，表示反問語氣。

　　"養晦"典出《詩・周頌・酌》："于鑠王師，遵養時
晦。"用以讚頌周武王雖擁有強大的軍隊，卻能韜光養
晦，靜待時機，最終獲得成功。

　　曾國藩應劉蓉之請，寫這篇記，既是為了堅定劉蓉
的志向，也是他在"夫子自道"。他主要從三個角度來
肯定"遵養時晦"的做法：

　　第一，他認為捨其顯赫、取其晦昧的人，是因為具
有更高的道德追求。曾國藩先舉了《論語》中的例子：
雖然富有卻沒有德行的齊景公死後很快被人遺忘，而守
義餓死的伯夷、叔齊卻得到後人的稱頌。由此推開來
說，不僅是乏善寡德之人，即使是已經建功立業或著作

等身的人，如果沒有了道德的支撐，死去之後也與販夫走卒沒有甚麼區別。

第二，懂得"養晦"的人，是因為懂得"察物觀變"，因此更能把握有利的時機。所謂"自以為晦，天下之至光明也"，在世道黑暗的時候，退藏自守，致力于道德的修養與提升，這反而是最光明的事；在最沒有機會的時候，順勢退守，可能又會迎來最好的機會。

第三，"養晦"還是一種人生哲學與政治經驗。文章的結尾說：奔命于烜赫之途的人，一旦失勢，會比一般人更悲慘，這時再要想過平常人的生活，也已不可能。秦丞相李斯被腰斬于咸陽，行刑前對他的兒子說："吾欲與若復牽黃犬俱出上蔡東門逐狡兔，豈可得乎？"（《史記·李斯列傳》）衡諸歷史與現實，類似的例子不勝枚舉。

曾國藩所主張的"養晦"，亦非一味深退。"養晦"是等待時機、積蓄力量。即使後來身居高位，曾國藩依然注意"遵養時晦"，不僅其修養值得稱道，在為人處世方面也的確有大智慧。

譯《天演論》自序

　　嚴復（1854 年—1921 年），初名傳初，改名宗光，字又陵，又改名復，字幾道，福建侯官（今福建福州）人。清同治十年（1871 年），畢業于福州馬尾船廠附設的船政學堂，派往建威、揚武艦實習。光緒二年（1876 年），入英國格林尼次海軍大學學習。五年，歸國。六年，調北洋水師學堂，任總教習。二十年，甲午海戰中國失敗後，嚴復開始從事西方名著的翻譯。其間曾任京師大學堂編譯局總辦。1912 年任京師大學堂總監督兼文科學長。《清史稿》卷四八六有傳。戊戌政變後，他翻譯了大量西方名著，繼續介紹並倡導西學中的民主和科學，表現出了強烈的愛國主義思想。其主要譯著有《天演論》（赫胥黎著）、《名學淺說》（耶方斯著）、《原富》（亞當·斯密著）、《群學肄言》（斯賓塞著）、《群己權界論》（約翰·穆勒著）、《社會通詮》（甄克斯著）、《法意》（孟德斯鳩著）、《穆勒名學》（約翰·穆勒著）八種。赫胥黎的《天演論》由嚴復于 1898 年翻譯出版，最初由沔陽盧氏慎始基齋木刻，1931 年商務印書館將以上八種譯作彙為"嚴譯名著叢刊"問世。"天演論"即"進化論"。赫胥黎原書名《進化論與倫理學》。嚴復翻譯時僅選擇了其中的部分內容。"進化論"是赫胥黎書的第一部分內容的名稱。本文即嚴復為所譯《天演論》而作的自序，作于光緒二十二年（1896 年）。

英國名學家穆勒約翰有言 ❶："欲考一國之文字語言，而能見其理極 ❷，非諳曉數國之言語文字者不能也。"斯言也，吾始疑之，乃今深喻篤信 ❸，而歎其說之無以易也。豈徒言語文字之散者而已 ❹，即至大義微言 ❺，古之人殫畢生之精力 ❻，以從事于一學，當其有得，藏之一心，則為理；動之口舌，著之簡策，則為詞，固皆有其所以得此理之由，亦有其所以載焉以傳之故 ❼。嗚呼，豈偶然哉！自後人讀古人之書，而未嘗為古人之學，則于古人所得以為理者，已有切膚精愫之異矣 ❽。又況歷時久遠，簡牘沿訛，聲音代變 ❾，則通假難明，風俗殊尚 ❿，則事意參差 ⓫。夫如是，則雖有故訓疏義之勤 ⓬，而于古人詔示來學之旨，愈益晦矣 ⓭。故曰，讀古書難。雖然，彼所以託焉而傳之理，固自若也。使其理誠精，其事誠信，則年代國俗無以隔之。是故不傳于茲，或見于彼，事不相謀而各有合。考道之士 ⓮，以其所得于彼者，反以證諸吾古人之所傳，乃澄湛精瑩 ⓯，如寐初覺 ⓰。其親切有味，較之覘畢為學者 ⓱，萬萬有加焉。此真治異國語言文字者之至樂也。

今夫六藝之于中國也 ⓲，所謂日月經天 ⓳，江河行地者爾。而仲尼之于六藝也，《易》、《春秋》最嚴 ❷。司馬遷曰：「《易》本隱而之顯 ㉑，《春秋》推見至隱。」此天下至精之言也 ㉒。始吾以謂本隱之顯者，觀《象》、《繫辭》以定吉凶而已；推見至隱者，誅意褒貶而已 ㉓。及觀西人名學，則見其于格物致知之事，有內籀之術焉 ㉔，有外籀之術焉 ㉕。內籀云者，察其曲而知其全者也，執其微以會其通者也。外籀云者，據公理以斷眾事者也，設定數以逆未然者也 ㉖。乃推卷起曰：有是哉，是固吾《易》、《春秋》之學也。遷所謂本隱之顯者，外籀也；所謂推見至隱者，內籀也。其言若詔之矣 ㉗。二者即物窮理之最要塗術也 ㉘。而後人不知廣而用之者，未嘗事其事，則亦未嘗咨其術而已矣。

近二百年，歐洲學術之盛，遠邁古初 ㉙。其所得以為名理、公例者 ㉚，在在見極 ㉛，不可復搖。顧吾古人之所得 ㉜，往往先之，此非傅會揚己之言也 ㉝。吾將試舉其灼然不誣者 ㉞，以質天下 ㉟。夫西學之最為切實而執其例可以御蕃變者 ㊱，名、數、質、力四者之學是已 ㊲。而吾《易》則名、數以為經，質、力以為緯，而合而名之曰《易》。大宇之內，質、力相推，非質無以見力，非力無以呈質。凡力皆乾也，凡質皆坤也。奈端動之例三 ㊳，其一曰：「靜者不自動 ㊴，動者不自止，動路必直，速率必均。」此所謂曠古之慮 ㊵，自其例出，而後天學明，人事利者也。而《易》則曰：「乾 ㊶，其靜也專，其動也直。」後二百年，有斯賓塞爾者 ㊷，以天演自然言化 ㊸，著書造論，貫天地人而一理之，此亦晚近之絕作也。其為天演界說曰 ㊹：「翕以合質 ㊺，闢以出力，始簡易而終雜糅。」而《易》則曰：

"坤㊻，其靜也翕，其動也闢。"至于全力不增減之說㊼，則有自強不息為之先，凡動必復之說㊽，則有消息之義居其始㊾。而"易不可見(50)，乾坤或幾乎息"之旨，尤與"熱力平均(51)，天地乃毀"之言相發明也。此豈可悉謂之偶合也耶？雖然，由斯之說，必謂彼之所明，皆吾中土所前有，甚者或謂其學皆得于東來，則又不關事實，適用自蔽之說也(52)。夫古人發其端，而後人莫能竟其緒(53)；古人擬其大(54)，而後人未能議其精，則猶之不學無術未化之民而已。祖父雖聖，何救子孫之童昏也哉(55)！

大抵古書難讀，中國為尤。二千年來，士徇利祿(56)，守闕殘，無獨闢之慮。是以生今日者，乃轉于西學，得識古之用焉。此可與知者道，難與不知者言也。風氣漸通，士知弇陋為恥(57)。西學之事，問塗日多。然亦有一二巨子，訑然謂彼之所精(58)，不外象數、形下之末；彼之所務，不越功利之間。逞臆為談(59)，不咨其實(60)，討論國聞(61)，審敵自鏡之道(62)，又斷斷乎不如是也。赫胥黎氏此書之旨(63)，本以救斯賓塞任天為治之末流(64)，其中所論，與吾古人有甚合者。且于自強保種之事，反復三致意焉。

夏日如年，聊為迻譯(65)。有以多符空言、無裨實政相稽者，則固不佞所不恤也(66)。光緒丙申重九嚴復序(67)。

《天演論》

❶ 名學家：邏輯學家。穆勒約翰：約翰・穆勒（John Stuart Mill，1806 年－1873 年），英國著名的古典自由主義思想家，孔德實證主義哲學的繼承者，著有《邏輯體系》、《政治經濟學原理》、《論自由》等。

❷ 理極：透徹的道理。極，盡。

❸ 深喻：深切明白，確切知曉。篤信：深信不疑。

❹ 散者：隻言片語。

❺ 大義微言：隱藏在簡單語言中的深刻道理。

❻ 殫（dān）：竭盡，用盡。

❼ 載焉以傳：記載傳播。

❽ 切膚：親身，切身。精憮（wǔ）：精思。《廣雅・釋詁三》："憮，思也。"

❾ "聲音代變"二句：是説古代著作行文中常用同義同音字代替本字，讀音發生了變化，通假字的原義就難搞明白了。

❿ 殊尚：崇尚不同。

⓫ 參差：不一致。

⓬ 故訓疏義：注解字詞，疏通文義。

⓭ 晦：昏暗不明，不彰顯。

⓮ 考道之士：研究學問的人。

⓯ 澄湛精瑩：清晰，透徹。

⓰ 寐（mèi）：睡，睡着。

⓱ 覘（chān）畢：即"佔畢"，誦讀，原指不解經義，僅視簡上文字誦讀以教人。

⓲ 六藝：此處指《詩》、《書》、《禮》、《易》、《樂》、《春秋》六經。

⓳ "所謂日月經天"二句：是説日月每天都經過天空，江河永遠流經

大地，形容人和事物永恆。

⑳ 嚴：尊敬，推崇。

㉑ "《易》本隱而之顯"二句：是説《周易》根據微妙的卜卦來推測清楚人事，《春秋》依據具體的事情推導出精深的道理。見《史記·司馬相如列傳》。

㉒ 至精之言：十分精闢的言論。

㉓ 誅意：不論事實，只就其動機好壞、用心善惡而加以責備。

㉔ 內籀（zhòu）之術：歸納推理，通過特殊事例總結出普遍規律。穆勒名學有內籀四法（實為"五法"），即統同術（求同法）、別異術（差異法）、同異合術（求同差異共用術）、歸餘法（剩餘法）、消息術（共變法）。

㉕ 外籀之術：演繹法，根據普遍規律推斷特殊事例。

㉖ 定數：原則，定律。逆：逆推，預測。

㉗ 詔：宣揚，明白地顯示。

㉘ 塗術：方法，辦法。

㉙ 邁：超過。古初：古時，往昔。

㉚ 名理：辨別是非異同的理論。公例：一般的規律。

㉛ 在在見極：處處分清。

㉜ 顧：不過，表示輕微的轉折。

㉝ 傅會揚己：牽強附會，炫耀自己。

㉞ 灼然不誣：明顯是正確的。不誣，不妄，不假。

㉟ 質：責問，質問。

㊱ 執其例：掌握定理、規律。御蕃變：駕馭事物煩雜的變化。蕃，通"番"，煩雜，眾多。

㊲ 名：即邏輯學。數：即數學。質：即化學。力：即物理學。

㊳ 奈端動之例三：牛頓運動三定律。奈端，即牛頓（1643 年—1727

年），英國著名的科學家，提出萬有引力定律、牛頓運動三定律，著有《自然哲學的數學原理》等。

❸❾ "靜者不自動"四句：是說靜止的物體在沒有外力作用下，總保持靜止狀態，運動的物體在沒有外力作用下，不會自行停止運動，運動的路線必定是直的，運動的速率一定是均等的。此處所指為牛頓運動第一定律。

❹⓿ 曠古之慮：前所未有的思想。

❹❶ "乾，其靜也專"三句：《周易‧繫辭上》："夫乾，其靜也專，其動也直，是以大生焉。"是說天靜時專一，動時不差。嚴復以此附會牛頓運動第一定律。

❹❷ 斯賓塞爾：即赫伯特‧斯賓塞（1820年－1903年），英國著名的哲學家、社會學家，社會達爾文主義之父。他將適者生存的進化理論應用于社會學，特別是教育學和階級鬥爭中，著有《群學肄言》等。

❹❸ 以天演自然言化：斯賓塞用生物進化理論來闡釋人類社會的演化。天演，生物進化理論。

❹❹ 界說：對事物的特徵和概念的外延作精確說明。

❹❺ "翕（xī）以合質"二句：是說聚集合成為物質，分解散發能量。翕，聚集。闢，散發。

❹❻ "坤，其靜也翕"三句：《周易‧繫辭上》："夫坤，其靜也翕，其動也闢，是以廣生焉。"是說地靜止時閉合，運動時張開。嚴復以此來比擬進化論。

❹❼ 全力不增減之說：指能量守恆定律。

❹❽ 凡動必復之說：指牛頓運動第三定律。物體之間的作用力和反作用力，在同一直線上，大小相等，方向相反。

❹❾ 消息之義：天地萬物的消長、盛衰。

❺⓿ "易不可見"二句：《周易‧繫辭上》："乾坤毀，則無以見《易》。《易》不可見，則乾坤或幾乎息矣。"是說變化不存在了，乾坤也

就接近停止了。

❺❶“熱力平均”二句：指德國物理學家克勞修斯的“熱寂説”。他認為一切運動形式都會轉化為熱，熱逐漸消失，在太空中達到熱力平均，最後一切運動都將停止，世界毀滅。

❺❷ 自蔽：為自己的成見所蒙蔽。

❺❸ 緒：前人未完成的事業。

❺❹ 擬：草創。

❺❺ 童昏：年幼無知。

❺❻ 徇：謀求。

❺❼ 弇（yǎn）陋：見識淺薄。

❺❽ 訑（yí）然：自得的樣子。

❺❾ 逞臆：任意臆測。

❻⓿ 咨：詢問。

❻❶ 國聞：本國傳統的學問。

❻❷ 審敵自鏡：審察敵情，對照自己，引以為戒。

❻❸ 赫胥黎（Thomas Henry Huxley，1825 年—1895 年）：英國著名博物學家，達爾文進化論的代表人物，著有《人類在自然界的位置》、《進化論與倫理學》。嚴復將赫胥黎的《進化論與倫理學》中的一部分翻譯為《天演論》出版。

❻❹ 捄：糾正。任天為治：斯賓塞把自然法則運用到人類社會中，主張治理國家要任其自然。

❻❺ 迻（yí）譯：翻譯。

❻❻ 不佞：不才，對自己的謙稱。恤：顧及，考慮。

❻❼ 光緒丙申：即 1896 年。

1894年中日甲午海戰，中國戰敗，民族危機空前深重，中國面臨亡國滅種的危險。為救亡圖存，一批具有愛國精神的有識之士試圖尋找救國之道。嚴復將赫胥黎的《天演論》翻譯過來，將進化論介紹到中國，開啟民智，希望實現強國保種的目的。

　　如何正確對待西學，是嚴復在這篇序文中討論的重點。他闡釋了自己對西方學術的認識過程，強調通曉異國語言文字以了解異國文化的必要性。他批評了部分保守人士強調西方學術與中國學術有着種種聯繫，甚至來源于東方學術的自大言論，指出中西方學術之間確有相通之處，如西方的歸納法和演繹法、牛頓的運動定律和斯賓塞的天演論都與《易經》、《春秋》中的某些說法相通。

　　斯賓塞將達爾文的進化論應用于社會之中，但他強調治理國家要順其自然。赫胥黎《天演論》的主要觀點是說自然界的生物是不斷進化的，原因在于“物競天擇，適者生存”，這一原理同樣適用于人類社會。嚴復強調了赫胥黎《天演論》對斯賓塞理論的發展，“以救斯賓塞任天為治之末流”，指出“物競天擇”的理論對于當時身處民族危機的民眾自強保種有深刻的意義。

　　嚴譯的《天演論》面世以後，先後出版數十次，轟動一時，深受時人的歡迎。《天演論》中的“物競天擇”、“適者生存”等詞語被廣泛使用。維新派的康有為、梁啟超都閱讀過《天演論》。康有為認為嚴復為“中國西學第一者”。生物進化的觀點目前仍為中國自然科學界所認同。

〔近代〕嚴復

原強

題解

甲午戰爭失敗後，嚴復開始提倡變法自強，在天津《直報》上發表了《論世變之亟》、《原強》、《闢韓》、《救亡決論》等四篇論文，翻譯了赫胥黎的《天演論》，創辦了《國聞報》。《原強》最初發表于1895年3月4日至9日的天津《直報》，全文約8000字。之後嚴復對此文進行了修訂，但未重新發表，光緒二十七年（1901年）收錄于《侯官嚴氏叢刻》。修改稿較原本文字增加了將近一半，補寫了很多內容。本文即節選自《原強》修訂稿。

原文

蓋一國之事，同于人身。今夫人身，逸則弱，勞則強者，固常理也。然使病夫焉 ❶，日從事于超距贏越之間 ❷，以是求強，則有速其死而已矣。今之中國，非猶是病夫也耶？且夫中國知西法之當師 ❸，不自甲午東事敗衄之後始也 ❹。海禁大開以還 ❺，所興發者亦不少矣 ❻：譯署 ❼，一也；同文館 ❽，二也；船政 ❾，三也；出洋肄業局 ❿，四也；輪船招商 ⓫，五也；製造，六也；海軍，七也；海署 ⓬，八也；洋操 ⓭，九也；學堂，十也；出使，十一也；礦務，十二也；電郵，十三也；鐵路，十四也。拉雜數之 ⓮，蓋不止一二十事。此中大半，皆西洋以富以強之基，而自吾人行之，則淮橘為枳 ⓯，若存若亡，不能實收其效者，則又何也？蘇子瞻曰 ⓰："天下之禍 ⓱，莫大于上作而下不應。上作而下不應，則上亦將窮而自止。" 斯賓塞爾曰 ⓲："富強不可為也，政不足與治也。相其宜，動其機，培其本根，衞其成長，則其效乃不期而自立。" 是故苟民力已茶 ⓳，民智已卑，民德已薄，雖有富強之政，莫之能行。蓋政如草木焉，置之其地而發生滋大者，必其地之肥磽燥濕寒暑與其種性最宜者而後可 ⓴。否則，萎悴而已 ㉑，再甚則僵槁而已 ㉒。往者，王介甫之變法也 ㉓，法非不良，意非不美也，而其效浸淫至于亡宋 ㉔，此其故可深長思也。管、商變法而行 ㉕，介甫變法而敝 ㉖，在其時之風俗人心與其法之宜不宜而已矣。達爾文曰 ㉗："物各競存 ㉘，最宜者立。" 動植如是，政教亦如是也。

　　夫如是，則中國今日之所宜為，大可見矣。夫所謂富強云者，質而言之，不外利民云爾。然政欲利民，必自民各能自利始 ㉙；民各能自利，又必自皆得自由始 ㉚；欲聽其皆得自由，尤必自其各能自治始 ㉛。反是且亂。顧彼民之能自治而自由者，皆其力、其智、其德誠優者也。是以今日要政，統于三端 ㉜：一曰鼓民力，二曰開民智，三曰新民德。夫為一弱于群強之間，政之所施，固常有標本緩急之可論。唯是使三者誠進，則其治標而標立；三者不進，則其標雖治，終亦無功，此舍本言標者之所以為無當也。雖然，其事至難言矣。夫中國今日之民，其力、智、德三者，苟通而言之，則經數千年之層遞積累，本之乎山川風土之攸殊 ㉝，導之乎刑政教俗之屢變，陶鈞爐錘而成此最後之一境 ㉞。今日欲以旦暮之為，謂有能淘洗改革，求以合于當前之世變，以自存于佢儜煩擾之中 ㉟，此其勝負通窒之數 ㊱，殆可不待再計而知矣 ㊲。然而自微積之理而觀之 ㊳，則曲之為變，固有疾徐；自力學之理而明之，則物動有由，皆資外力。今者外力逼迫，為我權借 ㊴，變率至疾，方在此時。智者慎守力權，勿任旁守，則天下事正于此乎而大可為也。即彼西洋之克有今日者 ㊵，其變動之速，遠之亦不過二百年，近之亦不過五十年已耳，則我何為而不奮發也耶！

《嚴復集》第一冊

❶ 病夫：體弱多病的人。

❷ 超距贏越：跳躍，奔跑。

❸ 西法：西方的制度。

❹ 甲午東事敗衄（nù）：是說甲午中日海戰，中國戰敗。甲午，即清光緒二十年（1894 年）。

❺ 海禁大開：指光緒年間廣開海禁之事。

❻ 興發：興起，產生。

❼ 譯署：清政府于 1861 年設立的總理各國事務衙門。

❽ 同文館：京師同文館，1862 年官方設立的外語學校，主要用于培養外語人材，也供西方人學習漢語。1900 年停辦，1902 年併入京師大學堂。

❾ 船政：左宗棠以富國強兵為目的，在福建馬尾所設的船政學堂。

❿ 出洋肄業局：洋務運動中創辦于上海的幼童公費留美預備學校。

⓫ 輪船招商：輪船招商局，晚清第一家官督商辦的近代企業，1873 年創立于上海。

⓬ 海署：總理海軍事務衙門，又稱海軍衙門。光緒十一年（1885 年）九月設立，負責管理全國海軍，實權由李鴻章掌握。甲午海戰後被裁撤。

⓭ 洋操：西式軍事和體育方面的操練。

⓮ 拉雜：凌亂，無條理。

⓯ 淮橘為枳（zhǐ）：淮南的橘子樹移植到淮河以北則變為枳樹，指事物的性質隨環境而變化。

⓰ 蘇子瞻：即蘇軾（1037 年─1101 年），號東坡居士，眉州眉山（今屬四川眉山）人。北宋著名文學家、政治家。

⓱ "天下之禍"四句：是說天下最大的禍患莫過于君主有所作為而屬下卻不響應。如此，君主也將不得已而停止作為。見《蘇軾文集》卷九《策別‧訓兵旅三》。

⓲ 斯賓塞爾：即赫伯特‧斯賓塞（1820 年─1903 年），英國著名哲學家、社會學家，社會達爾文主義之父。他將適者生存的進化理論應用于社會學，特別是教育學和階級鬥爭中。

⓳ 茶（nié）：疲憊，疲倦。

⓴ 磽（qiāo）：土地堅硬不肥沃。

㉑ 萎：枯萎。矬：變矮小。

㉒ 僵：僵硬，僵死。槁（gǎo）：乾枯。

㉓ 王介甫之變法：即王安石變法，又稱"熙寧變法"。宋神宗熙寧二年（1069 年），神宗皇帝任用王安石主持變法，變法以發展生產、富國強兵為目的，設立制置三司條例司，施行農田、水利、青苗、市易、保甲、方田均稅法等，取得了一定效果。元豐八年（1085 年），變法因宋神宗的動搖而結束。王安石（1021 年—1086 年）字介甫，撫州臨川（今江西撫州臨川區）人。北宋著名思想家、政治家、改革家、文學家。

㉔ 浸淫：逐漸蔓延。

㉕ 管、商變法：管仲、商鞅變法。管仲（前 723 年？—前 645 年），名夷吾，潁上（今安徽潁上）人。春秋時期著名的法家代表人物、政治家、思想家。齊桓公時，管仲主持變法，富國強兵，寓兵于農，施行"相地而衰徵"的賦稅政策，發展商業，使齊桓公成為春秋五霸之首。商鞅（前 390 年—前 338 年），又名公孫鞅、衛鞅，衛國人，戰國時期法家代表人物。公元前 361 年，商鞅由魏入秦，受到秦孝公的重用，開始主持變法，實施開阡陌、重農桑、獎勵軍功、統一度量衡等措施，使秦國迅速成為強大的國家，為後來秦統一六國奠定了基礎。

㉖ 敝：敗壞，失敗。

㉗ 達爾文（Charles Robert Darwin，1809 年—1882 年）：英國著名生物學家，生物進化論的奠基人。著有《物種起源》。

㉘ "物各競存"二句：是說生物互相競爭，最能夠適應生活環境者生存下來。今譯作"物競天擇，適者生存"。

㉙ 自利：自己獲得好處。

㉚ 自由：指在法律規定範圍內，可以按自己的意志行動。

㉛ 自治：自行管理。

㉜ 統于三端：總起來有三個方面。

㉝ 攸殊：不同。

㉞ 陶鈞：陶冶，造就。爐錘：亦作"爐槌"，錘煉。

❸❺ 俇儴（kuāng ráng）：惶急不安的樣子。

❸❻ 窒：阻塞不通。

❸❼ 計：謀劃。

❸❽ 微積之理：即微積分理論，主要包括函數、極限、微分數、積分學及其應用。

❸❾ 權借：政府部門暫時向企業借用大件資產。

❹❿ 克：能夠。

　　1894 年甲午海戰後，西方列強掀起了瓜分中國的狂潮，中國面臨亡國滅種的危險。嚴復認為要救亡圖存，就必須學習西方，近者可以"保身治生"，遠者可以"經國利民"，而西學之中，尤為關鍵者是達爾文的"物競天擇"理論和斯賓塞用進化論來闡述社會人倫的社會學思想。嚴復十分推崇斯賓塞的社會思想，認為斯氏的社會思想"以浚智慧、練體力、厲德行為綱"。他試圖將斯氏的理論與中國相結合，以求強國保種。他認為中國為避免喪權辱國，國家要富強，百姓要強壯體力，要健全民智，要推崇民德。在他看來，中國民眾民力疲憊、民智未開、道德淪喪。西方的自由平等觀念、社會制度較之中國都處于優勢，其學術上追求真理，政治上"自由為體，民主為用"，使西方具有一個積極的面貌，而"物競天擇，適者生存"是雙方消長的原因。但他也認為雙方的實力相差並非遙不可及，反對誇大西方的力量。他指出中國的積貧積弱是社會發展所致，簡單地學習西方社會制度並不能使中國富強。為此，他提出當時國家施政的要點在三個方面：鼓民力、開民智、新民德。所謂鼓民力，是說全國人民要有健康的體魄，禁絕鴉片和女子纏足；所謂開民智，是說學習西方的自然科學，廢除科舉；所謂新民德，是說要強調信仰，強化道德教育，倡導平等、信用，提倡君主立憲。三者是圖強的根本所在，而問題的關鍵在于朝廷除舊佈新，採取相應的變革措施，以實現強國禦辱。

從節選的這一部分內容可以看出嚴復強國之路的主要旨趣。他強調強國和強身既有相同之處，又有差異。當時中國宛若一介病夫，要強壯但不能超出自己的能力，否則只會加速死亡。中國人知道要變法圖強，學習西方，並不始于甲午戰敗。光緒年間開海禁之後，中國就效法西方興辦了很多實務。這些措施中，大多數都是西方得以富強的基礎，但是中國行之，反而未能達到富強的效果。這與當時民力凋敝、民智卑微、民德淪喪的社會有關。政治制度也當遵循達爾文的“物各競存，最宜者立”的社會發展理論。他認為當時的中國要富強就要讓人民得到好處。民眾只有自利、自由，乃至實現自治，才能最終實現國家富強。

斯賓塞將達爾文“物競天擇，適者生存”的進化理論推廣到社會學中，嚴復則把斯賓塞的社會學理論與中國實際相結合，客觀地分析了中國所面臨的問題，以及中西方之間存在的差距，進而強調中國朝廷應該鼓民力、開民智、新民德，而並非簡單地學習西方的科技和政治制度，從而逐步實現強國保種。這一思想對當時所處的近代社會有着振聾發聵的作用，對當今我們提高民眾素質，實現中華民族偉大復興也有啟發。

少年中國說

題解

　　梁啟超（1873 年—1929 年），字卓如，號任公，別署飲冰室主人、哀時客、中國之新民等，新會（今屬廣東）人。家貧，有志于學。初學于廣州學海堂。清光緒十七年（1891年），入萬木草堂，拜康有為為師。二十一年，赴京會試，協助康有為發動 "公車上書"，要求清政府拒簽《馬關條約》。二十二年至上海，主編《時務報》，呼籲維新變法。二十四年入京，參與新政。戊戌變法失敗後，流亡日本，在橫濱創辦《清議報》。辛亥革命後，梁啟超提出 "虛君共和" 方案，並為之奔走。1912 年，由日本歸國。1917 年，任段祺瑞政府財務總長。1918 年，赴歐洲考察。1925 年春，任清華大學國學研究院導師，致力于國民教育，對中國古代文化作了較為系統的研究整理，著有《墨子學案》、《中國佛教史》、《中國近三百年學術史》、《清代學術概論》等。1929 年病逝。其著作由後人編成《飲冰室合集》一百四十八卷。

　　本文作于 1900 年，于當年 2 月 10 日發表在《清議報》第35 冊。文章寫于戊戌變法失敗之後，其時清政府外不得攘，內尚未安，國家政局一片混亂，作者對中國的處境表現出了無限的焦灼感，故文章中強烈地表達了建立新型"少年中國"之希望。

日本人之稱我中國也，一則曰老大帝國 ❶，再則曰老大帝國。是語也，蓋襲譯歐西人之言也。嗚呼！我中國其果老大矣乎？梁啟超曰：惡 ❷，是何言！是何言！吾心目中有一少年中國在。

欲言國之老少，請先言人之老少。老年人常思既往，少年人常思將來。惟思既往也，故生留戀心；惟思將來也，故生希望心。惟留戀也，故保守；惟希望也，故進取。惟保守也，故永舊；惟進取也，故日新。惟思既往也，事事皆其所已經者，故惟知照例；惟思將來也，事事皆其所未經者，故常敢破格。老年人常多憂慮，少年人常好行樂。惟多憂也，故灰心；惟行樂也，故盛氣。惟灰心也，故怯懦；惟盛氣也，故豪壯。惟怯懦也，故苟且；惟豪壯也，故冒險。惟苟且也，故能滅世界；惟冒險也，故能造世界。老年人常厭事，少年人常喜事。惟厭事也，故常覺一切事無可為者；惟好事也，故常覺一切事無不可為者。老年人如夕照，少年人如朝陽。老年人如瘠牛 ❸，少年人如乳虎。老年人如僧，少年人如俠。老年人如字典，少年人如戲文。老年人如鴉片煙，少年人如潑蘭地酒 ❹。老年人如別行星之隕石，少年人如大洋海之珊瑚島。老年人如埃及沙漠之金字塔，少年人如西伯利亞之鐵路。老年人如秋後之柳，少年人如春前之草。老年人如死海之瀦為澤 ❺，少年人如長江之初發源。此老年與少年性格不同之大略也。梁啟超曰：人固有之，國亦宜然。

梁啟超曰：傷哉，老大也！潯陽江頭琵琶婦 ❻，當明月繞船，楓葉瑟瑟，衾寒于鐵，似夢非夢之時，追想洛陽塵中春花秋月之佳趣。西宮南內 ❼，白髮宮娥，一燈如穗，三五對坐，談開元、天寶間遺事，譜《霓裳羽衣曲》。青門種瓜人 ❽，左對孺人，顧弄孺子，憶侯門似海珠履雜遝之盛事。拿破侖之流于厄蔑 ❾，阿刺飛之幽于錫蘭 ❿，與三兩監守吏，或過訪之好事者，道當年短刀匹馬馳騁中原，席捲歐洲，血戰海樓，一聲叱吒，萬國震恐之豐功偉烈，初而拍案，繼而撫髀 ⓫，終而攬鏡。嗚呼，面皺齒盡，白髮盈把，頹然老矣。若是者，舍幽鬱之外無心事，舍悲慘之外無天地，舍頹唐之外無日月，舍歎息之外無音聲，舍待死之外無事業。美人豪傑且然，而況于尋常碌碌者耶！生平親友，皆在墟墓；起居飲食，待命于人。今日且過，遑知他日。今年且過，遑恤明年。普天下灰心短氣之事，未有甚于老大者。于此人也，而欲望以拏雲之手段 ⓬，回天之事功，挾山超海之意氣，能乎不能？

嗚呼！我中國其果老大矣乎？立乎今日以指疇昔 ⓭，唐、虞三代，若何之郅治 ⓮；秦皇、漢武，若何之雄傑；漢、唐來之文學，若何之隆盛；康、乾間之武功，若何之烜赫。歷史家所鋪敘，詞章家所謳歌，何一非我國民少年時代良辰美景、賞心樂事之陳跡哉！而今頹然老矣。昨日割五城，明日割十城，處處雀鼠盡，夜夜雞犬驚。十八省之土地財產 ❶，已為人懷中之肉；四百兆之父兄子弟 ❶，已為人注籍之奴 ❶，豈所謂“老大嫁作商人婦”者耶？嗚呼！憑君莫話當年事，憔悴韶光不忍看。楚囚相對 ❶，岌岌顧影，人命危淺，朝不慮夕。國為待死之國，一國之民為待死之民。萬事付之奈何，一切憑人作弄，亦何足怪！

梁啟超曰：我中國其果老大矣乎？是今日全地球之一大問題也。如其老大也，則是中國為過去之國，即地球上昔本有此國，而今漸漸滅，他日之命運殆將盡也。如其非老大也，則是中國為未來之國，即地球上昔未現此國，而今漸發達，他日之前程且方長也。欲斷今日之中國為老大耶？為少年耶？則不可不先明“國”字之意義。夫國也者，何物也？有土地，有人民，以居于其土地之人民，而治其所居之土地之事，自制法律而自守之；有主權，有服從，人人皆主權者，人人皆服從者。夫如是，斯謂之完全成立之國。地球上之有完全成立之國也，自百年以來也。完全成立者，壯年之事也。未能完全成立而漸進于完全成立者，少年之事也。故吾得一言以斷之曰：歐洲列邦在今日為壯年國，而我中國在今日為少年國。

夫古昔之中國者，雖有國之名，而未成國之形也。或為家族之國，或為酋長之國，或為諸侯封建之國，或為一王專制之國。雖種類不一，要之，其于國家之體質也，有其一部而缺其一部。正如嬰兒自胚胎以迄成童，其身體之一二官支 ❶，先行長成，此外則全體雖粗具，然未能得其用也。故唐、虞以前為胚胎時代，殷、周之際為乳哺時代，由孔子而來至于今為童子時代。逐漸發達，而今乃始將入成童以上少年之界焉。其長成所以若是之遲者，則歷代之民賊有窒其生機者也。譬猶童年多病，轉類老態，或且疑其死期之將至焉，而不知皆由未完全未成立也。非過去之謂，而未來之謂也。

且我中國疇昔，豈嘗有國家哉？不過有朝廷耳！我黃帝子孫，聚族而居，立于此地球之上者既數千年，而問其國之為何名，則無有也。夫所謂唐、虞、夏、商、周、秦、漢、魏、晉、宋、齊、梁、陳、隋、唐、宋、元、明、清者，則皆朝名耳。朝也者，一家之私產也。國也者，人民之公產也。朝有朝之老少，國有國之老少。朝與國既異物，則不能以朝之老少而指為國之老少明矣。文、武、成、康，周朝之少年時代也。幽、厲、桓、赧，則其老年時代也。高、文、景、武，漢朝之少年時代也。元、平、桓、靈，則其老年時代也。自餘歷朝，莫不有之。凡此者謂為一朝廷之老也則可，謂為一國之老也則不可。一朝廷之老且死，猶一人之老且死也，于吾所謂中國者何與焉。然則吾中國者，前此尚未出現于世界，而今乃始萌芽云爾。天地大矣，前途遼矣。美哉我少年中國乎！

瑪志尼者 [20]，意大利三傑之魁也。以國事被罪，逃竄異邦。乃創立一會，名曰"少年意大利"。舉國志士，雲湧霧集以應之。卒乃光復舊物，使意大利為歐洲之一雄邦。夫意大利者，歐洲第一之老大國也。自羅馬亡後，土地隸于教皇，政權歸于奧國，殆所謂老而瀕于死者矣。而得一瑪志尼，且能舉全國而少年之，況我中國之實為少年時代者耶！

堂堂四百餘州之國土，凜凜四百餘兆之國民，豈遂無一瑪志尼其人者！

龔自珍氏之集有詩一章，題曰《能令公少年行》❷。吾嘗愛讀之，而有味乎其用意之所存。我國民而自謂其國之老大也，斯果老大矣；我國民而自知其國之少年也，斯乃少年矣。西諺有之曰："有三歲之翁，有百歲之童。"然則，國之老少，又無定形，而實隨國民之心力以為消長者也。吾見乎瑪志尼之能令國少年也，吾又見乎我國之官吏士民能令國老大也。吾為此懼。夫以如此壯麗濃郁、翩翩絕世之少年中國，而使歐西、日本人謂我為老大者，何也？則以握國權者皆老朽之人也。非哦幾十年八股，非寫幾十年白摺 ❷，非當幾十年差，非捱幾十年俸 ❸，非遞幾十年手本 ❷，非唱幾十年諾，非磕幾十年頭，非請幾十年安，則必不能得一官、進一職。其內任卿貳以上，外任監司以上者，百人之中，其五官不備者，殆九十六七人也。非眼盲則耳聾，非手顫則足跛，否則半身不遂也。彼其一身飲食、步履、視聽、言語，尚且不能自了，須三四人在左右扶之捉之，乃能度日，于此而乃欲責之以國事，是何異立無數木偶而使之治天下也！且彼輩者，自其少壯之時，既已不知亞細、歐羅為何處地方 ❷，漢祖、唐宗是那朝皇帝，猶嫌其頑鈍腐敗之未臻其極，又必搓磨之，陶冶之，待其腦髓已涸，血管已塞，氣息奄奄，與鬼為鄰之時，然後將我二萬里山河，四萬萬人命，一舉而畀于其手 ❷。嗚呼！老大帝國，誠哉其老大也！而彼輩者，積其數十年之八股、白摺、當差、捱俸、手本、唱諾、磕頭、請安，千辛萬苦，千苦萬辛，乃始得此紅頂花翎之服色，中堂大人之名號 ㉗，乃出其全副精神，竭其畢生力量，以保持之。如彼乞兒拾金一錠，雖轟雷盤旋其頂上，而兩手猶緊抱其荷包，他事非所顧也，非所知也，非所聞也。于此而告之以亡國也，瓜分也，彼烏從而聽之 ㉘，烏從而信之！即使果亡矣，果分矣，而吾今年既七十矣，八十矣，但求其一兩年內，洋人不來，強盜不起，我已快活過了一世矣！若不得已，則割三頭兩省之土地 ㉙，奉申賀敬 ㉚，以換我幾個衙門；賣三幾百萬之人民作僕為奴，以贖我一條老命，有何不可？有何難辦？嗚呼！今之所謂老后、老臣、老將、老吏者，其修身齊家治國平天下之手段，皆具于是矣。西風一夜催人老，凋盡朱顏白盡頭。使走無常當醫生，攜催命符以祝壽，嗟乎痛哉！以此為國，是安得不老且死，且吾恐其未及歲而殤也。

梁啟超曰：造成今日之老大中國者，則中國老朽之冤業也。製出將來之少年中國者，則中國少年之責任也。彼老朽者何足道，彼與此世界作別之日不遠矣，而我少年乃新來而與世界為緣。如僦屋者然 ㉛，彼明日將遷居他方，而我今日始入此室處。將遷居者，不愛護其窗櫳，不潔治其庭廡，俗人恆情，亦何足怪。若我少年者，前程浩浩，後顧茫茫。中國而為牛為馬為奴為隸，則烹臠鞭笞之慘酷 ㉜，惟我少年當之。中國如稱霸宇內，主盟地球，則指揮顧盼之尊榮，惟我少年享之。于彼氣息奄奄與鬼為鄰者何與焉？彼而漠然置之，猶可言也。我而漠然置之，不可言也。使舉國之少年而果為少年也，則吾中國為未來之國，其進步未可量也。使舉國之少年而亦為老大也，則吾中國為過去之國，其澌亡可翹足而待也。故今日之責任，不在他人，而全在我少年。少年智則國智，少年富則國富；少年強則國強，少年獨立則國獨立；少年自由則國自由，少年進步則國進步；少年勝于歐洲則國勝于歐洲，少年雄于地球則國雄于地球。紅日初升，其道大光。河出伏流，一瀉汪洋。潛龍騰淵，鱗爪飛揚。乳虎嘯谷，百獸震惶。鷹隼試翼，風塵吸張。奇花初胎，矞矞皇皇 ㉝。干將發硎 ㉞，有作其芒。天戴其蒼，地履其黃。縱有千古，橫有八荒。前途似海，來日方長。美哉我少年中國，與天不老！壯哉我中國少年，與國無疆！

"三十功名塵與土，八千里路雲和月。莫等閒、白了少年頭，空悲切。"此岳武穆《滿江紅》詞句也。作者自六歲時即口受記憶，至今喜誦之不衰。自今以往，棄"哀時客"之名，更自名曰"少年中國之少年"。作者附識。

《飲冰室合集》文集卷五

① 老大帝國：1840 年鴉片戰爭之後，外國人説中國是"老大帝國"，有兩層意思：一是中國已經有幾千年歷史，是個老牌國家；二是中國思想保守落後，國家岌岌可危，是一個衰老的國家。

② 惡（wū）：感歎詞，表示驚訝。

③ 瘠（jí）牛：瘦弱的牛。瘠，瘦弱。

④ 潑蘭地酒：即白蘭地酒，意為"燒製過的酒"，多為葡萄釀製，酒精濃度較高。

⑤ 瀦（zhū）：聚積的水流。

❻ "潯陽江頭琵琶婦" 六句：唐白居易的《琵琶行》中說他在潯陽江頭碰到一位彈琵琶的女性，自陳過往，曾做過歌女，後 "老大嫁作商人婦"。

❼ "西宮南內" 六句：白居易《長恨歌》所寫的唐玄宗與楊貴妃的故事。說安史之亂後，白頭宮女閒談此事，不免唏噓悽涼。唐元積的《行宮》說："白頭宮女在，閒坐說玄宗。" 西宮，太極宮。南內，興慶宮。唐明皇由蜀返京後，先居興慶宮，後遷至西宮。《霓裳羽衣曲》，本名《婆羅門曲》，源出印度，開元中傳入中國。一說是唐玄宗夢中所得，令樂工譜就。

❽ "青門種瓜人" 四句：《史記·蕭相國世家》："召平者，故秦東陵侯。秦破，為布衣，貧，種瓜于長安城東，瓜美，故世俗謂之 '東陵瓜'，從召平以為名也。" 這裏用 "青門種瓜" 代指歸隱田園。孺人，古代士大夫之妻稱孺人。珠履，用珠子裝飾的鞋子。雜遝（tà），雜亂。遝，通 "沓"。

❾ 拿破侖之流于厄蔑：十九世紀初，拿破侖一世曾經在歐洲稱霸，不可一世，後歐洲各國攻破巴黎，他被流放到厄爾巴島。厄蔑，即厄爾巴島，在意大利半島和法國科西嘉島之間。

❿ 阿剌飛之幽于錫蘭：埃及愛國將領阿拉比帶領埃及人民進行民族解放運動，結束了英法 "雙重監督制度"。後遭到鎮壓，失敗後被俘，流放到錫蘭島上。阿剌飛，即阿拉比（1839 年－1911 年）。

⓫ 撫髀（bì）：《三國志·蜀書·先主傳》裴注引《九州春秋》："（劉）備住荊州數年，嘗于（劉）表坐起至廁，見髀裏肉生，慨然流涕。還坐，表怪問備，備曰：'吾常身不離鞍，髀肉皆消；今不復騎，髀裏肉生。日月若馳，老將至矣，而功業不建，是以悲耳！'" 這裏是在為歲月流逝而悲歎。髀，大腿。

⓬ 拏（ná）雲：凌雲。亦喻志向高遠。

⓭ 疇昔：往昔，過去。

⓮ 郅（zhì）治：至治，把國家治理得太平昌盛。郅，極。

⓯ 十八省：清初全國分為十八個省。光緒末年增至二十三個省。

⑯ 四百兆：即四億。一兆為一百萬。

⑰ 注籍之奴：被列入奴隸戶籍的人。這裏指失去自由者。

⑱ 楚囚相對：比喻遇到強敵，窘迫無計。《晉書·王導傳》載，晉元帝時，國家動亂，中州人士紛紛避亂江左。"過江人士，每至暇日，相要出新亭飲宴。周顗中坐而歎曰：'風景不殊，舉目有江河之異。'皆相視流涕。惟（王）導愀然變色曰：'當共戮力王室，克復神州，何至作楚囚相對泣邪？'"

⑲ 官支：五官和四肢。

⑳ 瑪志尼：瑪志尼（1805 年─1872 年）和加里波第、加富爾並稱為"意大利三傑"。曾組織意大利資產階級革命，推翻奧地利帝國的統治，統一意大利。

㉑《能令公少年行》：龔自珍所寫的雜言詩，句如："應客有玄鶴，驚人無白鷥。相思相訪溪凹與谷中，采茶采藥三三兩兩逢，高談俊辯皆沉雄。"藉隱逸主題抒發怡情放曠的胸懷。這裏指藉此情懷而永葆青春之意。

㉒ 白摺：朝廷應制書之一種。因由白紙摺疊成冊而得名。清代朝廷大考，或御史軍機中書教導諸生，皆用白摺。康有為《廣藝舟雙楫·原書》："應制之書，約分二種：一曰大卷，應殿試者也；一曰白摺，應朝考者也。"

㉓ 俸：這裏指官吏任職的年資。

㉔ 手本：明清官場中下級見上級時用的名帖。

㉕ 亞細、歐羅：指亞細亞、歐羅巴，即亞洲和歐洲。

㉖ 畀（bì）：給予。

㉗ 中堂：明清時對大學士的稱呼。明代大學士實際掌握宰相的權力，在內閣辦公，中書居東、西兩房，大學士居中，故稱"中堂"。清代包括協辦大學士均用此稱。

㉘ 烏：何，哪裏。

㉙ 三頭兩省：閩粵方言，三兩個省。

⓾ 奉申賀敬：送禮單上的套語，以表達敬賀之意。

㉛ 僦（jiù）屋：租賃房屋。僦，租賃。

㉜ 臠（luán）：小塊的肉，這裏用作動詞，宰割。箠（chuí）：捶打。

㉝ 喬（yù）喬皇皇：指繁榮昌盛、富麗堂皇。《太玄經‧交》："物登明堂，喬喬皇皇。"

㉞ "干將"二句：這裏指剛磨了鋒刃的寶劍。干將，春秋時期，吳人干將、莫邪夫妻善鑄劍，曾鑄二劍，一名干將，一名莫邪。這裏指寶劍。發硎（xíng），刀刃新磨。硎，磨刀石。

　　維新變法失敗之後，梁啟超流亡日本，接觸了當時日本譯介過來的西方的新思想、新知識，更加深感祖國和自身的處境都極為窘迫，加之異國人對中國直呼"老大帝國"、"東亞病夫"的輕蔑態度，使他萬分激憤。于是，他以"老大"為創作切入點，希望以"少年"之氣，來喚起從國民到國家政體的蓬勃發展之力。

　　他說："朝有朝之老少，國有國之老少。朝與國既異物，則不能以朝之老少而指為國之老少明矣。"于是，他推翻了中國歷史上王朝更迭盛衰的歷史循環論，希望建立一個新型的民主政權國家。他也深知，這種新型國家的建立，離不開新的"國民"的培養，所以他呼籲中國的年輕人不要再做"老大帝國"的改朝換代之民，不要再汲汲于舊王朝的功名利祿，而應具備世界的眼光和視野，樹立新的國家觀念，奮發向上，擔起家國的責任，"少年獨立則國獨立；少年自由則國自由，少年進步則國進步"。

　　在這裏要注意的是，由于特殊的寫作語境，梁啟超在文末提到的"中國如稱霸宇內，主盟地球，則指揮顧盼之尊榮，惟我少年享之"一句中的"稱霸"，應當是指發奮努力，獨立自強，使國家富強，並非現在國際政治意義上的霸權主義。在本文中，"少年"也不僅僅是指我們一般所說的青春少年，而是廣泛意義上的能夠擔負國家社會責任的青年人。

本書引用參考書目

本書目分為兩部分，前一部分是引用書目，翔實臚列入選諸文所依據的古籍版本（即底本），後一部分則是參考書目，擇要說明撰稿中曾參考過的當代學術著述。兩部分的細目，大體按照經史子集四部分類法編次。

《周易注疏》：〔三國魏〕王弼、〔東晉〕韓康伯注，〔唐〕孔穎達等正義，中華書局 1979 年影印清阮元校刻《十三經注疏》本

《周易略例》：〔三國魏〕王弼撰，〔唐〕邢璹注，吉林大學出版社 1992 年影印《漢魏叢書》本

《尚書注疏》：〔西漢〕孔安國傳，〔唐〕孔穎達等正義，中華書局 1979 年影印清阮元校刻《十三經注疏》本

《毛詩注疏》：〔西漢〕毛公傳，〔東漢〕鄭玄箋，〔唐〕孔穎達等正義，同上

《禮記注疏》：〔東漢〕鄭玄注，〔唐〕孔穎達等正義，同上

《春秋左傳注疏》：〔西晉〕杜預注，〔唐〕孔穎達等正義，同上

《春秋公羊傳注疏》：〔東漢〕何休注，〔唐〕徐彥疏，同上

《楚辭補注》：〔東漢〕王逸章句，〔北宋〕洪興祖補注，中華書局 1983 年版

《論語注疏》：〔三國魏〕何晏等注，〔北宋〕邢昺疏，中華書局 1979 年影印清阮元校刻《十三經注疏》本

《孝經注疏》：〔唐〕唐玄宗注，〔北宋〕邢昺疏，同上

《孟子注疏》：〔東漢〕趙岐注，〔北宋〕孫奭疏，同上

《四書章句集注》：〔南宋〕朱熹撰，中華書局 1983 年版

《說文解字注》：〔東漢〕許慎撰，〔清〕段玉裁注，上海古籍出版社 1988 年版

《史記》：〔西漢〕司馬遷撰，〔南朝宋〕裴駰集解，〔唐〕司馬貞索隱，〔唐〕張守節正義，中華書局點校本

《漢書》：〔東漢〕班固撰，〔唐〕顏師古注，同上

《後漢書》：〔南朝宋〕范曄撰，〔唐〕李賢等注，同上

《三國志》：〔西晉〕陳壽撰，〔南朝宋〕裴松之注，同上

《晉書》：〔唐〕房玄齡等撰，同上

《舊唐書》：〔五代後晉〕劉昫等撰，同上

《新五代史》：〔北宋〕歐陽修撰，同上

《明史》：〔清〕張廷玉等撰，同上

《國語》：〔三國吳〕韋昭注，國家圖書館出版社 2006 年《中華再造善本》影印宋刻宋元遞修本

《戰國策》：〔西漢〕劉向集錄，上海古籍出版社 1985 年版

《貞觀政要》：〔唐〕吳兢撰，〔元〕戈直集注，商務印書館 1934 年《四部叢刊續編》影明本

《史通通釋》：〔唐〕劉知幾撰，〔清〕浦起龍通釋，王煦華校點，上海古籍出版社 1978 年版

《讀通鑑論》：〔清〕王夫之撰，舒士彥點校，中華書局 1975 年版

《疇人傳》：〔清〕阮元等撰，中華書局 2011 年重印《叢書集成初編》本

《文史通義校注》：〔清〕章學誠撰，葉瑛校注，中華書局 1985 年版

《荀子集解》：〔清〕王先謙撰，中華書局 1986 年重印《諸子集成》本

《張載集》：〔北宋〕張載撰，中華書局 2014 年版

《傳習錄》：〔明〕王守仁撰，中華書局 2015 年《王文成公全書》本

《十一家注孫子校理（增訂本）》：〔三國魏〕曹操等注，楊丙安校
理，中華書局 1999 年版

《管子》：〔唐〕房玄齡注，商務印書館 1919 年《四部叢刊》影宋本

《商君書》：〔清〕嚴萬里校，中華書局 1986 年重印《諸子集成》本

《韓非子集解》：〔清〕王先謙撰，中華書局 1986 年重印《諸子集
成》本

《齊民要術校釋》：〔北朝魏〕賈思勰撰，繆啟愉校釋，中國農業出
版社 1998 年版

《黃帝內經素問》：〔唐〕王冰注，〔北宋〕林億等校正，人民衛生
出版社 2012 年版

《幾何原本》：〔意大利〕利瑪竇譯，〔明〕徐光啟記，王紅霞點
校，上海古籍出版社 2011 年《徐光啟全集》本

《天演論》：〔英〕赫胥黎撰，〔近代〕嚴復譯，商務印書館
1981 年版

《墨子閒詁》：〔清〕孫詒讓撰，孫以楷點校，中華書局 1986 年版

《呂氏春秋》：〔東漢〕高誘注，中華書局 1986 年重印《諸子集成》本

《論衡校釋》：〔東漢〕王充撰，黃暉校釋，中華書局 1990 年版

《顏氏家訓集解（增補本）》：〔北朝齊〕顏之推撰，王利器集解，
中華書局 1993 年版

《日知錄集釋》：〔清〕顧炎武撰，〔清〕黃汝成集釋，欒保群、呂
宗力校點，上海古籍出版社 2006 年版

《老子注》：〔三國魏〕王弼注，中華書局 1986 年重印《諸子集成》本

《莊子集釋》：〔清〕郭慶藩撰，王孝魚點校，中華書局 1961 年版

《莊子注疏》：〔西晉〕郭象注，〔唐〕成玄英疏，曹礎基、黃蘭發

整理，中華書局 2011 年版

《陶淵明集箋注》：〔東晉〕陶淵明撰，袁行霈箋注，中華書局 2003
年版

《陸贄集》：〔唐〕陸贄撰，中華書局 2006 年版

《韓昌黎文集校注》：〔唐〕韓愈撰，馬其昶校注，上海古籍出版社
1986 年版

《柳宗元集》：〔唐〕柳宗元撰，中華書局 1979 年版

《樊川文集》：〔唐〕杜牧撰，陳允吉校點，上海古籍出版社
1978 年版

《王黃州小畜集》：〔北宋〕王禹偁撰，國家圖書館出版社 2006 年
《中華再造善本》影印宋刻本

《范文正公集》：〔北宋〕范仲淹撰，中華書局 1984 年《古逸叢書
三編》影印宋刻本

《嘉祐集箋注》：〔北宋〕蘇洵撰，曾棗莊、金成禮箋注，上海古籍
出版社 1993 年版

《歐陽修全集》：〔北宋〕歐陽修撰，李逸安點校，中華書局
2001 年版

《元公周先生濂溪集》：〔北宋〕周敦頤撰，國家圖書館出版社 2006
年《中華再造善本》影印宋刻本

《溫國文正司馬公文集》：〔北宋〕司馬光撰，商務印書館 1919 年
《四部叢刊》影印宋刻本

《臨川先生文集》：〔北宋〕王安石撰，國家圖書館出版社 2006 年
《中華再造善本》影印宋刻元明遞修本

《蘇軾文集》：〔北宋〕蘇軾撰，孔凡禮點校，中華書局 1986 年版

《文山先生全集》：〔南宋〕文天祥撰，商務印書館 1919 年《四部
　　叢刊》影印明刻本

《遺山先生文集》：〔金〕元好問撰，同上

《伯牙琴》：〔元〕鄧牧撰，清鮑廷博輯刻《知不足齋叢書》（第十一
　　集）本

《宋學士文集》：〔明〕宋濂撰，商務印書館 1919 年《四部叢刊》
　　影印明刻本

《宗子相集》：〔明〕宗臣撰，上海古籍出版社影印文淵閣《四庫全
　　書》本

《七錄齋詩文合集》：〔明〕張溥撰，上海古籍出版社《續修四庫全
　　書》影印明刻本

《夏完淳集箋校》：〔明〕夏完淳撰，白堅箋校，上海古籍出版社
　　1991 年版

《黃宗羲全集》：〔清〕黃宗羲撰，浙江古籍出版社 2005 年版

《方望溪先生全集》：〔清〕方苞撰，商務印書館 1919 年《四部叢
　　刊》影印清刻本

《汪容甫文箋》：〔清〕汪中撰，古直選注，人民文學出版社
　　1958 年版

《龔定盦全集》：〔清〕龔自珍撰，清光緒萬本書堂刻本

《曾文正公文集》：〔清〕曾國藩撰，商務印書館 1919 年《四部叢
　　刊》影印清刻本

《魏源全集》：〔清〕魏源撰，岳麓書社 2005 年版

《嚴復集》：〔近代〕嚴復撰，王栻主編，中華書局 1986 年版

《飲冰室合集》：〔近代〕梁啟超撰，中華書局 2015 年版

《文選》：〔南朝梁〕蕭統編，〔唐〕李善注，中華書局 1977 年影印清胡克家刻本

《六臣注文選》：〔南朝梁〕蕭統編，〔唐〕李善、呂延濟、劉良、張銑、呂向、李周翰注，中華書局 2012 年影印《四部叢刊》宋刻本

《周易譯注》：黃壽祺、張善文撰，上海古籍出版社 2004 年版

《周易譯注》：周振甫譯注，中華書局 1991 年版

《尚書校釋譯論》：顧頡剛、劉起釪著，中華書局 2005 年版

《白話尚書》：周秉鈞譯注，岳麓書社 1996 年版

《詩經譯注》：周振甫譯注，中華書局 2002 年版

《禮記譯解》：王文錦著，中華書局 2001 年版

《春秋左傳注（修訂本）》：楊伯峻編著，中華書局 1990 年版

《左氏會箋》：〔日〕竹添光鴻著，巴蜀書社 2008 年版

《春秋公羊學講疏》：段熙仲著，南京師範大學出版社 2003 年版

《論語本解（修訂版）》：孫欽善著，三聯書店 2013 年版

《論語譯注》：楊伯峻譯注，中華書局 2009 年版

《孟子譯注》：楊伯峻譯注，同上

《孟子研究》：董洪利著，江蘇古籍出版社 1997 年版

《史記會注考證》：〔日〕瀧川資言考證，〔日〕水澤利忠校補，上海古籍出版社 1986 年版

《史記斠證》：王叔岷著，中華書局 2007 年版

《國語集解》：徐元誥集解，中華書局 2002 年版

《戰國策集注彙考》：諸祖耿著，江蘇古籍出版社 1985 年版

《管子集校》：郭沫若、聞一多、許維遹撰，科學出版社 1956 年版

《管子校注》：黎翔鳳校注，中華書局 2004 年版

《商君書錐指》：蔣禮鴻撰，中華書局 1986 年版

《傳習錄注疏》：鄧艾民注，上海古籍出版社 2012 年版

《孫子譯注》：李零譯注，中華書局 2009 年版

《論衡校讀箋識》：馬宗霍著，中華書局 2010 年版

《老子道德經注》：〔三國魏〕王弼注，樓宇烈校釋，中華書局
　　2008 年版

《老子注譯及評介》：陳鼓應著，中華書局 2006 年版

《帛書老子校注》：高明校注，中華書局 1996 年版

《屈原集校注》：金開誠、董洪利、高路明校注，中華書局 1996 年版

《王弼集校釋》：樓宇烈校釋，中華書局 1980 年版

《呂氏春秋注疏》：王利器著，巴蜀書社 2002 年版

《觀堂集林》：王國維著，中華書局 1959 年版

《說文解字通論》：陸宗達著，中華書局 2015 年版

《黃帝內經研究大成》：王洪圖總主編，北京出版社 1997 年版

《國故論衡疏證》：章太炎撰，龐俊、郭誠永疏證，中華書局
　　2008 年版

《先秦文學史參考資料》：北京大學中國文學史教研室選注，中華書
　　局 1962 年版

《兩漢文學史參考資料》：同上

《魏晉南北朝文學史參考資料》：同上

《中國通史參考資料（古代部分第一至二冊）》：何茲全主編，中華

書局 1962 年版

《中國通史參考資料（古代部分第三冊）》：唐長孺主編，中華書局
　　1965 年版

《中國通史參考資料（古代部分第四冊）》：董家遵主編，中華書局
　　1965 年版

《中國通史參考資料（古代部分第五冊）》：鄧廣銘主編，中華書局
　　1982 年版

《中國哲學史資料選輯（魏晉隋唐之部）》：中國社會科學院哲學研
　　究所中國哲學史研究室編，中華書局 1982 年版

《中國哲學史資料選輯（宋元明之部）》：中國社會科學院哲學研究
　　所中國哲學史研究室編，中華書局 1982 年版

《中國哲學史教學資料選輯》：北京大學哲學系中國哲學史教研室選
　　注，中華書局 1981 年版

《周易古史觀》：胡樸安著，上海古籍出版社 2005 年版

《尚書學史（訂補本）》：劉起釪著，中華書局 1996 年版

《春秋學史》：趙伯雄著，山東教育出版社 2004 年版

《王禹偁事跡著作編年》：徐規著，商務印書館 2003 年版

《中國思想通史》：侯外廬主編，人民出版社 1960 年版

《宋明理學》：陳來著，華東師範大學出版社 2004 年版

《中國近世思想史研究》：陳來著，三聯書店 2010 年版

後記

2015 年春李克強總理在國務院參事、中央文史館館員座談會上，倡議編纂一部關于中國傳統文化的文選，這個倡議得到館員們熱烈的響應。參事室黨組將這項工作確定為當年的重點工作，召集館員和館外專家就此進行深入研討，並迅速成立了組委會和館內外專家共同組成的編委會。

編委會確定了選文的範圍、讀者對象、時限、體例等等。經過會上和會下的反覆研究，最終確定了 101 篇作品。

此後，編委們指定了一些助理，這些助理都有博士學位，他們在編委的指導下起草初稿，編委審閱後，主編和副主編再逐字逐句地反覆修改，最後由主編會議定稿。承擔出版任務的中華書局接到稿件後，又認真加以審校，連同編委和主編，本書前後共經九審三校才付印。

所選文章的內容不僅包括哲學、社會科學，還涉及科學技術、中外關係、軍事思想等諸多領域，尤其注重那些關乎修身立德、治國理政、申張大義、嫉惡刺邪，以及親情倫理的傳世佳作。

前人的文選中流行較廣的《古文觀止》編成于康熙三十四年（1695 年），是為當時的學童編纂的帶有啟蒙性的讀物，所選文章到明代為止。《古文辭類纂》編成于乾隆四十四年（1779 年），選文以唐宋八大家為主，代表桐城派古文學家的觀點。《經史百家雜鈔》編成于咸豐十年（1860 年），所選文章絕大部分都是宋以前的，明代以後只有兩篇清人的文章。就《經史百家雜鈔》而言，從編成至今已經超過一個半世紀。這段時間，中國和世界都發生了巨變，需要一部新的文選，以當代的眼光，汲取傳統文化的精華，藉以育人、資政。此書選文截止到 1911 年，不僅彌補了前人選本之所缺，而且我們注意到，在這段時間里出現了不少面向世界、倡導改革的文章。我們從中選了若干今天讀來仍有現實意義的文章，如徐光啟的《幾何原本序》、《明史·鄭和傳》、嚴復的《原強》等。本書中有一些以往選本忽略的作品，如司馬遷的《史記·貨殖列傳序》、班固的《漢書·張騫傳》、阮元的《疇人傳序》等。當然，我們並沒有忽視那些歷來受到重視的文章，如《尚書》入選三篇，《詩經》入選四篇，《老子》入選九章，《論語》入選二十六章。唐宋古文家的作品也入選不少。

我們力圖用當代人的眼光重新審視傳統文化，對選文加以新的闡釋，啟發讀者從中汲取古人的智慧和歷史的經驗，以加深對中國特色的認識。我們既立足于現實的需要，追求學術的高水準，又堅守學術的規範，並兼顧讀者的需要，對每一篇文章都做了詳細的注釋和解說。在當前流行淺閱讀和碎片化閱讀的局面下，尤其需要提倡和幫助讀者潛心閱讀原典，全面理解中華文化的精髓。

編纂助理共 12 人，他們是王賀、方韜、申祖勝、冷衞國、張麗娟、張芬、張志勇、張國旺、林嵩、凌麗君、袁媛、曾祥波，特此向他們表示感謝。

限于我們的水平，書中定有疏漏謬誤之處，誠懇歡迎讀者批評指正。

袁行霈

2016 年 8 月 30 日

中華傳統文化
經典百篇

兩宋到近代

責任編輯：陳思思　阿　桶
封面設計：高　林
排　　版：時　潔
印　　務：林佳年

主編　　　袁行霈　王仲偉　陳進玉

編纂　　　國務院參事室　中央文史研究館

出版　　　中華書局（香港）有限公司
　　　　　香港北角英皇道 499 號北角工業大廈一樓 B
　　　　　電話：（852）2137 2338　傳真：（852）2713 8202
　　　　　電子郵件：info@chunghwabook.com.hk
　　　　　網址：http://www.chunghwabook.com.hk

發行　　　香港聯合書刊物流有限公司
　　　　　香港新界大埔汀麗路 36 號
　　　　　中華商務印刷大廈 3 字樓
　　　　　電話：（852）2150 2100　傳真：（852）2407 3062
　　　　　電子郵件：info@suplogistics.com.hk

印刷　　　美雅印刷製本有限公司
　　　　　香港觀塘榮業街 6 號海濱工業大廈 4 樓 A 室

版次　　　2017 年 6 月初版
　　　　　© 2017 中華書局（香港）有限公司

規格　　　16 開（230mm×160mm）

ISBN　　　978-988-8463-60-2

本書繁體字版由中華書局（北京）有限公司授權出版。